LANGE DAGEN

Pia de Jong

Lange dagen

2008 Prometheus Amsterdam

Omslagontwerp Suzan Beijer
Foto omslag Getty Images
Foto auteur Keke Keukelaar
www.uitgeverijprometheus.nl
ISBN 978 90 446 1196 0

1

De winter waarin ik veertien werd veranderde onze speelkamer langzaamaan in een kapiteinshut. Zoals een ekster op zoek gaat naar glimmende dingen voor zijn nest, zo kwam mijn vader telkens met nieuwe spullen aanzetten. Het eerste wat mijn aandacht trok was een geelkoperen instrument. Het was een kompas dat nog van mijn grootvader was geweest. Blijkbaar had mijn vader de bruinleren hutkoffer geopend die hij daags na de begrafenis naar zolder had gebracht en sindsdien nooit meer had aangeraakt. Later die dag keek ik toe hoe hij het instrument, dat precies in de palm van zijn hand paste, zorgvuldig met een zachte doek opwreef. Mijn vader vond dat je goed voor je spullen moest zorgen, dan gingen ze lang mee. Achter het glazen dekplaatje zat een roestig wijzertje dat trilde wanneer je het kompas aanraakte.

'Dit is een uiterst gevoelig instrument,' zou mijn vader zeggen. 'Het wijst waar dan ook feilloos de weg.' Maar dat was later, in die genadeloze zomer, waarin we uitgerekend naar die plek op aarde waren getrokken waar dat niet opging.

Gestaag raakte de kamer vol. Mijn speelgoed was verdwenen – weggegooid of weggegeven. De planken van de kast waren nu leeg en stofvrij gemaakt. Op een ervan stond op een dag een bruine fles. GEWEEROLIE, las ik op het etiket.

Er kwamen spuitbussen te staan om textiel waterdicht te maken en blikjes met donker smeersel om leer in te vetten. Plastic mokken stonden naast aluminium veldflessen, een Zwitsers zakmes lag naast dozen stormlucifers. De kamer werd gevuld met donzen slaapzakken, wollen mutsen en thermisch ondergoed. Een blauwe primus met twee pannetjes kwam in een hoek te staan. De pannengrepen lagen ernaast.

Wat was hier aan de hand? Dit kon niet anders dan een grondige voorbereiding op een gevaarlijke trektocht zijn. Maar waarheen in godsnaam? Mijn vader voerde iets in zijn schild. Als hij niet druk bezig was met spullen verzamelen, staarde hij vaak minutenlang voor zich uit. Dan hoorde hij zelfs mijn moeder niet als ze hem voor het eten riep. Zijn gedachten waren ver weg, op een plek waarvan ik geen weet had. Ik wilde er niets mee te maken hebben. Ik had al genoeg aan mijn eigen leven.

Er was een tijd dat mijn vader me met een paar woorden aan het lachen kon maken. Hij was een magneet en ik liet me graag door zijn aantrekkingskracht vangen. *Klik*, hij en ik, als de witte en zwarte plastic hondjes waar Steven, mijn twee jaar oudere broer, vaak gedachteloos mee speelde.

'Dit is mijn vader,' zei ik trots tegen de juffrouw toen hij me voor het eerst naar school bracht. Mijn vader was toen slank, met een volle haardos. Ik vond zijn handen de mooiste die ik ooit had gezien. Ik zag aan haar ogen dat ze hem bijzonder vond. Ze bloosde toen hij haar zijn hand toestak.

In die tijd werden de dagen aaneengeregen als de kralen aan het draadje om mijn hals. Ze waren gemaakt van gedroogde meloenpitten, waarin ik gaatjes prikte met een naald uit mijn moeders naaimandje.

Ik weet nog precies wanneer hij begon te veranderen. Het was vlak voor zijn vijfenveertigste verjaardag. Hij vertelde me dat hij in het midden van zijn leven was aangekomen. Waarom was me niet duidelijk, misschien omdat zijn eigen vader negentig was geworden. Die hele verjaardag had hij stuurs voor zich uit gekeken. Zelfs de sneeuw die van de ochtend tot de avond uit de hemel neerdaalde keurde hij geen blik waardig. Toen hij mijn cadeau uitpakte – een fles aftershave –, schudde hij alleen maar zijn hoofd. Hij rook er niet eens aan. Ik ging hem die dag zoveel mogelijk uit de weg. Hij vond de dingen waar ik mee bezig was vaak onnozel, ze ergerden hem maar.

Rond diezelfde tijd werd hij kaal. Haren kleefden aan de rugleuning van zijn fauteuil en de kraag van zijn colbert. Ze lagen op zijn hoofdkussen, in de wasbak en op het tafelkleed. Mijn moeder maakte die weken extra vaak schoon, schuierde zijn kleding voor hij naar zijn werk vertrok en zweeg over wat ze zag. Wanneer hij thuis was liep hij heen en weer tussen de badkamer en de gang, de twee plekken in ons huis waar spiegels hingen. Op advies van de reformwinkel kocht hij een fles berkenhaarwater en besprenkelde daar voortdurend zijn hoofdhuid mee. De weeïge geur zou nooit meer uit zijn fauteuil trekken. Na precies zes weken was het gebeurd.

Opeens vielen zijn wenkbrauwen me op. Ze waren grijs en borstelig, alsof ze met hun imposante aanwezigheid het verlies van het hoofdhaar wilden goedmaken. Mijn vader was onherroepelijk veranderd. Alleen foto's verrieden nog hoe hij er ooit uit had gezien, maar foto's maakten we zelden.

De teerling van zijn leven was geworpen. Hij had gedaan wat volgens hem een man hoorde te doen: een baan gezocht, een vrouw gekozen, een gezin gesticht. Hij had Steven en mij naar zijn evenbeeld gevormd. Maar tot zijn ontsteltenis had de maatschappij de opvoeding overgenomen. Hij wond zich op over schoolfeesten waar bier werd geschonken en hasj werd gerookt. Hij ergerde zich zo aan het platte vermaak op de televisie dat hij het toestel bij het grofvuil had gezet. Zijn carrière had het hoogste punt bereikt, verder kon hij niet doorgroeien. Vanaf nu kon het alleen maar bergafwaarts gaan.

Het vrat aan hem. Wanneer hij de krant las, bonkte hij doorlopend met de hak van zijn schoen op de vloer. Een irritant geluid waar ik helemaal gek van werd. Ik kon er zelfs geen tijdschrift bij doorbladeren, laat staan een boek lezen. Hij spiedde voortdurend om zich heen, alsof hij belaagd werd door verborgen elementen die het op hem gemunt hadden.

'Ze proberen je altijd overal op te pakken,' mopperde hij op een keer.

Hij zat aan de huiskamertafel over een stapel papieren gebogen. Een bruine envelop was op de grond gevallen, een eindje van zijn schoen vandaan. Zijn leesbril hing aan een koordje in een nekplooi.

'Iedereen is uit op eigenbelang. Eerlijke en rechtschapen mensen zoals ik zijn daarvan de klos. Waar gaat dat heen?'

De maaltijden, altijd gezamenlijk genuttigd en door mijn moeder nadrukkelijk bestempeld als het rustpunt van de dag, kregen gaandeweg een andere wending. Mijn vader sprak opgewonden over zijn collega's. Over Jansen van de administratie, die consequent de verkeerde beslissingen nam, en Houtsma van de afdeling Verkoop, die het achter zijn ellebogen had. Maar vooral over zijn directe baas, Kees ten Bruggenkate, een man met een bochel, die volgens hem moedwillig zijn carrière kapotmaakte.

'Wat hij me vandaag weer flikte...' begon hij meteen nadat mijn moeder had opgeschept. Daarna volgde steevast een verhaal over een schrijnende onrechtvaardigheid die hem was overkomen. Zwijgzaam werkten mijn moeder, Steven en ik de aardappels met jus naar binnen – eerst prikken, dan prakken –, terwijl mijn vader steeds sneller, struikelend over zijn woorden, vertelde over zijn werk, een wereld die ik alleen uit zijn verhalen kende. De buitenwereld was een jungle waarin je moest zien te overleven, zoveel begreep ik eruit. Er heerste niet het recht van de sterkste – nee, er golden andere wetten. Het ging om vriendjespolitiek, om de juiste mensen op de juiste plekken te kennen, om door iedereen aardig gevonden te worden. Allemaal zaken waar hij grote minachting voor had. De huid van zijn gezicht en hals kreeg gaandeweg een onnatuurlijk rode gloed. Op dergelijke momenten was ik bang voor hem.

Steven at altijd zonder op of om te kijken. Wanneer hij klaar was schoof hij zonder iets te zeggen zijn stoel naar achteren en ging naar zijn kamer. Een uur later trok hij meestal zijn jas aan en sloeg de buitendeur achter zich dicht.

Mijn moeder, een stille vrouw die vroeger mooi werd genoemd, maar haar uiterlijk nu niet meer van belang vond, ging met mijn vader om als een musicus met een instrument dat bij het minste of geringste ontstemd raakt. Ze wist precies wanneer ze haar mond moest houden en wanneer het beter was over koetjes en kalfjes te praten. Ze hield niet van valse tonen, ze was gesteld op harmonie in haar gezin.

Mijn vader bleef steeds vaker thuis van zijn werk. Hij kreeg last van migraine, van onverklaarbare steken in zijn rechteroor en buikpijnen die hem tot veelvuldig wc-bezoek veroordeelden.

'Ons eten wordt vergiftigd,' beweerde hij op een dag. Hij had zijn bord met vlees en groenten van zich af geschoven en vouwde zijn handen over zijn maag. 'Neem nu kippen. Ze spuiten ze vol hormonen, waardoor ze harder gaan groeien om zo sneller geslacht te kunnen worden. Dat is toch volslagen onnatuurlijk! Alleen zieke geesten kunnen zoiets bedenken.'

Vanaf dat moment kwam er geen gram kippenvlees ons huis meer in. Hij gebruikte de maaltijden om ons te vertellen over allerlei misstanden waarover hij gelezen had. Aan frites kwam nauwelijks nog een aardappel te pas; die bestonden uit geraffineerd zetmeel dat in een vorm werd geperst. Frietvet werd maar één keer per kwartaal vervangen en zat vol roetdeeltjes, die darmkanker veroorzaakten. De politie zou pas echt nuttig werk doen wanneer ze alle snackbars met de grond gelijk zouden maken. Hij dwong ons de belofte af nooit frites te eten. En wisten we wel dat luchtverontreiniging het zenuwstelsel van kinderen onherstelbaar aantastte? Trouwens, wat werden het later voor volwassenen, de kinderen die nu opgroeiden in torenhoge flatgebouwen waarin ze als ratten op elkaar gepakt zaten?

Wanneer ik 's avonds in bed wakker lag zoemden zijn woorden door mijn hoofd. Ik vroeg me af waarom alleen míjn vader zich over deze dingen druk maakte. Gedachteloos wreef ik met mijn vingers over het rauhfaserbehang. Ik ging op zoek naar een bobbeltje dat nog heel was, net onder het randje van mijn bed, zodat het niet opviel. Als ik er een had gevonden, probeerde ik het bolletje eraf te krabben. De kalk was harder dan mijn nagels, zodat ik het nooit helemaal kapot kreeg. Over mijn botte nagels kwam een laagje wit poeder te liggen. Als ik ze in mijn mond stopte, proefde ik de doffe smaak van kalk.

In mijn dromen rende ik alsmaar door een verlaten kantoorgebouw, struikelend over bergen afval, op zoek naar de uitgang, die ik maar niet vond.

2

Op een zondagmiddag las mijn vader de krant in zijn fauteuil bij het raam. Af en toe dwaalde zijn blik naar buiten. Plotseling vouwde hij de krant dicht en legde hem neer. Hij stond op en keek hoe Balder, onze bastaardhond, met zijn hoektanden plukken gras uit het gazon trok en moeizaam kauwend opvrat.

'Dieren weten tenminste nog wat goed voor ze is,' zei hij. 'Let maar op, hij gaat het zo uitbraken, daar kunnen we op wachten.'

Balder kotste een halfuur later met een hoge rug onder schorre keelgeluiden het gras over het tapijt in de huiskamer uit, terwijl mijn vader hem bemoedigend op zijn flank klopte.

'Zie je wel,' zei hij. 'Zo heeft hij zichzelf behoed voor voedselvergiftiging.'

Toen mijn moeder thuiskwam, maakte ze met kokendheet water het tapijt schoon, terwijl ze Balder ondertussen bestraffend toesprak. Mijn vader keek mij aan en schudde zijn hoofd over zo veel onwetendheid.

Vijf jaar daarvoor was hij op een regenachtige dag met het zwart-witte langharige beest thuisgekomen. Hij had het uit het asiel gehaald. Het dier wrong zich om de haverklap in vreemde bochten om met zijn gele tanden in zijn rug te bijten.

Het beest zat onder de vlooien. Zijn vervilte vacht klitte aan elkaar en verspreidde een misselijkmakende geur. Mijn moeders smalle mond verstrakte toen ze mijn vader met de hond zag. Ze stond in de deuropening alsof ze hun met haar smalle lijf wilde beletten naar binnen te gaan.

'Rustig maar, An,' bromde mijn vader. 'Wacht nu maar af.'

Hij liep om het huis naar de achtertuin, viste een touw uit zijn broekzak en bond de hond vast aan de appelboom.

'Haal de tondeuse, Steven,' commandeerde hij.

Mijn broer, die zich achter mijn moeders rug verschool, mompelde wat voor zich uit.

'Mond houden, gewoon doen wat ik zeg,' zei mijn vader.

Even later schoor hij het dier tot op de huid kaal. Hij begon bij de nek, bewerkte daarna de rug en vervolgens de buik. Als laatste schoor hij de kop, de poten en de staart. Het beest onderging het gelaten. Terwijl onze kleren langzaamaan natregenden, zagen we hoe vanonder de enorme bos haar een miezerige naaktslak tevoorschijn kwam die begon te rillen terwijl hij met zijn staart heen en weer zwiepte. Mijn vader liet de tondeuse op de grond vallen tussen de zwart-witte haren die als plukken kapok op het natte gras lagen en keek ons één voor één aan.

'Dit is Balder,' zei hij. 'Let op mijn woorden. Niet ik heb dit dier vandaag uitgekozen, het heeft mij uitgekozen. En niet zonder reden. Het heeft ons iets te vertellen.

Wat dat is, zal de tijd leren.'

Balder was een kreng van een beest. De dag erna beet hij me in mijn hals. Hij liet niet meer los, tot mijn vader, door mijn moeder in paniek erbij gehaald, hem het juiste commando gaf.

'Braaf,' zei hij daarna tegen het dier, dat gehoorzaam aan zijn voeten was gaan liggen. Hij aaide het over zijn kop. Het litteken is nog altijd zichtbaar, nauwelijks een centimeter naast mijn halsslagader.

Balder maakte ons gehaat in de buurt. Hij rende luid keffend achter fietsers aan en probeerde elke dag de broekspijp van de panisch trappende postbode te grijpen. Mijn moeder tolereerde het beest, vanwege mijn vader. Als hij er niet was, gaf ze hem te eten en liet ze hem snel zijn behoefte doen, maar van liefde was geen sprake. Tussen Balder en mij kwam het nooit goed. Hij lag altijd op de plekken waar ik langs moest, zodat ik voortdurend bang was op zijn staart te trappen. Wanneer er bezoek kwam, lag hij strategisch op de drempel van de huiskamer en hield grommend de gasten in de gaten, die zich daar in toenemende mate ongemakkelijk bij voelden. Ik hield er de gewoonte aan over nooit mensen bij me thuis uit te nodigen.

'Wat is dit?'

Mijn ouders en ik stonden bij de kassa van de supermarkt waar we wekelijks onze boodschappen deden. Mijn vader had een rolletje Fruittella uit ons boodschappenwagentje gevist en begon hardop te lezen.

'Geurstoffen E10, E122,' zei hij luid. Een paar mensen om ons heen stonden stil en staarden naar mijn vader.

Zijn gezicht was paarsrood aangelopen en de kringen onder zijn ogen leken zwart.

'Rustig nu maar, Eduard,' suste mijn moeder. Ze probeerde het rolletje uit zijn hand te trekken.

'Smaakstoffen, emulgators,' las hij verder. Hij sprak de woorden lettergreep voor lettergreep uit. Toen hij klaar was keek hij fronsend in het felle kunstlicht boven de kassa.

'Vertel eens, An: is dit mensenvoedsel?'

'Eduard,' zei mijn moeder streng, op de toon waarop ze Steven en mij toesprak als we niet naar haar luisterden, 'hou daar onmiddellijk mee op.' Ze keek naar de mensen om ons heen en forceerde een glimlach.

'Waarom geven we dit aan onze kinderen?' vroeg mijn vader, die net deed of hij haar niet gehoord had. 'Waarom besteden we mijn zuurverdiende geld aan dit gif?'

Er stonden nu zeker acht mensen nieuwsgierig om ons heen. Mijn vader haalde het papiertje van een snoepje af en hield een geel vierkantje tussen duim en wijsvinger omhoog.

'Geloof maar niet dat hier ook maar één banaan aan te pas is gekomen,' zei hij.

Om beurten keek hij de mensen om ons heen aan, alsof hij bijval van hen verwachtte, geknik, misschien wel applaus. De kassajuffrouw, een spichtig meisje dat om de haverklap luidruchtig haar neus ophaalde, werd ongeduldig en trommelde met haar vingers op de geldlade.

'Weet jij eigenlijk wel wat dit met mensen doet?' vroeg mijn vader haar. 'Je wordt er nerveus van, je krijgt er allergische reacties van en afschuwelijke vormen van kanker. Ik voorspel het: de mensheid graaft haar eigen graf.'

Het meisje, dat niet veel ouder was dan ik, keek me aan alsof ze verwachtte dat ik mijn vader tot de orde zou roepen. Maar ik was net zo verlamd als de mensen die nog steeds om ons heen stonden. Even overwoog ik me gillend op de grond te laten vallen, om de aandacht af te leiden met iets wat nog krankzinniger was, maar het hoefde al niet meer. Mijn vader pakte mijn bovenarm vast en drukte het rolletje snoep in mijn hand.

'Leg terug, Eva,' zei hij. 'Ik ben verantwoordelijk voor jullie gezondheid. We halen geen dingen in huis waar we ziek van worden.'

Vanaf die dag bemoeide mijn vader zich tot in de kleinste details met wat we aten. Hij stond erop de boodschappen te doen. Kilometers fietste hij naar boerderijen in de omgeving om onbespoten appels en peren te kopen.

'Eet maar, jongens,' zei hij, terwijl hij zijn arm uitnodigend over de volle fruitschaal uitstrekte. 'Eet ervan zoveel je wilt. Hier is geen waslaag op gespoten. Het smaakt zoals Moeder Natuur het bedoeld heeft.'

We aten ook geen exotisch fruit meer.

'In een land groeit wat de mensen die er wonen nodig hebben,' beweerde hij. 'Het is niet voor niets dat hier geen bananen en ananassen groeien.'

Vlees werd van het menu geschrapt, evenals zuivel. Vanaf de dag dat hij gelezen had dat door het proces van verhitting essentiële enzymen vernietigd werden, aten we ons voedsel zoveel mogelijk rauw. Hij eiste daarbij dat we eindeloos kauwden, zodat het eten al grotendeels in de mond verteerd was voor het de maag bereikte. Zijn kennis haalde hij uit tijdschriften die hij in een reformwinkel kocht. Ze waren op dik, grauw papier gedrukt. Er stonden wetenschappelijke feiten over voeding in, waarvan Steven zich regelmatig hardop afvroeg of die wel betrouwbaar waren, tot mijn vaders grote ergernis.

Maandenlang kauwden we volgzaam op appels met wormgaatjes en zuurdesembrood dat zo zwaar op de maag lag dat ik na elke maaltijd moest gaan liggen om niet te hoeven spugen. Alleen mijn moeder had nergens last van. Ik vermoedde dat dat kwam doordat zij overdag thuis kon eten waar ze zin in had. Stevens huid ging na een tijdje schilferen en ik had het voortdurend koud. Volgens de natuurarts naar wie mijn vader ons elke maand meenam, kwam dat door de overgang van het geraffineerde westerse eten naar de enige voeding waar het menselijk lichaam op gebouwd was. We moesten het tijd gunnen, veel tijd. We hielden het vol tot het moment waarop mijn vader het zelf ook koud kreeg en de zuiver scheerwollen dekens hem niet meer hielpen op temperatuur te komen.

Bij een volgend bezoek verloor hij zijn geduld bij de natuurarts, een broodmagere vijftiger met een bril, die volgens mijn moeder helemaal geen dokter was.

'Je snoept stiekem,' zei de man. Met een vergrootglas bestudeerde hij de schilfers op Stevens huid en beweerde dat hij zich niet strikt aan de regels hield, die hij de keer daarvoor had aangescherpt. 'Dat kan niet anders. Jij haalt vast verboden voedsel bij de snackbar.'

Steven wendde zijn gezicht af, alsof hij verwachtte dat de man hem voor straf zou gaan slaan.

'En u,' ging hij verder, terwijl hij zich richtte tot mijn

vader, 'u bent ziekelijk ongeduldig. Het warmteregulerende systeem moet omschakelen, een nieuwe homeostase vinden en daaraan wennen. Maar u hebt blijkbaar haast en ik krijg natuurlijk de schuld als het fout gaat.'

Hij liep heen en weer door zijn kamer. Opeens stevende hij gedecideerd op zijn bureau af.

'Er staat nog een rekening open,' zei hij op zakelijke toon, terwijl hij tussen stapels papieren rommelde. 'Wel twee. Ook dat verbaast me niets, helemaal niets. Ik wil dat ze nu meteen worden voldaan.'

Mijn vader kneep zijn ogen tot spleetjes en wees naar Steven.

'Kijk naar mijn zoon,' zei hij. 'Hij ziet er niet uit. Kijk naar mijn dochter: een zielig hoopje ellende. En dat is uw schuld.' Hij deed nu een stap naar voren. 'Weet u wat u bent? Nou? Een ordinaire kwakzalver.'

Hij sprak het woord met veel nadruk uit, maar de man was in het geheel niet onder de indruk. Hij zwaaide met de rekeningen, pakte een balpen en begon driftig strepen te zetten.

'En nu verwacht u dat ik betaal voor deze mishandelingen,' ging mijn vader verder. 'Weet u wat ik zou moeten doen? Ik zou u moeten aanklagen bij het medisch tuchtcollege.'

Klodders speeksel vlogen uit zijn mond. De haren van zijn wenkbrauwen stonden alle kanten op. Mijn vader zag er vreemder uit dan ooit, maar dat deed er niet toe. Hij was niet meer onder de indruk van de man met zijn merkwaardige theorieën. Er gloorde hoop voor Steven en mij. Ik stond op en trok aan zijn mouw.

'Kom, papa,' zei ik, 'laten we gaan.'

‘Dat gaat zomaar niet,’ zei de man, die plotseling opstond. ‘U kunt niet zomaar stoppen met de behandeling. Dat is onverantwoord. Als u nu afhaakt, gaat het helemaal mis. U kunt niet meer terug. Wanneer u met mij in zee gaat, moet u afmaken waaraan u begonnen bent.’

‘Meneer, we sluiten dit boek,’ zei mijn vader plechtig.

De man ging in de deuropening staan. Opeens leek hij veel kleiner dan mijn vader, die met zijn benen iets uit elkaar stevig op de grond stond. Hij haalde zijn bril van zijn neus en begon aan de pluisjes van zijn flanellen overhemd te plukken.

‘Gaat u alstublieft niet weg,’ smeekte hij. ‘Ik kan jullie helpen. Geef me nog wat tijd, dan komt alles in orde, dat beloof ik.’

‘Als u nu opzij wilt gaan, kunnen we erlangs,’ zei mijn vader. Hij tikte met de hak van zijn schoen op de vloer.

De man kromp ineen, maar ging niet opzij.

‘Eén kans nog,’ zei hij. ‘Dan scheld ik u de openstaande schuld kwijt.’

‘Ik vroeg u iets,’ zei mijn vader, en hij duwde de man zo hardhandig weg dat die met een klap tegen de deur terechtkwam. Met zijn hand op zijn maag hapte hij naar adem, maar mijn vader keurde hem geen blik meer waardig. ‘Eva, jij voorop,’ zei hij. Hij trok Steven uit de stoel en duwde hem de deur door. Zo, achter elkaar, gingen we de trap af.

We liepen nu in een smalle straat met donkere bakstenen huizen, een oude buurt waar de mensen hun gordijnen ’s avonds hermetisch sloten. Uit een fabrieksschoorsteen kringelde rook. Ik had het nog steeds koud, maar met het vooruitzicht dat deze manier van leven voorbij was, maakte het me niet meer uit. We waren verlost van de bemoeizuchtige arts met zijn dwingende voedselvoorschriften. De panden van mijn vaders lange jas wapperden achter hem aan. Hij liep zo snel dat ik moeite had hem bij te houden.

'Dingen gaan zoals ze gaan, kinderen,' zei hij na een kwartier. Hij legde zijn arm op mijn schouder. 'Soms vergis je je, maar erg is dat niet. Integendeel, zulke ervaringen maken je alleen maar sterk. Je krijgt er geestelijke veerkracht van.'

Hij snoof de buitenlucht op en zette er nog steviger de pas in. We passeerden een openstaand keukenraam, waaruit de geur van gebakken aardappelen met spek ons tegemoet kwam. Ik keek naar Steven en vroeg me af of hem het water nu ook in de mond liep. Maar zijn gezicht verried geen enkele emotie.

'Ik voelde dit al aankomen,' zei mijn vader een tijdje later. Er waren geen huizen meer, we wandelden tussen de weilanden op een zandweg. 'Daarom heb ik niet stilgezeten. De laatste maanden heb ik mijn eigen spijswetten ontwikkeld.'

Hij bleef staan om zeker te weten dat hij onze volledige aandacht had.

'Kefir,' zei hij toen. 'Let op mijn woorden: de toekomst van de mensheid hangt af van kefir.'

Onze voeding bestond vanaf die dag voornamelijk uit een zuur drankje dat hij door middel van een uitgebreid ritueel zelf in onze garage maakte. Hij had in een van zijn gezondheidstijdschriften gelezen dat er in de Kaukasus mensen leefden die wel 113 jaar waren. Hun geheim was kefir, een drankje dat gemaakt werd door een sponsachtige schimmel. Mijn vader had een klein stukje ervan weten te bemachtigen. Hij zou vanzelf aangroeien als je er goed voor zorgde, had de vrouw verteld, die het hem verkocht had.

Tussen zijn werkbank met gereedschap en de kast met jampotten vol zelfgemaakte appelmoes groeide in een enorme weckfles de wittige schimmel. Hij leefde van de verderfelijke suikers in de melk, die hij omzette in een drankje waarvan alleen al de geur mijn moeder en broer deed kokhalzen. Elke ochtend voor het ontbijt ging ik samen met mijn vader naar beneden. Daar goot hij de vloeistof door een trechter in een schenkkan. De rubberachtige substantie waste hij daarna zorgvuldig schoon onder stromend water terwijl hij deze ondertussen grondig inspecteerde. Hij behandelde hem alsof hij een levend wezen was met een eigenzinnige ziel. Daarna stopte hij hem weer terug in de weckfles en goot er een liter verse melk op, die hij elke dag bij een boer haalde. Net als mijn vader was ik gefascineerd door deze schimmel die moederziel alleen in onze donkere garage een eigen leven leidde en ervoor zou zorgen dat wij net als de mensen in de Kaukasus 113 jaar oud zouden worden.

Maar na een poos klaagde mijn vader over pijnlijk ontstoken tandvlees, een kwaal die hij weet aan de verhoogde zuurgraad in zijn lichaam die het drankje volgens hem veroorzaakte. Op een ochtend gooide hij tot mijn spijt de wortel met melk en al op de mestvaalt. De kefir had hem teleurgesteld.

‘Waar blijft papa toch?’ vroeg mijn moeder nog diezelfde week, kijkend op de keukenklok. ‘De koffie is allang klaar.’

Alles in het leven van mijn moeder vond plaats op een vast tijdstip, van het ontbijt tot het ogenblik van slapengaan.

‘Papa komt anders nooit te laat.’

‘Hou nu eens op hem papa te noemen,’ kon ik niet nalaten te zeggen. ‘Hij is mijn vader en jouw’ – ik wees haar aan met mijn wijsvinger – ‘mán.’

‘Daar gaat het nu niet om, Eva,’ beet ze me toe. ‘Dit is niet het moment om principieel te doen. Ik ben ongerust, hij is nooit zo laat. Hij kan wel een hartaanval hebben gekregen of aangereden zijn.’

Haar blik dwaalde opnieuw af naar de klok en bleef daar hangen tot de secondewijzer rond was gegaan. Ze zag er wanhopig uit. Haar kapsel was een warboel, losse plukken haar piekten alle kanten op. Ze stond op en keek uit het raam. Buiten was het inmiddels aardedonker.

‘Laat hem nu toch,’ zei ik. ‘Hij is een volwassen man. Heus, hij loopt niet in zeven sloten tegelijk. En zeg eens eerlijk, wat kan er nu gebeuren?’

Terwijl ik dat zei, werd ik opeens zenuwachtig. Misschien voorvoelde mijn moeder iets, misschien wel iets ergs met mijn vader. Ze had wel vaker voorgevoelens gehad die waren uitgekomen. Nooit precies op de manier waarop ze ze van tevoren beschreven had, maar er was wel altijd iets aan de hand. Ik dacht aan Peter, wiens vader zomaar opeens dood was toen hij op een dag uit school kwam. Wat had ik het laatst tegen mijn vader gezegd? Ik wist het niet meer.

Mijn broer had zich in zijn kamer opgesloten. Waarschijnlijk had hij zijn koptelefoon op om het nerveuze ijsberen van mijn moeder niet te horen. Pas tegen elven kwam mijn vader terug. Zijn broekspijpen zaten onder de moddervlekken. Hij zag spierwit en vermeed mijn moeder en mij, die al die tijd bij de klok hadden gewacht, aan te kijken.

'Ik ga meteen naar bed,' zei hij. Hij liet mijn moeder verongelijkt achter. Hoe kon iemand haar zo in de zenuwen laten zitten en daar niet eens oog voor hebben?

'Hij had op z'n minst sorry kunnen zeggen,' pruilde ze de volgende dag.

Drie dagen lang sprak mijn vader niet tegen ons en ging direct na het eten naar de logeerkamer waar hij tot de volgende ochtend niet meer uit kwam. Balder liep op nog geen meter afstand achter hem aan. Zijn zwiepende staart was het laatste wat ik zag voor mijn vader de deur achter zich sloot. Op de vierde dag begon hij te vertellen: 'Toen ik die avond vertrok, was Balder bijzonder onrustig. Hij was ergens naar op zoek, leek het wel. Ik besloot hem aan te lijnen. Dat doe ik nooit, maar misschien rook hij een kat, of een haas. Als hij daarachteraan rent, ben ik hem uren kwijt, en daar had ik geen zin in. Goed, we vertrokken dus, terwijl hij telkens aan zijn riem trok en totaal niet naar me luisterde. Algauw kon ik hem niet meer in bedwang houden en rende ik als een dolle achter hem aan. Na een tijdje ging hij van het pad af en liep dwars door het natte gras, tot we bij de rivier kwamen. Daar stond hij eindelijk stil. Ik had pijn in mijn zij van het rennen, en hoopte dat hij nu gekalmeerd was. Ik maakte zijn riem los. Hij keek zoekend om zich heen alsof hij iets verwachtte. Opeens rende hij naar een bankje een eindje verderop. Op dat bankje zat een man, die, zo gauw hij Balder zag, hem over zijn kop begon te aaien. Het was verdorie net alsof die twee elkaar kenden. Je weet, Eva, hoe Balder normaal is met vreemden. Hij weet precies wie hij kan vertrouwen en wie niet.'

Mijn vader keek me nadrukkelijk aan. Ik wist dat hij op mijn vriendin Madeleine doelde, tegen wie Balder vanaf de eerste de beste dag vervaarlijk gegromd had. Hij vertelde verder.

'Ik ging naast de man zitten en groette hem.

"U hoeft uw naam niet te noemen," zei hij. "Ik weet wie u bent en wat u bezighoudt. U hebt het niet gemakkelijk de laatste tijd."

Ik schrok van deze woorden. Wie was deze man en hoe kon hij dit weten? Ik wilde het hem vragen, maar hij was me voor.

"Ik ben hier gekomen omdat ik een boodschap voor u heb."

Ik probeerde de man in me op te nemen, maar dat lukte niet. Hij had niets opvallends, hij leek een gewone voorbijganger. Bovendien had hij de kraag van zijn jas opgezet, zodat ik zijn gezicht niet goed kon zien.

"Een boodschap?" vroeg ik. "U hebt een boodschap voor mij?"

"Ik heb op u gewacht," zei hij. "Ik wist dat u vanavond zou komen."

Ik keek naar Balder, die aan zijn voeten was gaan liggen. God had me persoonlijk naar deze man geleid, dat kon niet anders. Hij had Balder als zijn boodschapper gekozen.

"U moet een reis maken," zei de man. "Een reis naar het noorden. Daar zult u vinden wat u zoekt."

Dat zei hij, naar het noorden. Ik wilde nog vragen waarom en waar precies in het noorden, maar hij verdween, zonder nog iets te zeggen, in de nacht.'

3

Met toenemende ontsteltenis zag ik in de loop van die lange, koude winter de dingen om me heen veranderen. Ons huis werd van binnenuit als door een gezwel aangetast. Nog steeds speelden de veranderingen zich op één plek af. De speelkamer probeerde ik zoveel mogelijk te vermijden, hoewel dat nog een hele kunst was. Ik kwam erlangs als ik mijn fiets uit de garage haalde om naar school te gaan, en als ik een stapel oude kranten of een doos met lege flessen wegbracht. Ik deed dan mijn uiterste best niet opzij te kijken. Ik wilde niets weten van de dagelijkse verschuivingen. Wie weet hoe mijn leven eruit zou zien als alles anders was. Er was niemand om me gerust te stellen.

Toen ik op een middag uit school kwam zag ik het liggen: het tijdschrift dat een groot deel van de salontafel in beslag nam. Het was opengevouwen op de middenpagina, waar drie gouden nietjes het laatste zonlicht weerkaatsten. Vanaf de drempel tussen huiskamer en gang, waarop ik een paar seconden stilstond, zag ik al dat het om een landschapsfoto ging. Een landschap, maar in 's hemelsnaam, waar? Waarom lag het tijdschrift daar, zo duidelijk in het zicht? Het lag er natuurlijk met een bedoeling. Mijn vader was thuis geweest, dat kon niet anders. Hij had het voor Steven en mij neergelegd. Hij wilde er iets mee. Hij wilde altijd overal iets mee.

Met tegenzin liep ik naar de tafel. Op de kleurenfoto, die twee volledige pagina's bestreek, zag ik een uitgestrekt landschap van bossen en meren. Het water leek uit hars gegoten. Herfstbladeren lagen er als plakken bladgoud op. In niets deed het me denken aan het golvende water van de Noordzee waarin ik als klein meisje pootje had gebaad. Ik pakte het tijdschrift op en bladerde terug naar het begin van de reportage.

'Lapland, Virgin of the North' stond er in zwarte letters, die zonder pardon over de foto heen waren geplaatst. Dus dat voerde hij in zijn schild: Lapland. Ik klapte het blad in één keer dicht. *Time-Life* stond er op de voorkant. Daarna legde ik het onder de krant van de vorige dag in de tijdschriftenbak, die naast de salontafel stond.

'Opgeruimd staat netjes,' mompelde ik, terwijl ik naar mijn kamer liep om de *Tina* door te bladeren die ik van Madeleine had gekregen. Ze gaf me hem iedere week als ze hem uit had.

'Ik had hier toch dat Amerikaanse fotoblad neergelegd?' vroeg mijn vader toen hij thuiskwam.

Hij tilde een stapeltje post dat op tafel lag op en liet zijn ogen door de kamer dwalen.

'Heeft iemand het gezien?'

Ik deed net of ik hem niet hoorde.

'Ik begrijp er niets van,' zei hij. 'An, heb jij die *Time-Life* gezien die ik van de tandarts heb gekregen?'

De tandarts, dus daar kwam het vandaan – de man

waar ik elk halfjaar heen moest voor controle. Op de zitting van zijn rolstoel lag een groenfluwelen kussen. 'Dr. Strangelove' noemde Steven hem. Tijdens een tocht op de motor door Zuid-Amerika was hij uit de bocht gevlogen. Pas nadat hij een halve dag in een greppel had gelegen, vonden ze hem.

'Mijn benen kan ik niet meer gebruiken,' zei hij tegen nieuwe patiënten wanneer ze naar zijn rolstoel staarden, 'maar met mijn handen is niets mis.'

Hij bewoog zich razendsnel door de aangepaste praktijk, terwijl hij zich met zijn maaiende armen afwisselend tegen de behandelstoel en de muur afzette. Zijn voeten hingen vlak boven het plankje aan de onderkant. Regelmatig tilde hij zijn benen met zijn beide handen op om ze een stukje te verleggen. Daarbij verscheen een vreemde grimas op zijn gezicht. Ik vermoedde dat het optillen van zijn dunne benen hem bovenmenselijk zwaar viel.

'Mag ik binnenkomen?' fluisterde ik die avond bij de deur van Stevens kamer. Het was al een poosje stil in huis, maar door een kier had ik nog licht zien branden.

'Hmm,' bromde Steven, 'liever niet.'

'Alsjeblieft...' smeekte ik. 'Ik kan niet slapen.'

Ik hoorde Steven behoedzaam de klink naar beneden duwen. Het was de kunst mijn vader niet wakker te maken. In tegenstelling tot mijn moeder sliep hij nooit diep. Zelfs 's nachts was hij waakzaam. Bijna was ik op de plek waarop ik mijn zinnen had gezet: het domein van mijn grote broer.

'Wat is er, zusje?' vroeg Steven. Hij probeerde me tegen te houden door zich zo breed mogelijk te maken.

Ik dook behendig onder zijn arm door en liep meteen naar zijn tekentafel. Het was zijn trots: de witte gekantelde tafel die als de vleugel van een albatros zijn jongenskamer doorkliefde. In de open houten tekendoos die op een richel onder de tafel stond lagen zijn potloden en pennen. Daarnaast zijn penselen, potjes inkt in verschillende kleuren, een stanleymes en allerlei gummetjes. Op zijn bureau lagen vellen vloeipapier, puntenslijpers en een rol bruin plakband, alles keurig gerangschikt. Onder geen beding mocht ik ook maar ergens aankomen.

'Hoe kom ik toch aan twee zulke verschillende kinderen?' verzuchtte mijn moeder eens toen ze hoofdschuddend naar mijn tafel keek. 'Alsof iemand een prullenbak over je bureau heeft omgegooid. Dat je zo je huiswerk maken kunt, Eva.'

Maar ik maakte mijn huiswerk nooit aan tafel. Ik zat het liefst in het schemerdonker op bed, weggedoken tussen mijn zelfgemaakte kussens.

'Wat is dat?' vroeg ik, wijzend naar de tekening op Stevens tafel. Er stond een donker gebouw op, dat het midden hield tussen een fabriek en een flat. Steven had kapotte ramen in groezelige gevels getekend en gedeukte conservenblikjes naast een lekkend olievat. De straat waaraan het gebouw lag verdween in een donkere verte. Daarboven was de lucht bijna zwart, alsof de inktpot over het papier was omgevallen.

Steven haalde zijn schouders op. Zijn vingers zaten onder de vlekken.

'Ik weet het niet,' zei hij onwillig. 'Gewoon een gebouw.'

‘Gewoon een gebouw,’ echode ik. ‘Kom op, Steven, waarom vertel je me niet wat het is? Ik ben toch geen klein kind meer?’

‘Als je alleen komt om te zeuren, ga je maar weg,’ zei hij.

Het was koud in zijn kamer. Ik trok Stevens zwarte wollen trui van de stoel en sloeg hem om mijn schouders. Daarna ging ik op zijn bed zitten, met mijn benen in kleermakerszit. Mijn groene gestippelde nachtpon probeerde ik tegelijkertijd over mijn beide knieën te trekken.

‘Nou,’ zei Steven, ‘waar kom je eigenlijk voor?’ Hij wreef met zijn hand over zijn linkeroog en voorhoofd, alsof hij hoofdpijn had. ‘Weet je wel hoe laat het is?’

‘Papa heeft een tijdschrift meegenomen. Er staat een reportage over Lapland in,’ zei ik. ‘Wedden dat we daar deze zomervakantie heen moeten?’

Steven begon door zijn kamer heen en weer te lopen. Hij beet op zijn duimnagel.

‘Lapland,’ mompelde hij, ‘Lapland. Wat heeft hij daar in godsnaam te zoeken?’

Hij kwam naast me op bed zitten. De afstand tussen ons was zo groot dat ik mijn arm had moeten uitstrekken om hem aan te raken. Ik was nu zo afgekoeld dat ik kippenvel over mijn hele lichaam had. Maar ik was graag bij hem en zou nooit uit eigen beweging weggaan. Op de gang klonk gestommel.

‘Daar heb je het al,’ fluisterde Steven. ‘Ik wou verdorie dat die man eens één keer gewoon doorsliep.’

‘Ben je nog op, jongen?’ Mijn vaders stem klonk dof door de gesloten deur. ‘Je hoort allang te slapen.’

'Ik ging even naar de wc,' antwoordde Steven. Hij probeerde luchtig te klinken, maar hij praatte sneller dan gewoonlijk. 'Welterusten, pa.'

Hij knipte de schemerlamp naast zijn bed uit. Mijn vader ging naar de badkamer. Zijn blote voeten plakten aan het linoleum in de gang. We hoorden hem aan het koord van het licht trekken en even later de wc doorspoelen. Daarna weer zijn voetstappen op de gang. Hij snoot langdurig zijn neus. Steven en ik wachtten bewegingloos tot het weer stil werd. De kamer werd flauw verlicht door een lantaarnpaal die door de gordijnen scheen.

Ik keek naar mijn broer, naar zijn keurig geknipte haar, dat altijd precies in model bleef zitten. Mijn moeder had gelijk. Steven en ik waren zo verschillend als dag en nacht. Ik met mijn donkerbruine en mijn broer met zijn bleekblauwe ogen.

'Wat bezielt die gek?' zei hij. 'Waarom sleept hij óns daarheen? Hij kan toch net zo goed alleen gaan.'

Hij ging weer achter zijn tekentafel zitten en draaide de dop van het flesje Oost-Indische inkt. Ik snoof de zo vertrouwde zurige geur op. Hij sloot zijn ogen. Ik probeerde me zo stil mogelijk te houden. Als ik geen geluid maakte en me op zijn bewegingen concentreerde, begreep ik misschien wat er in hem omging.

Plotseling keek hij op.

'Je moet nu gaan,' fluisterde hij.

Ik knikte. Ik begreep dat ik het hem met mijn aanwezigheid alleen maar moeilijk maakte. Onhoorbaar sloop ik door de deur, die hij voorzichtig voor me opende, terug naar mijn kamer.

Ik was nu klaarwakker en schoof mijn gordijn een stukje opzij. In het huis achter het onze brandde licht. Ik zag schimmen achter de gordijnen bewegen. De mensen die daar woonden kende ik niet.

Vroeger stond ik vaak voor dit raam dat uitkeek op het schuurtje, de vierkante zandbak en het stukje grond dat ik als mijn tuintje beschouwde. Wanneer ik daar doorheen liep, kwam ik bij de achterommetjes. Daar was het huis van mijn vriendinnetje Tilly. Ze had een pleister over een lui oog achter een brilletje. Tilly was een meisjesmeisje. Ze speelde met poppen en was netjes. We waren tegenpolen, zij en ik. Ze kon heel zuiver zingen en later wilde ze zangeres worden. Ik zou haar overal heen brengen en de bloemen die ze na afloop kreeg voor haar in een vaas zetten. We speelden verstoppertje tussen onze huizen en in de middagzon dwaalden we hand in hand over het gras. Van de ene op de andere dag woonde ze er niet meer.

'Verhuisd,' zei mijn moeder toen ik ernaar vroeg. 'Ze zijn naar een andere stad vertrokken.'

Ze ging verder met het ophangen van de witte was. De grond onder mijn voeten leek opeens te bewegen. Ik werd zo draaierig dat ik moest gaan zitten.

'Geef me de knijpers eens aan,' zei mijn moeder. Omdat ik niet reageerde, pakte ze ze zelf uit het mandje. Ze gebruikte twee knijpers voor de overhemden van mijn vader en een voor de onderbroeken van Steven en mij. Zelfs in het ophangen van de was bracht mijn moeder orde aan.

Tilly heb ik daarna nooit meer gezien. Ik moest het doen met mijn herinneringen. Haar lange donkerblonde haren die ze zo uitvoerig borstelde, anders dan mijn haar, dat altijd in klitten zat. De middagen knipten we pas laat het licht aan om het moment waarop ik naar huis moest zo lang mogelijk uit te stellen. Soms mocht ik haar haren opnieuw vlechten. Dat deed ik zorgvuldig en zo langzaam mogelijk.

Ik liet de gordijnen open en liep door mijn kamer. De inrichting was vertrouwd en tegelijkertijd was ik aan sommige dingen nooit gewend geraakt. Mijn ouders hadden een tafel en een bijpassende stoel voor me gekocht.

'Nu heb je een plek om je huiswerk te maken,' zei mijn moeder toen ze de meubels tegenover mijn bed zette.

De tafelpoten lieten strepen op het zeil achter, die ze later met boenwas weghaalde. Het was een voortdurend gevecht om de kamer zo te maken dat ik me er thuis voelde. De muren waren feloranje. Dat had de kleurenspecialist die mijn ouders op advies van de verfwinkel raadpleegden besloten.

'Echt een kleur voor een jong meisje,' zei de man, terwijl hij me een knipoog gaf.

Ik wist niet waarvoor ik een grotere haat voelde: voor de man met zijn kleurenwaaier die wel tien keer het woord 'hip' liet vallen, of voor de oranje muren in mijn slaapkamer.

Als ik niets deed, lag ik languit op bed omhoog te staren. Met punaises die ik in de schrootjes aan het plafond had geduwd, had ik een visnet opgehangen. Er lag een ansichtkaart in met een Franse postzegel erop. Met lichtroze lippenstift was er een zoen op gedrukt.

'Wish you were here,' stond eronder. 'Liefs, Madeleine.' Daarnaast lagen kokertjes gemaakt van opgerold papier waar ik plakband omheen had gewikkeld. Er zaten gedichten in die ik had overgeschreven uit een bundel van de schoolbibliotheek. Ik kende ze stuk voor stuk uit mijn hoofd. Er lag ook een klassenfoto in een glazen lijst. Hij was gemaakt op de laatste dag van mijn lagere school. We stonden in drie rijen op het schoolplein opgesteld. De kinderen op de onderste rij zaten gehurkt, ik op het hoekje. We keken tegen de zon in. Op de achterkant van de foto had ik de voornamen van alle kinderen uit mijn klas geschreven. De juffrouw zei dat we het ons nu niet konden voorstellen, maar dat we later sommige namen vergeten zouden zijn. Hoe lang zou dat eigenlijk duren, had ik me afgevraagd, voor ik de eerste naam niet meer wist?

'Luister eens, kinderen,' zei mijn moeder 's zaterdags daarop aan de ontbijttafel. 'Papa wil jullie iets vertellen.'

Ze schoof haar stoel een stukje naar achteren en wachtte tot ze onze aandacht had. Ik liet de vork die ik op dat ogenblik naar mijn mond bracht zakken. Daarna draaide ik mijn gezicht opzij naar Steven, die gewoon verder at van zijn Brinta. Hup, weer een hap, en weer een. Mijn moeder had tot dat moment nog niets gegeten. Ze zat kaarsrecht, haar blauwe ogen glommen. Ik keek naar mijn vader, die zoals altijd al aangekleed was.

'Steven, luister jij ook eens,' zei hij, en hij wachtte tot die met tegenzin zijn lepel losliet. De lepel bleef rechtop in de pap staan.

Steven liet zijn hoofd in zijn nek zakken als een loerende gier.

'Deze zomervakantie willen we een grote reis maken,' zei mijn vader plechtig.

Mijn moeder knikte instemmend, zag ik vanuit mijn ooghoeken. Het ergerde me.

'Niet zomaar een reis. We willen jullie een stuk van de wereld laten zien waar de natuur ongerept is, waar de menselijke beschaving nog geen vat op heeft gekregen. De zogenaamde beschaving,' ging hij verder op vertrouwelijke toon, 'want zeg eens eerlijk: wat voor goeds heeft al die nieuwigheid nu eigenlijk gebracht? Een invasie van auto's met ziekmakende uitlaatgassen, snelwegen die de natuurlijke habitat van dieren kapotmaken. Mensen zijn verworden tot slappelingen die hun eigen voedsel niet meer kunnen vinden. Ze...'

'Waar gaan we heen, pap?' kapte ik hem af.

Mijn vader rechtte zijn rug en ademde diep in.

'Jongens, we gaan deze zomervakantie naar Lapland. Naar het hoge noorden, de laatste wildernis van Europa, voorbij de poolcirkel, daar waar het 's winters nooit dag en 's zomers nooit nacht wordt.'

Hij was langzamer gaan praten, alsof hij een verhaal voorlas en vlak voor de ontknoping was aangekomen.

'We gaan naar een plek op aarde die nog niet in kaart is gebracht,' besloot hij.

Steven keek uitdrukkingsloos naar zijn pap.

'Nou, wat vinden jullie ervan?' vroeg mijn vader.

Ik haalde mijn schouders op.

'Hoe kan ik dat nu weten?' zei ik. 'Ik ben er nooit geweest en ik weet ook niet wat je daar van plan bent.'

'Precies,' zei mijn vader, zonder ook maar één keer te knipperen. 'Maar dat gaat met ingang van vandaag veranderen. We gaan alles over Lapland leren – over de flora, de fauna, de verschillende gesteenten en het klimaat. Ik heb me er al in verdiept en ik kan jullie alvast zeggen: het is fascinerend. Jullie weten over een tijdje precies hoeveel mensen er wonen in Inari, een plaatsnaam die jullie nu nog niets zegt, maar waar we komende zomer de mooiste avonturen gaan beleven.'

Steven schoof zijn bord van zich af en zijn stoel naar achteren.

'Je hebt je pap nog niet op,' bracht mijn moeder snel uit.

'Ik heb genoeg gehad,' antwoordde hij. 'Ik moet ervandoor.'

'Helemaal niet,' zei mijn vader handenwringend. 'Ik heb je nodig, jongeman, en jou ook, Eva. Vandaag gaan we met z'n vieren aan de slag. Kleed je aan, dan gaan we vanmorgen eerst naar de bibliotheek. Ik wil dat jullie alles, maar dan ook alles lezen wat er maar over Lapland te vinden is. Er moet nog veel gebeuren voor we daar voet aan wal zetten. Ik ben niet voor niets zo vroeg begonnen. Van de lange voorbereidingstijd zullen we ieder uur nodig hebben.'

Avond na avond zaten mijn ouders in de speelkamer. Wanneer we klaar waren met eten, de afwas gedaan en de keuken opgeruimd, zette mijn moeder koffie, die ze in een thermoskan mee naar beneden nam. Zo zaten ze daar de rest van de avond, met een loep over kaarten en folders gebogen. De felle tl-verlichting die mijn vader boven de schragentafel had opgehangen wierp een blauwwit schijnsel over hun gezichten. Mijn moeder stelde vragen, mijn vader gaf antwoord. Er viel geen enkele twijfel in zijn stem te bespeuren. In een schrift tekende mijn moeder de opmerkingen van mijn vader op. Ze ploos de folders uit en vulde de kolommen in waarboven stond: 'actuele reistijd', 'kilometers', 'kosten'. Later dan gewoonlijk hoorde ik hen de trap op stommelen. Voordat ze hun tanden poetsten controleerden ze grondig alle sloten van het huis. Daarna deden ze de deur van hun slaapkamer dicht. Het was meteen stil.

'We stippelen de route uit,' vertelde mijn moeder ongevraagd toen ik haar een keer op de trap tegen het lijf liep. Ze streek een loshangende pluk haar weg.

'Het is niet naast de deur en we willen niet met een auto of vliegtuig reizen. We vinden het een uitdaging om jullie te laten zien dat je er met het openbaar vervoer ook kunt komen. Er zijn verschillende routes, maar wij nemen natuurlijk de mooiste weg.'

Ik wist maar al te goed wat dat betekende. Waar we ook heen gingen, mijn vader nam nooit de snelweg. Uren reden we over B-wegen, langs kanalen en verlaten industrieterreinen, waar we eindeloos voor stoplichten wachtten en regelmatig verdwaalden. Maar de weg aan onbekenden vragen deden wij niet. Dat was een zwaktebod.

4

'Wat ga jij doen met de grote vakantie?' vroeg ik. Sinds Madeleines ouders waren gescheiden was ze met kerst met haar moeder gaan skiën en in de zomer met haar vader naar Saint-Tropez geweest.

Zij stond voor de spiegel in de badkamer, ik zat schuin op de rand van het ligbad en keek hoe ze haar schouderlange haar borstelde. Ze maakte lange halen vanaf haar kruin. De uiteinden hield ze telkens even tussen duim en wijsvinger vast om te inspecteren of er dode puntjes in zaten. Vochtige handdoeken over de rekjes aan de deur verspreidden een bedompte lucht. Het crèmekleurige badstoffen kleed op de vloer was smoezelig, net als de oudroze badslippers die haar moeder onder de wastafel had uitgetrapt.

'Ik ga weer met mijn vader naar Saint-Tropez,' sliste ze, terwijl ze een haarspeldje tussen haar tanden klemde. Ze pakte het uit haar mond, trok met haar tanden en vingers de pootjes uit elkaar en zette met een ferm gebaar haar pony vast.

'Papa heeft gezegd dat hij zich er alweer op verheugt.'

Ik herinnerde me haarscherp de foto's die Madeleine mij had laten zien toen ze eindelijk terug was van haar vakantie aan zee. Met haar gebruinde gezicht was ze naast me op de bank komen zitten. Ze sloeg een plastic fotomapje open. De zee op de polaroidfoto's was zo blauw dat ik dacht dat er een speciale lens voor was gebruikt. Ik zag Madeleine staan in een bikinibroekje met een nat T-shirt erboven. CÔTE D'AZUR stond er met rode letters in een halve cirkel op geprint. De stof volgde plakkend tegen haar lijf de precieze vorm van haar borsten.

'Dat is tegen het verbranden,' antwoordde Madeleine ongevraagd. 'De eerste dagen moet je huid nog aan de zon wennen. Maar daarna gaat alles uit.'

'Alles?' vroeg ik. Madeleines hals kleurde.

'Nou ja,' zei ze, terwijl ze het mapje dichtklapte, 'de meeste vrouwen dragen van boven niets. Maar ik natuurlijk wel.'

'Natuurlijk,' zei ik, 'stel je voor!'

Ze wierp nog een laatste blik in de badkamerspiegel en trok me toen aan mijn arm mee naar de keuken. In de koelkast vond ze een halve appeltaart in een kartonnen doos.

'Wij gaan dit jaar op vakantie naar Lapland,' zei ik.

'Lapland, waar ligt dat ook alweer?' vroeg ze. Ze trok haar neus een stukje op als een hond die een verdachte lucht ruikt.

'In het noorden van Scandinavië, boven de poolcirkel,' antwoordde ik. Het kwam er vanzelf uit, alsof de inhoud van de bibliotheekboeken in mijn hoofd was gegrift.

'Jee, wat ontzettend ver,' zei ze. Het fronsje op haar neus was verdwenen en ze sperde nu haar ogen wijd open. Uit de keukenla pakte ze een enorm mes.

'Wat valt daar eigenlijk te beleven?'

Ik haalde mijn schouders op.

'Geen idee,' zei ik. 'Mijn vader wil het graag zien. Het is daar behoorlijk ruig. Er leven rendieren en zeldzame roofvogels.'

Ik probeerde me noemenswaardige dingen te herinneren, maar er kwam niets boven.

'Verder is er niets,' besloot ik.

'Niets?' riep Madeleine uit. 'Echt?'

Ze trok nu haar wenkbrauwen hoog op terwijl ze een stuk appeltaart afsneed en een glas tot de rand vol cola schonk. Ze duwde meteen de helft van de taartpunt in haar mond.

'Maar er zijn daar toch wel campings en zo?' informeerde ze verder, luid smakkend, 'en steden met terrasjes waar je campari kunt drinken?'

Madeleine had vorige zomer in Frankrijk campari ontdekt.

'Ik bedoel,' vroeg Madeleine, 'wat gaan jullie daar dan doen?'

'We gaan de natuur bekijken,' zei ik verslagen.

Madeleine liet het koolzuur in haar neus prikken en dronk daarna in één keer het glas leeg.

'Godverdomme!' zei ze.

Ik genoot ervan als ze vloekte. Bij mij thuis was dat streng verboden, evenals smakken.

'Ik hoop dat ik een ernstige ziekte krijg,' zei ik. 'Dan kan het niet doorgaan.'

Ik beet met mijn rechterhoektand op een velletje van mijn onderlip.

'Of dat het huis in brand vliegt, of mijn oma doodgaat.'

Ik schrok van mijn woorden en klopte ze stiekem af op de onderkant van de tafel, ook al was het geen ongeverfd hout. Madeleine was in het geheel niet bijgelovig. Dingen waar ik me druk over maakte, lieten haar koud.

'Ja,' zuchtte Madeleine, 'we gaan een goed plan voor je bedenken.'

'Kan ik niet met jullie mee naar zee?' vroeg ik.

Madeleine pakte mijn hand en kneep erin. Daarna bewoog ze haar duim secondenlang over een ader op de rug van mijn hand. Ik vroeg me af wat er in haar omging. Toen liet ze me plotseling los om de laatste hap taart naar binnen te proppen.

'Wie weet,' zei ze. 'Ik zal het papa vragen. Als ik zeg dat ik het heel graag wil, vindt hij het vast goed.'

Ze liet het restant van de taart op tafel liggen, evenals het vuile mes, en liep de keuken uit.

Door de postbode, een slungelige jongen met kraters op een vollemaansgezicht, werd op een zaterdagochtend een kartonnen koker bezorgd. Terwijl Balder het huis bij elkaar blafte achter de keukendeur, waar mijn moeder hem met moeite in bedwang hield, lachte de jongen schaapachtig naar me. Ik lette nauwelijks op hem en keek meteen naar de afzender. De koker was afkomstig van het Fins verkeersbureau. Nog voor ik hem ergens kon wegleggen, trok mijn vader, die vanuit het niets achter me opdook, het ding uit mijn handen.

'Ha, eindelijk!' riep hij enthousiast. 'De topografische kaarten van Lapland.'

Hij streek met zijn hand over de koker. De jongen keek ondertussen afwisselend naar mijn vader en naar mij. Zijn mond hing half open.

'Zonder deze kaarten zijn we nergens,' zei mijn vader, terwijl hij de deur pardoes in het gezicht van de jongen dichtsmeet.

Hij vertrok naar de speelkamer. Mijn moeder liep hem achterna.

Na anderhalf uur riep mijn vader ons.

'Eva, Steven, naar beneden komen. Mama en ik willen jullie iets laten zien.'

Steven, die in zijn kamer naar muziek luisterde, en ik, die naast hem op de grond zat, deden net of we niets hoorden.

'Jongens, nu komen!' klonk het geïrriteerd. Even later stormde mijn vader de slaapkamer binnen en trok de stekker uit de platenspeler. De muziek vervormde en stierf langzaam weg terwijl we achter mijn vader aan naar beneden sjokten.

De kaarten lagen uitgevouwen op de vloer van de speelkamer. Het waren er vier. Ze pasten niet tegen elkaar. In het midden was een gat. Mijn moeder zat op haar knieën op de grond, mijn vader hurkte ernaast. Ze waren allebei op kousenvoeten. Mijn moeders linkersok was gestopt.

'Dit is het gebied waar we komende zomer naartoe gaan,' begon mijn vader. Met zijn wijsvinger trok hij een cirkel om de vier kaarten. 'En dit,' zei hij zachter, terwijl hij naar het gat wees, 'dit is het gebied dat nog niet ontsloten is. Er zijn hier geen auto's, geen steden, geen fabrieken. Helemaal niets behalve zuivere natuur. Hier zullen we rendieren tegenkomen en goudzoekers in authentieke Lappendorpen. Van deze mensen zullen we leren onder primitieve omstandigheden te overleven. In dit gebied moeten we volledig vertrouwen op het kompas. Er zijn namelijk geen wegen, geen borden, nee, er is daar geen enkele bewegwijzering. Dit gebied is namelijk nog niet in kaart gebracht.'

Ik keek opzij naar Steven, die naar het grijze linoleum tussen de kaarten staarde. Hij was bang. Ik zag het aan zijn huid, die bleker was dan anders, aan de strak aangespannen spieren rond zijn ogen. Bang voor het lege stuk wildernis waar hij zijn zestiende zomer zou doorbrengen. Het vergeten stuk aarde waar niemand iets te zoeken had, behalve mijn vader blijkbaar.

Ik herkende Stevens angst, hij overviel me telkens opnieuw bij het slapengaan.

Die avond begon ik rechtsboven in de hoek van mijn bovenlaken te bijten. Door de weerstand die de stof bood liep het water in mijn mond. Daarna boorde ik mijn tanden dieper in de stof, tot ik hem voelde wijken. Ik koos daarna een nieuw stuk uit en deed daarmee hetzelfde. En daarna weer en daarna weer. Na een week, toen mijn moeder het bed verschoonde, ontdekte ze het.

Ze maakte een schril keelgeluid. Ik zag haar in mijn slaapkamer staan met het opengevouwen laken in haar handen. Het bewoog onder haar verwijtende blik op en neer als de vleugel van een gewonde engel. Er zaten evenveel gaatjes in als de poriën van mijn huid waardoor het angstzweet naar buiten kroop.

Telkens weer ontdekte ik nieuwe dingen in de speelkamer. Op de planken van de kast stonden gevriesdroogde maaltijden in blikjes. Keurig naast elkaar, kleur bij kleur. BOERENKOOL, ZUURKOOL en HUTSPOT stond op de wikkels. Een plank lager lagen langwerpige zakjes met gedroogde groenten: doperwten, snijbonen en maïs. Met een brievenweger zag ik mijn moeder muesli afwegen en in plastic zakjes doen, die ze met een apparaatje luchtdicht afsloot. Voor Balder werden voor onderweg porties brokken en gedroogd vlees in zakjes gedaan. Alles was strikt gerantsoeneerd, met een plakkertje met dagaanduiding. ONTBIJT DAG 1, LUNCH DAG 3, stond erop geschreven, vanzelfsprekend met watervaste pen. In een schrift hielden mijn ouders bij wat er in huis was, wat zelf moest worden gemaakt en wat nog moest worden aangeschaft.

Mijn vader ging ondertussen steeds meer op in zijn gedachten. Soms viel hij zomaar midden in een gesprek stil. Hij liet de krant vaak ongelezen op het dressoir liggen en hoorde me niet als ik hem riep. Geleidelijk werd hij voor mij een onbereikbare vreemde. Ik zag een vuur in zijn ogen dat ik herkende van andere keren dat hij iets in zijn schild voerde. Glanzende ogen die verlangend wegkeken naar werelden die ik niet kende.

Hij had ons eerder op expedities meegenomen. Tijdens een vakantie twee jaar daarvoor beklommen we in één dag een berg van ruim 2000 meter. We vertrokken vanuit het dal. Hij noemde dat onze eerste les in uithoudingsvermogen. Moeizaam baanden Steven en ik ons een weg naar boven, terwijl aan een kabelbaantje een liftcabine vol zwaaiende en fotograferende toeristen ieder halfuur boven onze hoofden voorbijtrok. De cabine was telkens zo dichtbij geweest dat ik geloofde dat ik hem kon vastgrijpen als ik maar op het goede moment omhoog zou springen. Ik had me graag mee naar de top laten trekken. Mijn vader was elke rustpauze blijven staan, terwijl ik het liefst languit was gaan liggen.

'Niet inslikken, uitspugen,' zei hij telkens wanneer ik de veldfles aan mijn mond zette.

We mochten maar weinig drinken. Hij had ergens gelezen dat te veel vocht moeheid in de hand werkte. Boven op de top werd Steven tot schaamte van mijn vader bevangen door hoogtevrees en had hij onbeweeglijk met gesloten ogen op een rotsblok gezeten. Hoewel we op de terugweg gratis het kabelbaantje hadden kunnen nemen, stond mijn vader erop dat we terugliepen naar het dal via dezelfde weg waarover we omhooggeklommen waren.

De maanden voor de reis gingen tergend traag voorbij. Ik herinner me smeltende sneeuwvlokken op Madeleines haar, hagelstenen die pijn aan mijn wangen deden onderweg naar school en een lente waarvan op 21 maart nog niets te merken was. Alsof de jaargetijden ook tegen onze reis aanhikten.

'An, zorg dat alles klaarligt straks,' zei mijn vader 's ochtends voor hij naar zijn werk vertrok.

Er was 's avonds weer een training van de Bescherming Bevolking. Zoals altijd bereidde hij zich daar grondig op voor. De dagen ervoor was hij nauwelijks aanspreekbaar geweest. Zijn gedachten waren al op het oefenterrein, waar een ramp zou worden nagebootst. Op het moment van aankomst kreeg hij pas informatie over wat er aan de hand was. Bij de vorige oefening moesten er binnen een uur duizend mensen uit een brandend flatgebouw worden geëvacueerd. Mijn vader was commandant, het was aan hem om instructies te geven. Instructies die het verschil tussen leven en dood van onschuldige burgers konden betekenen. Het was natuurlijk een oefening, maar zo keek mijn vader er niet tegen aan.

Nadat hij die avond de deur achter zich dicht had getrokken, hing er in ons huis een beklemmende sfeer. Het was duidelijk dat hij met iets belangrijks bezig was, iets van een andere orde dan het dagelijkse gezinsleven. Mijn moeder liep voortdurend van de keuken naar de huiskamer en weer terug, alsof ze iets kwijt was. Uiteindelijk ging ze het zilver poetsen. Steven en ik maakten serieuzer dan anders ons huiswerk. We waren die avond niet zomaar een gezin. We waren onderdeel van een missie waarin mijn vader een cruciale rol vervulde.

'Het ging helemaal verkeerd,' barstte hij de volgende morgen aan het ontbijt uit. 'Ze wisten van toeten noch blazen. Niets, maar dan ook niets is ergerlijker dan mensen die geen verstand van zaken hebben. De voorbereiding dient vlekkeloos te zijn en iedereen moet continu voor de volle honderd procent alert zijn. Geklungel kost mensenlevens. Dit ga ik rapporteren aan het bestuur. Op slappelingen zit niemand te wachten, daar worden geen oorlogen mee gewonnen.'

Zijn ogen zagen zwart terwijl hij boter op zijn brood smeerde. Hij leek ons nauwelijks op te merken. Kaas en cervelaatworst werden zwijgzaam over tafel heen en weer geschoven. Daarna stond hij op, legde zijn servet neer en pakte zijn tas. Zonder gedag te zeggen vertrok hij naar zijn werk.

De bestelling van meters tentdoek arriveerde in bruin pakpapier. Het was aan de zijkanten gescheurd en de blauwe stof was zichtbaar. Nog diezelfde middag begon mijn moeder met knippen. Ze volgde de contouren van papieren patronen die ze op de stof speldde.

'Het worden regenpakken,' zei ze toen ik naast haar kwam staan en vroeg waar ze mee bezig was.

Ze liet haar handen op haar schoot rusten en keek me aan.

'Heel bijzondere regenpakken,' ging ze verder, 'die nergens in een winkel te krijgen zijn. Ze hebben een capuchon, zijn zo breed dat ze over een rugzak kunnen en vallen tot op de grond. Maar de echte truc,' vertelde ze, alsof ze een geheim verklapte, 'zit aan de onderkant. De zoom is namelijk uitlegbaar en kan met klittenband over de slaapzak heen worden gevouwen.'

Ze pakte haar schaar weer op en knipte verder. Haar handelingen hadden iets vanzelfsprekends, alsof ze een zomerjurk aan het naaien was.

'Het kan daar tenslotte ook regenen,' zei ze na een poosje, terwijl ze nauwkeurig langs de lijnen van het papier knipte.

De laatste zin bleef de rest van de avond door mijn hoofd spoken. *Het kan daar tenslotte ook regenen*, hoorde ik haar telkens opnieuw zeggen. Het drong die nacht, waarin ik de slaap niet kon vatten, met een schok tot me door dat we in Lapland zonder tent in de openlucht zouden slapen.

Avond na avond lag ik in bed te luisteren naar het snorren van de naaimachine. Het geluid stelde me niet gerust.

Vanaf die tijd droomde ik niet meer in kleur maar in zwart-wit.

'Madeleine gaat naar Zuid-Frankrijk, naar zee,' vertelde ik mijn moeder toen ik 's middags uit school kwam. 'Vorig jaar was ze daar ook. Ze heeft me foto's laten zien. Het is daar prachtig.'

Ik gaf mezelf een kans, een heel kleine kans. Tenslotte ging zij vroeger met Steven en mij naar Zoutelande. Lang geleden, toen ze haar vlinderjurk droeg met de blote armen en om haar hals een doorzichtige zijden sjaal wapperde.

'De Côte d'Azur – prachtig?' zei mijn moeder. Ze liet haar stem overdreven omhooggaan aan het eind van de zin. 'Dan vergis je je toch, lieverd. Vroeger, ja, toen was het daar prachtig. De laatste jaren is al het moois ervan af. Aan het strand lijkt het wel de Kalverstraat, zo druk is het.'

Ik zat aan de keukentafel terwijl zij achter het fornuis stond. Ze liet haar ogen over de potjes met kruiden dwalen. Haar vingers reikten naar de nootmuskaat. Voor de bloemkool, wist ik, die in de aluminium pan aan het gaar worden was. Ze droeg een schort dat op haar rug was vastgeknoopt. Mijn moeder was nooit in Zuid-Frankrijk geweest. Ze hield helemaal niet van reizen. De enige plaatsen waar ze was geweest waren die waar mijn vader haar mee naartoe had genomen. Haar kennis over Saint-Tropez kwam uit een tijdschrift, of was van horen zeggen. Ongetwijfeld kwam het van mijn vader.

'Vroeger was het dé plek voor rijke lui, die daar hun zomervakanties doorbrachten, maar nu komt Jan en alleman er. Het trekt een heel circus aan, van vuurspuwers tot jongleurs. Nee, geloof me, daar wil je echt niet zijn in de zomer.'

Ze liet de bloemkool net zo lang koken tot hij uit elkaar viel wanneer ze hem op ons bord schepte. Daarna mochten we zelf de kaassaus erover gieten. De saus was zo dik dat Steven en ik onze initialen ermee schreven. De nootmuskaat die er als laatste overheen ging maakte kleine putjes in de saus, als regendruppels op verse sneeuw.

'Ik zou wel met Madeleine mee willen, mama,' zei ik. 'Haar vader vindt het goed.' Dat laatste bluftе ik.

'Dat kan best,' antwoordde mijn moeder. 'Maar zo'n zonvakantie past niet in onze opvoeding. Wij willen jullie in de zomervakantie iets bijzonders meegeven. Iets waar jullie je leven lang profijt van hebben.'

Ik had al verloren. Geen schijn van kans had ik. Nooit gehad ook.

De dagen daarna probeerde ik me zo onzichtbaar mogelijk te maken voor mijn vader, in de hoop dat hij me niet zou opmerken. Maar er was altijd wel iets wat hij me wilde laten zien. Een nieuwe folder van het natuurhistorisch museum in Helsinki, een diaserie van het Finse verkeersbureau, een postzegel met een rendier erop. Het ergerde me wanneer hij me aan de reis herinnerde. Het was zíjn reis, niet de mijne.

'Het wordt steeds spannender, Eva,' zei hij. 'Er gaan dagelijks nieuwe werelden voor me open.'

Er lag een opengeslagen boek voor hem op tafel. Ik zag een foto van een kudde rendieren. Daarnaast stond een ongeschoren man met sliertig haar. Hij leek me een herder. Aan een gordel om zijn riem hing een krom mes. Mijn vader dwong me naar dingen te kijken die ik niet wilde zien.

5

'Er is een survivalcursus in de Ardennen,' zei mijn vader tegen Steven. 'Georganiseerd door de Alpenvereniging.'

De spanning die de aankomende reis met zich meebracht hing als een loodzware, giftige damp in ons huis. Met een stukgelezen *Tina* van Madeleine op schoot lag ik op de bank in de huiskamer. Ik wachtte tot we gingen eten. Door het raam had ik zicht op de tuin. Het had de hele ochtend geregend. Ik telde twee eksters, die om elkaar heen hipten, op zoek naar wormen in de klei. Omdat het weekend was, dekte mijn moeder de tafel in de huiskamer. De geur van gebakken uien maakte me hongerig en misselijk tegelijkertijd. Mijn vader haalde in het voorbijgaan mijn voeten van de bank.

'Voor de zoveelste keer, Eva,' beet hij me toe. 'Hoe vaak moet ik dát nog zeggen?'

Steven had een boek met pentekeningen van Dürer uit de boekenkast gehaald, waar hij traag doorheen bladerde. Hij was er zo in verdiept dat hij mijn vader niet had gehoord.

'Ik begrijp niet waarom je altijd zo op de bank moet hangen,' zei hij tegen Steven. 'Recht je rug, altijd en overal.'

Stevens gezicht zag er vertrokken uit, alsof hij ergens pijn had.

'En voorzichtig met dat boek,' ging mijn vader verder. 'Het is nog van mijn vader geweest, die er altijd heel zuinig op was. Een dergelijk boek hoor je aan een tafel te lezen, waarop je het plat kunt neerleggen.'

Hij keek naar Steven alsof hij naar een ondier keek. Ik dacht aan Balder voor hij door mijn vader kaalgeschoren werd.

'Over die survivalcursus, dus,' zei mijn vader.

Steven keek eindelijk op. Hij klapte het boek luidruchtig dicht en zette het terug in de boekenkast.

'Er is nog ruimte voor een paar cursisten.' Steven reageerde niet.

'Hoor je me, Steven?' vroeg mijn vader ongekend luid. 'Als ik tegen je praat geef je antwoord, ja?'

Steven had zijn schouders licht opgetrokken, alsof hij instinctief voor mijn vader wegdook.

'Wat moet ík daarmee?' vroeg Steven.

'Ik wil dat jij daarheen gaat,' antwoordde mijn vader. 'Je leert daar belangrijke vaardigheden. Wie weet hoe die nog van pas komen in Lapland.'

Hij hield het tijdschrift van de Alpenvereniging hoog in de lucht en zwaaide ermee. Het was een zwart-wit gestencild blaadje dat me deed denken aan onze schoolkrant.

'Kijk,' zei hij, en hij wees naar een dikgedrukt kader op de eerste bladzijde. 'Hier wordt de cursus beschreven. Luister.'

Mijn vader las de tekst hardop voor: 'In een kleine groep leren de cursisten onder ervaren begeleiding om hun grenzen te verkennen midden in de prachtige natuur van de Ardennen. Verschillende vaardigheden worden geleerd, zoals zekeren, knopen leggen en veilig met een pikhouweel omgaan. Er wordt uithoudingsvermogen gekweekt en conditie opgebouwd.'

Steven keek glazig, en ik vroeg me af of er wel iets tot hem doordrong van wat mijn vader voorlas. Waarschijnlijk broedde hij op een tekening die op een verborgen plek in zijn hoofd vorm kreeg.

'Nou,' zei mijn vader, terwijl hij zijn hand met het tijdschrift liet zakken, 'vind je het wat, jongen?'

'Ik weet het niet,' zei Steven. 'Ik ben helemaal niet goed in die dingen, dat weet je toch?'

'Daarom juist,' antwoordde mijn vader. 'Daarom moet je er juist heen gaan. Je wordt daar een man, iemand op wie ik rekenen kan.'

Ik keek uit het raam. Er zat nu nog maar één ekster.

'Je kunt het toch op z'n minst overwegen, jongen,' zei hij.

'Ik zal erover nadenken, pa,' zei Steven.

'Natuurlijk,' zei mijn vader met een sarcastische ondertoon, 'denk erover na. Maar als ik toen ik jong was zo'n kans had gehad, zou ik er geen seconde over hebben hoeven nadenken. Ik zou die met beide handen hebben aangegrepen.'

Zonder ons verder nog een blik waardig te keuren liep hij de huiskamer uit. Balder volgde hem kwispelend.

Laat die avond sloop ik Stevens kamer binnen. Hij deed dit keer geen moeite me tegen te houden; het leek eerder alsof hij me verwachtte. Hij zat achter zijn tekentafel met een potlood in zijn hand. Het vel papier voor hem was leeg. Hij droeg een flanellen pyjama en daaroverheen een paarse kamerjas. Zijn blauwe ogen waren opvallend helder. Nadat hij een poosje naar mij had gestaard, legde hij zijn potlood neer en liep naar het gordijn. Hij schoof het een stukje open. Samen keken we naar de regen buiten. In het schijnsel van de lantaarnpaal konden we de druppels stuk voor stuk volgen. Het was een fascinerend gezicht, die voortdurend vallende waterdruppels. Ze leken op elkaar, en toch legden ze ieder hun eigen route af.

'Die survivalcursus,' begon Steven opeens. 'Pa weet heel goed dat ik die dingen háát.'

'Dan ga je toch niet?' zei ik. 'Hij kan je toch niet dwingen?'

'Dat is het 'm juist,' zei Steven, 'dat kan hij wél. Je zult zien dat hij het zo weet te draaien dat ik er toch heen ga. Als hij eenmaal iets in zijn hoofd heeft, kan niemand hem er meer van afbrengen. Zeker ik niet.'

Hij had gelijk. Mijn vader drong hem zijn leven lang al dingen op waar hij niets mee kon. Ze waren als de olie en azijn in de fles met twee tuitjes die naast het peper-en-zoutstel op ons aanrecht stond. Al schudde ik de fles nog zo hard, de vloeistoffen mengden niet. Pas later kreeg ik door dat er een glazen wandje tussen zat.

Ik dacht aan een zaterdagmiddag, toen Steven een jaar of zeven was en hij aan de keukentafel zat te tekenen. Met een voor de helft afgesleten lichtblauw potlood kleurde hij een wolkenhemel in. Voor hem stond een beker warme chocolademelk. In de snelkookpan op het fornuis stond soep te trekken. Mijn vader liep de keuken binnen, in zijn hand hield hij een brede witte lat.

‘Kijk, Steven,’ zei hij, ‘dit is nu een rekenliniaal. Ik zal je voordoen hoe die werkt.’

Hij hield de lat met de verschillende rijen kleine cijfertjes voor Stevens neus. De doorzichtige plastic band die erop vastzat schoof hij heen en weer terwijl hij een berekening maakte.

Steven hield al die tijd het potlood in zijn hand vast. Terwijl hij zijn blik op mijn vader fixeerde, zag ik hem in- en weer uitademen in hetzelfde ritme waarin hij op zijn stoelpoten heen en weer bewoog. ‘23,’ krabbelde hij onder aan het papier toen mijn vader klaar was met zijn verhaal en wegliep. Daarna verfrommelde hij de tekening en gooide hem in de prullenbak.

‘Ik heb je voor de cursus opgegeven,’ zei mijn vader twee dagen later.

We waren bijna klaar met het avondeten. Ik zag hoe Steven onder tafel aan een draadje van zijn zwarte trui trok.

‘Kijk,’ zei mijn vader, ‘ik heb er nog eens goed over nagedacht. Wat we straks in Lapland gaan doen is geen kinderspel. Als het erop aankomt, wil ik blindelings op je kunnen vertrouwen. Dan wil ik je niet hoeven uitleggen hoe je een platte knoop maakt, bij wijze van spreken.’

Hij trok het servet dat hij achter het boordje van zijn overhemd had geklemd met een rukje recht.

‘Ik ben als commandant van de Bescherming Bevolking gewend getrainde manschappen te hebben. Mensen die weten wat er gedaan moet worden, die bevelen kunnen opvolgen. Ja, die levens kunnen redden als het moet.’

Steven lepelde zijn yoghurt op. Er zat nu een klein gaatje in zijn trui, bij de boord aan de onderkant. Het loshangende eindje wol frommelde hij daardoorheen naar binnen.

'Ik breng je er wel met de auto heen, als het moet,' zei mijn vader. 'Daar gaat het niet om. We ondersteunen je met alles, dat weet je.'

Hij boog voorover naar Steven.

'Ik denk dat je het heerlijk zult vinden, jongen. Lekker in de buitenlucht met leeftijdgenoten. Klimmen is topsport, daar word je sterk van.'

'Maar pa,' begon Steven. Zijn lepel lag verloren in het restant yoghurt, terwijl hij zijn hand op zijn maag hield.

'Geen gemaar,' zei mijn vader. 'Sommige dingen moet je gewoon doen, zonder erover te zeuren. Later zul je me er dankbaar voor zijn.'

Toen Steven de maandagmiddag daarop uit school kwam, riep mijn moeder hem bij zich.

'Ik heb goed nieuws,' zei ze. 'Ik had vandaag de secretaris van de Alpenclub aan de telefoon. Hij vertelde me dat nog iemand uit deze buurt zich heeft opgegeven voor de survivalcursus.'

Ze keek triomfantelijk, alsof het lot haar uitzonderlijk gunstig gezind was.

'Raad eens wie?' Ze wachtte geen antwoord af, dat toch niet zou zijn gekomen. 'Axel,' zei ze. 'Axel Pinkster. Is dat nu niet toevallig?'

Axel zat tot een jaar geleden bij Steven op school. Ze hadden elkaar leren kennen bij de judolessen in de gymzaal. Axel had al een groene band toen Steven begon. Maar Steven hield het na een paar keer voor gezien.

‘Misschien kunnen jullie samen reizen,’ vervolgde ze. ‘Ik neem wel contact met hem op.’

Het schooljaar vorderde gestaag. Madeleine deed mee aan een toneelstuk, waarover ze niet uitgepraat raakte. Ik was niet gevraagd voor een van de rollen. Meestal ging ik na school met haar mee naar de repetities. Ik hoopte elke keer weer dat ze me erbij zou betrekken, maar dat deed ze niet. Ze stelde me zelfs niet voor als vervangster toen een van de spelers ziek werd. Ze keek langs me heen toen ze opgelucht vertelde dat er iemand anders was gevonden.

‘Jij vindt het leuk om te kijken, hè, Eva – niet om zelf te spelen, toch?’

Ze had vast gelijk, dacht ik. Misschien was er voor mij een leven als toeschouwer weggelegd. Het was een gedachte die me droevig stemde.

‘Morgen gaan we op pad,’ zei mijn vader op vrijdagavond. ‘Ik heb een lijst met vragen voor de bergsportwinkel.’

‘Ik heb morgen afgesproken met Madeleine,’ zei ik. Het kwam eruit voor ik het goed en wel doorhad. Het was niet waar, maar het had net zo goed wel waar kunnen zijn. Madeleine zou het bovendien altijd goedvinden. Ze ging toch haar eigen gang, of ik er nu bij was of niet.

‘Eva,’ zei mijn moeder, ‘nu moet je me eens vertellen: hoe vaak zie je Madeleine?’

Ik zweeg en keek van haar weg. Ik kon er niet tegen als ze haar naam noemde. Vanaf het begin had ze Madeleine geen goede vriendin voor mij gevonden. Alles aan haar was verkeerd, van haar kleren tot haar taalgebruik. Van haar vader, die ze een playboy noemde, tot haar kapsel. Ja, vooral haar kapsel, leek het wel.

'Mag ik vandaag voor één keer met los haar naar school?' vroeg ik haar jaren geleden toen Madeleine net een paar weken in mijn klas zat. We waren toen allebei negen. Mijn moeder maakte de bedden op terwijl ik me aankleedde. 'Alleen maar vandaag. Ik vind het zo mooi als mijn haar op mijn schouders hangt.'

'Nee, lieverd,' zei ze, 'je weet toch dat wij dat niet doen? Het hoort niet en het staat niet netjes. Papa vindt het ook niet goed. En nu opschieten, anders kom je te laat op school. Wat wil je: staartjes of vlechtjes?'

Ik draalde voor de spiegel, waarin ik alleen maar mijn gezicht kon zien als ik hoog op mijn tenen voor de witte wastafel stond. 's Morgens waste ik me daar met een schoon washandje van het stapeltje uit de linnenkast op de gang. Die nacht had ik gedroomd van lange losse haren die wapperden in de wind. Het waren mijn eigen bruine haren geweest, vermengd met de blonde manen van Madeleine. Steeds verder weg vlogen ze, wijd uitwaaierend als een zweefvliegtuigje dat geruisloos balanceerde op de wind. Op het laatst rende ik de straat op om zo lang mogelijk het stipje te kunnen zien dat ver weg in de lucht verdween.

Madeleine kwam van een andere school en de juf had haar naast mij gezet. Ze had Janet daarvoor van haar plaats gehaald en naar achter gezet, op een plek alleen, omdat ze zoveel kletste. Janet had geen kik gegeven, terwijl iedereen wist dat ze zich schaamde om voor het oog van de hele klas voor schut gezet te worden.

'Zullen jullie Madeleine helpen zich bij ons thuis te voelen?' had de juf gevraagd, terwijl ze de klas rondkeek. 'Het zou fijn zijn als ze hier snel vriendinnetjes krijgt.'

Madeleine had de bleke huid die hoorde bij blonde mensen met blauwe ogen. Aan zee, zo dacht ik, moest ze zich vast extra goed insmeren, anders zou haar huid vuurrood worden. Zelf kreeg ik van elk straaltje zon meteen een bruin kleurtje. Madeleine had twee broodtrommels die ze om de dag afwisselde. Haar moeder stopte er altijd iets bijzonders in: een pakje rozijntjes, blokjes komijnekaas met een prikkertje erin, een augurkje in een plakje cervelaatworst gerold, twee speculaasjes. Telkens wanneer ze in de pauze haar trommeltje openmaakte, stond een groepje kinderen om haar heen te kijken wat erin zat. Ik zag het gezicht van Madeleine opklaren als ze het lekkers eruit haalde. In de saaie klas waar zelden iets ongewoons gebeurde, ging dan even de zon op.

Ik dacht aan de moeder die Madeleine elke morgen naar school bracht. Een struise vrouw, eveneens met lang blond haar tot halverwege haar rug, dat ze met een sjaal uit haar gezicht hield. Ik zag haar voor me terwijl ze 's morgens vroeg de trommel voor haar dochter vulde.

'Maar Madeleine mag ook met los haar naar school,' ging ik verder. Het leek me verstandig niet over het haar van de moeder te praten.

'Is dat het nieuwe meisje uit je klas?' vroeg mijn moeder.

'Ja,' zei ik.

'O,' zei ze. 'Dát meisje.'

Ik keek weg omdat ik me schaamde voor de kleur die ik kreeg.

'Ze ziet er altijd heel netjes uit en haar moeder is keurig. Waarom mag zij het dan wel?'

Ik zag mijn moeders blik verstarren en besefte dat ik al verloren had.

'IJdeltuit de spiegel uit,' zei ze. Ze pakte de kam en trok hem door mijn haar.

'Au!' gilde ik. Ik zag uitgetrokken haren met klitjes tussen de tanden van de kam steken.

Onverstoorbaar trok mijn moeder met de punt van de metalen kam een scheiding op mijn achterhoofd. Ze pakte twee elastiekjes van het plankje naast de wasbak en draaide ze met schroevende handbewegingen om de staartjes heen tot ze strak tegen mijn hoofd zaten.

'Wat andere mensen doen, daar hebben wij niets mee te maken,' voegde ze me toe. 'Losse haren horen bij losgeslagen vrouwen.'

Ze ging verder met het opmaken van de bedden. Zonder dat ze er erg in had zette ze een losse pluk haar achter haar oor vast. We leken op elkaar, we hadden dezelfde kaaklijn. Mensen herkenden ons daaraan. Ondanks de dingen die ze me aandeed, hield ik zielsveel van haar. Ze had het zo goed met me voor dat ik een misselijkmakend medelijden met haar kreeg. Na een paar minuten werd ze zich ervan bewust dat ik er nog steeds stond.

'Ga nu maar gauw naar school,' zei ze.

Ik liep op haar af om haar een zoen te geven.

'O ja, lieverd,' zei ze. 'Onthoud één ding: vroeg rijp, vroeg rot.'

6

De aanstaande reis nam ons gezin mee als een boomstam in een snelstromende rivier. Mijn vader ging onverstoorbaar verder met de voorbereidingen, mijn moeder was even onverstoorbaar in haar behulpzaamheid. Steven en ik hadden geen keus dan alles lijdzaam te ondergaan. De dag daarna bevonden we ons in de bergsportwinkel.

Voor de zevende keer slofte de mevrouw met het mouwloze vest naar het magazijn om schoenen te halen. Ze trok haar schouders naar achteren, zoals mijn moeder deed als ze rugklachten had. Dat had ze geleerd van een stotterende mevrouw die haar door de ruimte liet lopen met conservenblikjes in haar hand. OEFENTHERAPEUTE MENSENDIECK, stond er op de deur van de praktijk, die net als mijn balletzaal een spiegelwand had.

Al ruim een uur had ze uitleg gegeven over geplakte versus gesealde naden, zoolprofielen en verschillende waterdichte materialen waarin je niet ging zweten. Ze drukte haar handen regelmatig tegen haar gezicht alsof haar huid een eigen wil had en ze hem telkens terug in de juiste vorm moest duwen. Mijn vader leek het niet op te merken, of het kon hem niets schelen. Op een kladblok dat hij van huis had meegenomen maakte hij voortdurend met een potlood aantekeningen.

Steven en ik hingen verveeld op de bank midden in de schoenenzaak. Steven trapte tegen de poot van de stoel ernaast, die telkens een stukje verder naar achteren schoof. Met zijn tong klakte hij de eerste zin van een liedje dat me vaag bekend voorkwam, maar dat ik niet kon thuisbrengen.

'Ik heb dorst, mam,' zei ik voor de derde keer. Mijn tong plakte tegen mijn verhemelte.

'We gaan zo,' antwoordde mijn moeder. Het kwam er vinnig uit. Meteen erachteraan zei ze: 'Gedraag je toch een beetje, Eva. Je bent toch geen klein kind meer? En jij ook, Steven, met je verveelde gezicht. Ik schaam me voor jullie.'

'Bedankt voor alle informatie,' zei mijn vader afgemeten aan het eind van de middag. 'Mijn vrouw en ik overleggen er nog over.' Daarna klapte hij in zijn handen. 'Kom, jongens, we gaan.'

Langzaam hesen Steven en ik ons uit de bank, waarop we inmiddels languit lagen. De verkoopster hield zich met beide handen aan de toonbank vast. Snel verlieten we de zaak. Ik durfde niet meer naar haar om te kijken.

'Waarom kochten jullie niets?' vroeg Steven op de terugweg in de auto. 'Al die spullen hebben we straks in Lapland toch nodig?'

Mijn vader schudde zijn hoofd. 'Nu denk je net als tante Clara met het gat in haar hand. Zij is nu niet bepaald een voorbeeld om te volgen.'

Tante Clara was zijn nicht. Ze droeg altijd de nieuwste mode. Ze had diverse handtassen, een kast vol schoenen en op haar kaptafel stond een lila parfumfles uit Italië die volgens mijn vader een bedrag had gekost waarvoor hij zijn hele gezin in het nieuw had kunnen steken. Met telkens weer een andere man ging ze iedere maand naar de opera in Amsterdam, waarop ze een abonnement had. Maar hij beweerde dat ze zo veel geld aan luxe uitgaf dat ze aan het eind van de maand niets overhad om fatsoenlijk te kunnen eten.

'Wees blij dat jullie moeder niet zo is,' zei hij.

Hij draaide zijn hoofd naar haar toe. Mijn moeder knikte afwezig. Ik dacht aan de keer dat ze bij het afscheid tegen tante Clara had gefluisterd dat ze graag een keer mee zou willen naar de opera, als dat toevallig zo uit zou komen. Ze zag er afgetobd uit, mijn moeder. Ze zou zo niet eens mee kúnnen naar de opera.

De eerste dag van de paasvakantie brachten we Steven naar het station. Zijn spullen zaten in mijn vaders oude legerplunjezak. Hij zat naast me op de achterbank. Zijn rug leek nog smaller dan anders. Graag had ik hem willen troosten door een arm om hem heen te slaan, maar ik wist maar al te goed dat hij zich daar ongemakkelijk bij zou voelen. Steven wilde door niemand uit ons gezin aangeraakt worden. Zelfs de kus die mijn moeder op zijn zestiende verjaardag op zijn wang wilde drukken had hij geweigerd door zijn hoofd weg te draaien.

Op het perron troffen we Axel. Hij liep op mijn ouders af en schudde hun de hand. Toen hij mij zag aarzelde hij even. Toen lachte hij.

'Hoi,' zei hij, terwijl hij zijn hand opstak. 'Daar hebben we Stevens kleine zusje. Je bent groot geworden.'

'Mm,' zei ik.

Axel droeg een kaki broek en een houthakkershemd. Zijn donkerblauwe rugzak leek zo uit de bergsportwinkel te komen. Op zijn kaken zag ik gelijkmatige baardgroei. Bij Steven groeiden zijn kinharen her en der in plukjes. Het viel me op dat hij er zoveel ouder uitzag dan mijn broer, die in vergelijking met hem een kind leek. Axel begon een gesprek met mijn vader, die algauw het hoogste woord voerde. Ik liep naar Steven, die een eindje verderop stond.

'Je hebt gelijk gekregen, Steef,' zei ik zacht voor me uit. 'Je gaat dus toch.'

Hij haalde zijn schouders op.

'Ik red me wel, zusje,' zei hij. 'Het is maar anderhalve week, dat moet lukken. Ik zal proberen hem voor één keer niet teleur te stellen.'

'Een aardige knul, die Axel,' zei mijn vader toen de jongens na elkaar de trein in waren gestapt. 'Dat jaar studeren heeft hem een stuk volwassener gemaakt.'

Mijn moeder en ik zwaaiden Steven nog lang uit. Omkijken deed hij niet meer.

Ik voelde me altijd ongemakkelijk als Steven niet in mijn buurt was. Op het juiste moment moest ik me over hem kunnen ontfermen. Ik voelde me verantwoordelijk voor hem, ook al was ik de jongste van ons twee. Bij mijn eigen kwetsbaarheid stond ik niet stil.

Diezelfde paasvakantie mocht ik na lang zeuren met Madeleine mee naar haar vader. Ik had hem het laatste jaar niet meer gezien. Sinds de scheiding woonde hij in een andere stad. Hij was jazzmuzikant en zag er anders uit dan alle andere vaders die ik kende. Hij droeg strakke coltruien met leren jasjes en spijkerbroeken. Ik had hem nog nooit een das zien dragen. Hij speelde urenlang piano, terwijl Madeleine en ik ondertussen onze gang gingen.

'Hoe gaat het met je, Eva?' vroeg Madeleines vader de eerste avond. 'Ik hoor wel veel over je, maar ik heb je al zo lang niet meer gezien.'

Hij liet zijn groene ogen over mijn lichaam dwalen.

'Je bent veranderd,' zei hij. 'Jullie meisjes worden al echte vrouwen.'

We aten pizza op de bank. Ik pulkte de stukjes ansjovis eraf en gaf ze aan Madeleine, die ze gedachteloos in haar volle mond propte.

'Eva gaat in de zomervakantie naar Lapland,' zei Madeleine.

'Naar Lapland, in de zomer?' vroeg haar vader.

Hij legde het stuk pizza dat hij net in zijn mond wilde steken weer neer.

'Goh.'

Hij stond op om een fles wijn van het aanrecht te pakken. Behoedzaam draaide hij de kurk eraf en schonk een limonadeglas tot de rand toe vol.

'Realiseren je ouders zich wel dat het daar dan vergeven is van de muggen? Er komt een componist uit die streek. Zo gauw het warme weer aanbreekt, weet hij niet hoe snel hij daar weg moet komen.' Hij keek me onderzoekend aan.

'Wat vind jij er eigenlijk van, Eva?'

'Ik wou dat ik met jullie mee naar zee kon,' zei ik. 'Maar dat mag niet van mijn ouders. Ze vinden dat vakanties ervoor zijn om dingen te leren.'

'O,' zei Madeleines vader, 'vinden ze dat?'

Hij dacht even over mijn opmerking na.

'En wat moet je deze reis dan leren?' vroeg hij met een spottend lachje om zijn mond. 'Weet je dat al?'

Ik schudde mijn hoofd.

'Geen idee,' zei ik. 'Maar mijn vader wil Steven en mij sowieso leren wat uithoudingsvermogen is.'

Madeleines vader ging verder met eten. 'Uithoudingsvermogen,' mompelde hij even later met volle mond. 'Waar haalt hij het vandaan?'

Ik legde mijn stuk pizza terug. In eten had ik geen zin meer. Een fractie van een seconde liet hij zijn hand op mijn been rusten.

'Als je vader maar voorzichtig is, dat is het belangrijkste,' zei hij. 'We zijn dol op je, nietwaar, Madeleine?'

Ze stak haar tong naar hem uit.

'Wel jammer, hoor, dat je niet mee mag,' zei hij. 'Van mij had het gemogen. Het is alleen maar fijn voor Leintje als ze niet alleen is.'

Hij strekte zijn arm naar haar uit en zij pakte zijn hand. In één beweging trok hij haar dicht tegen zich aan. Ze nestelde zich in de holte van zijn arm met een vanzelfsprekendheid die me zo jaloers maakte dat ik me geen raad wist. Met een smoes ging ik die avond vroeg naar bed.

Madeleine en haar vader zetten me de volgende dag thuis voor de deur af. Ik ademde diep in voor ik aanbelde.

'Is Steven nú al terug?' vroeg ik mijn moeder. Ik had meteen gezien dat zijn jas aan de kapstok hing. Ze wou me een zoen geven, maar ik liep van haar vandaan. 'Waar is hij?' Ik vertrouwde het niet. Er was iets gebeurd, dat wist ik zeker.

'Ja,' zuchtte ze. 'We hebben hem opgehaald. Hij heeft een oorontsteking opgelopen. Hij is op zijn kamer, maar hij wil het liefst met rust gelaten worden.'

'Ik ben het, Eva,' zei ik, terwijl ik op zijn deur bonkte. 'Doe open, alsjeblieft.'

Langzaam ging de deur een stukje open. Ik glipte meteen naar binnen. Door Stevens oogwit liepen rode adertjes. Een druppel hing als dikke lijm aan zijn neus. Zijn haar was vet en viel slap omlaag. Zo ziet hij er straks uit als hij zestig is, schoot het door me heen. Zijn huid glansde van het zweet en hij rilde tegelijkertijd onder het ruime vest dat hij over zijn pyjama heen had aangetrokken.

'Je hoeft niets te zeggen,' zei ik. 'Mama heeft het me al verteld.'

'Ik heb een oorontsteking opgelopen,' zei Steven. 'Dat is alles. Ze doen hier natuurlijk alsof dat aan mij ligt, maar het overkomt zelfs de stoerste kerels. Het is gewoon een virus dat toevallig mij heeft uitgekozen.' Hij probeerde te lachen, maar bleef halverwege steken in een grimas.

'Je bent wel mooi van die cursus af,' zei ik.

'Ik weet niet wat erger is,' zei Steven. 'Je had die blik van pa moeten zien toen hij me ophaalde. Dat het uitgerekend zíjn zoon moest overkomen.'

'Ben je nog met Axel omgegaan?' vroeg ik.

'Nee,' zei Steven. 'Dat is zo'n uitslover. Die is al op de top van de berg voordat de rest zijn veters heeft gestrikt.

Hij hoopt over een jaar zelf dit soort trainingen te geven.'

Hij liep naar zijn bed zonder een blik op de tekentafel te werpen. Er lag geen papier op.

'Laat me nu maar,' zei Steven. 'Ik slaap heel slecht en probeer overdag wat uit te rusten.'

Ik zag een brede pleister op de muis van zijn hand. Hij moest in de Ardennen zijn uitgegleden. Als ik niet over hem waakte, ging het mis met Steven.

'Vanavond ga ik alles in plastic zakjes doen,' zei mijn moeder na het avondeten. 'Kom je me helpen?'

Mijn vader moest overwerken en zou pas laat thuiskomen. Met tegenzin liep ik met haar mee naar de speelkamer, die nu helemaal was volgestouwd. Aan de verwarmingsbuis hingen vier regenpakken in volle lengte naast elkaar, als mannen in donkerblauwe jassen die zich tegelijkertijd hadden opgehangen.

'Alles,' zei mijn moeder, 'maar dan ook alles moet in plastic verpakt worden.'

Ze nam een doosje stormlucifers van de tafel en hield het voor mijn gezicht.

'Stel bijvoorbeeld dat dit natregent,' zei ze. 'Dat zou het einde van alles betekenen.' Haar lippen waren bleek, alsof alle bloed eruit was getrokken.

Ze stopte het doosje zonder omwegen in een plastic zakje en knoopte het dicht. 'En datzelfde doen we met alle spullen.' Ik gaf haar de zakjes één voor één aan.

'Mama,' vroeg ik na een tijdje, 'vind jij het niet eng om zo'n gevaarlijke tocht te maken?'

Ze keek me niet aan en ging door met waar ze mee bezig was.

'Nou?' vroeg ik.

'Papa weet wat hij doet, maak je daar maar geen zorgen over,' zei ze.

Ze stond op om een nieuwe rol zakjes van de plank te pakken en stootte daarbij met haar elleboog tegen een van de regenpakken.

'Maar er kan toch van alles misgaan?' drong ik aan.

'Waarom denk je dat we deze reis zo goed voorbereiden?' vroeg ze. 'Dat doen we om het zekere voor het onzekere te nemen.'

'Madeleines vader zei dat er 's zomers muggen in Lapland zijn,' ging ik door.

'Daar heeft hij gelijk in,' zei mijn moeder, terwijl ze een nieuwe schep muesli in een zakje deed. 'Op moerassen komen muggen af.'

'Maar dat is vreselijk,' riep ik uit. 'Ze steken en dat jeukt verschrikkelijk.'

'Er is overal wel wat,' zei mijn moeder. 'Maar als een mens zich door elk willekeurig obstakel van de wijs laat brengen, komt hij nooit verder. Dan mist hij alle bijzondere dingen die er in de wereld te beleven zijn.'

Ze liet haar handen rusten op de tafel. Het was alsof ik mijn vader hoorde praten.

'Eva,' zei ze, 'waarom maak jij je toch overal zorgen over? Waarom vertrouw je ons niet?'

Ik stond op om het regenpak, dat bijna van het haakje viel, recht te hangen.

'Let op,' zei ze. Ze pakte een flesje van het bovenste schap van de boekenkast. 'Weet je wat dit is?' Ze hield het pal voor mijn neus. 'Geweerolie,' zei ze, zonder een antwoord af te wachten. 'Aangeraden door iemand die zelf regelmatig in moerasgebied gaat vissen. Het houdt de muggen op afstand.' Ze keek me triomfantelijk aan.

Dus daar was dat spul voor. Ik pakte het van haar aan, draaide het open en rook eraan. Een sterke metaallucht drong zich aan me op. Ik hield het ondersteboven met mijn vinger tegen het uiteinde van de hals. De olie smeerde ik uit op de rug van mijn andere hand. De vloeistof was groezelig, er zat donker gruis in.

'Is het niet slecht voor je huid?' vroeg ik.

Ze schudde haar hoofd. Ze leek moe te worden van mijn vragen. Ik was opeens ook moe en had geen vragen meer.

Aan het eind van de avond vormden de zakjes een reusachtige lintworm die zich traag over de vloer leek voort te bewegen.

Mijn vader kwam de dag daarna ongevraagd mijn kamer binnen. Hoe vaak ik hem ook gezegd had dat ik daar niet van gediend was, hij trok zich er nooit iets van aan. In zijn hand hield hij een dik schrift vast. Het was donderdagmiddag vijf uur, ik maakte me klaar voor balletles. Ik vertrok altijd op tijd. De jongen met het vlassige rode haar begon al ruim voor de les met pianospelen en daar wilde ik geen seconde van missen.

'Kijk, Eva,' zei hij, terwijl hij liefdevol over de harde kaft streek. Op de voorkant stond, in zijn schuine schoolschrift: *Reis naar het noorden*. Hij sloeg het open. Vanbinnen zaten witte vellen gelinieerd papier. Boven aan de eerste bladzijde stond TUSSENSTOPPEN geschreven. Met potlood had hij verticale lijnen getrokken. In de kolom ernaast stond AANTAL KILOMETERS en daarnaast ACTUELE REISTIJD. BIJZONDERHEDEN stond eronder, met daarachter een dubbele punt.

'Welke bijzonderheden verwacht je eigenlijk, papa?' vroeg ik. Het woord alleen al maakte me zenuwachtig.

'Ik zal je iets zeggen,' antwoordde hij. 'Het mooie van reizen is juist dat je niet kunt voorspellen wat er gaat gebeuren. Alles is mogelijk, maar je weet van tevoren nooit wat je te wachten staat. Daar kom je pas achter als je er bent.'

Hij liep naar mijn raam en keek naar buiten. Het was zacht lenteweer. Ik droeg die dag voor het eerst een jurk met blote armen.

'De eerste mens,' zei hij, 'was een nomade. Hij zwierf door de woestijn op zoek naar eten. Soms gebeurde er iets bijzonders. Zoals Mozes overkwam, die God hoorde roepen en alles achter zich liet. De rest van zijn leven trok hij met zijn volk door de woestijn. Veertig jaar lang.'

Mijn vader gijzelde me met zijn woorden. Ik was op bed gaan zitten. Op de klok boven mijn tafel zag ik dat de les over een kwartier begon. Het had al geen zin meer om te gaan.

Nog steeds waren de voorbereidingen voor de reis niet ten einde. Er kwamen telkens nieuwe spullen bij. Kaarten werden nog grondiger bestudeerd, routes gewijzigd op grond van opgevraagde tarieven van boot- en treinreizen. Voor mijn vader werd een waterdicht en schokbestendig horloge gekocht. Een horloge op vakantie druiste tegen zijn principes in, maar hij maakte me duidelijk dat dit een uitzonderingssituatie was.

'Als het nooit donker wordt, is het moeilijk om de tijd

te schatten,' zei hij. 'Dan kan ik me niet meer oriënteren op de zon.'

Hij had al vaker verteld dat de zon in Lapland in de zomer niet onderging, maar nu vroeg ik me voor het eerst af hoe je er dan kon slapen. Zeker wanneer je dat in de buitenlucht deed.

Op een dag werd er een postpakket met pillen om water te zuiveren bezorgd. Op de bijsluiter stond dat het jodiumpillen waren. Het kraanwater waarin we er een oplosten smaakte zout als zeewater. Zelfs mijn vader kreeg het niet weg. De volgende dag kocht hij bij de drogist bruistabletten om de vieze smaak weg te werken. Ze hadden citroen- en sinaasappelsmaak. Er was vitamine c aan toegevoegd, stond er op de verpakking.

'Die vitamine c komt goed van pas,' verklaarde mijn vader, terwijl hij toekeek hoe een tablet sissend door zijn glas danste. 'Fruit zullen we in Lapland niet veel binnenkrijgen.'

Hoe dichterbij Lapland kwam, hoe minder vat ik erop kreeg. De ene keer leek het me een kale vlakte, waarop niets te beleven viel, de andere keer een wildernis, waar overal gevaar loerde. Lapland zoog me langzaam naar zich toe en kreeg steeds meer macht over me.

7

'Ga je morgen na school met me mee?' vroeg Madeleine door de telefoon. 'Ik heb geld om een nieuwe bikini te kopen. Ik heb er al een paar gezien die ik leuk vind.'

Madeleine en ik – ik kon me een leven zonder haar niet voorstellen. Ik zag ons weer staan, voor de spiegel op een omgekeerd appelkistje. We waren toen veel jonger en toch was het niet eens lang geleden. Onze T-shirts hadden we zojuist uitgetrokken. Ik vond haar mooi en zij mij, dat wist ik zeker. Jongens leken we, met onze platte bovenlichamen. We stelden ons voor hoe we er over een tijdje uit zouden zien.

Die nacht droomde ik dat Madeleine in een winkel bikini's paste. Ze stond naakt op het tapijt terwijl een mevrouw met een onleesbare naam op de zak van haar overgooier haar steeds nieuwe bikini's aanreikte. Madeleine probeerde ze allemaal, maar kon niet beslissen welke ze zou kopen. De berg kleren op de grond werd steeds groter, tot ze erin verdween. Ik stond er hulpeloos bij in mijn winterjas. Op mijn hoofd zat een wollen muts die kriebelde.

'Mag ik een bikini uitzoeken, voor straks in Lapland?' vroeg ik mijn moeder de volgende ochtend.

Ze zuchtte.

'In Lapland heb je geen bikini nodig,' zei ze. 'Trouwens, je badpak van vorig jaar past je nog. Heus, het is niet nodig.'

'Mama, alsjeblieft,' zei ik. 'Ik heb nu toch een ander figuur dan vorig jaar? Ik loop toch helemaal voor gek in dat te kleine ding?'

Ze zuchtte nog eens diep en stond toen op om haar portemonnee te pakken.

'Oké dan,' zei ze, 'zoek er maar een uit. Maar wel zo goedkoop mogelijk. Het geld groeit ons niet op de rug.'

Die middag kozen Madeleine en ik dezelfde groene bikini van dunne stretchstof uit. Op de terugweg keek ik haar na, tot ze uit zicht verdween. Traag slenterde ik verder. Voor ons huis rook het naar stoofvlees, rodekool en zelfgemaakte appelmoes. Ik trof mijn moeder aan in de keuken, achter het fornuis. Ze veegde haar handen af aan haar schort en glimlachte naar me. Het eten was nog niet klaar, maar er viel niets meer te doen behalve wachten tot alles gaar was. Een niemandsland in de tijd. Ik trok mijn nieuwe bikini aan om hem mijn moeder te laten zien. Ik huiverde, het was niet het moment om zo bloot te zijn. Opeens hoorde ik mijn vader de trap af lopen. Hij kwam de kamer binnen.

'Wat is dat, An?' vroeg hij, wijzend naar mij.

'Eva's nieuwe bikini,' antwoordde ze.

'Hoe kun je mijn dochter er zo bij laten lopen?' zei mijn vader kortaf. Hij vermeed het naar mij te kijken, alsof ik te smerig was om aan te zien. Mijn moeder pakte mijn vest, dat op de stoel lag, en hing het over mijn schouders.

'Ze heeft hem vanmiddag zelf gekocht, met Madeleine,' zei ze.

'Ah, Madeleine,' zei mijn vader. Hij sprak haar naam uit op een manier die me niet zinde.

'Ik wil niet dat ze in deze bikini rondloopt, en dat is het laatste wat ik erover zeg.'

Hij draaide zich abrubt om en liep de kamer uit.

Een week later zag ik door het keukenraam Axel aan komen fietsen. Dik krullend haar boven een volkomen symmetrisch gezicht. Terwijl hij zijn fiets tegen ons huis zette, zag ik door zijn broek heen hoe gespierd zijn bovenbenen waren.

Mijn vader had die nacht in de tuin geslapen om zijn nieuwe slaapzak uit te testen. Hij liep Axel tegemoet in het trainingspak dat als pyjama had gediend. Zijn buik was goed te zien achter de strak aangetrokken rits. Balder, die bij hem had gelegen, liep kwispelend om hem heen. Steven was al vroeg in de ochtend vertrokken naar Ellen, een witblond meisje uit zijn klas.

'Goed dat je er bent, jongen,' zei mijn vader, terwijl hij een arm om Axels schouders sloeg. 'Ik wil je van alles laten zien. Kom maar meteen mee.'

Samen met Balder verdwenen ze naar de speelkamer. Mijn moeder ging in de keuken strijken. In mijn slaapkamer probeerde ik een brief te schrijven aan mijn penvriendin, maar ik kon me moeilijk concentreren. Omdat mijn kamer boven de speelkamer lag, hoorde ik hen voortdurend praten, en tot mijn ergernis lukte het me niet me ervoor af te sluiten. Aan het eind van de middag zaten mijn vader, Axel en de hond er nog steeds. In de keuken lagen de gestreken kleren in keurige stapels op tafel.

Mijn moeder kon intens genieten wanneer er orde heerste in haar bestaan. Keurig gelapte ramen zonder strepen, gepoetste schoenen. Een gedekte tafel waaraan ieder zijn vaste plaats had. De schaar links in de keukenla, tussen de blikopener en de dunschiller. Alle huishoudelijke taken hadden een vaste dag. Op maandag maakte ze de koelkast schoon, op dinsdag stofte ze het dressoir af en op vrijdag deed ze de was.

'Zo hou ik overzicht,' rechtvaardigde ze haar manier van doen. 'Ik vind het belangrijk dat het huis altijd netjes is en dat jullie nooit misgrijpen als je schone onderbroeken of sokken nodig hebt.'

Bij haar thuis was het vroeger een chaos, had ze me vaak verteld. Haar moeder kon het gezin met zeven jongens en één meisje niet aan. Overal slingerden kleren rond, schoon en vuil door elkaar heen. Iedereen was altijd alles kwijt. Mijn moeder was de enige die haar best deed structuur aan te brengen, maar dat lukte haar toen niet. Ze moest ook nog voor haar moeder zorgen, die wekenlang gillend door het huis liep en daarna dag in dag uit op de trap zat te huilen. Tot de situatie onhoudbaar werd en ze naar een rusthuis werd gebracht. Het woord 'rusthuis' klonk vredig. Mijn moeder fantaseerde over een grote tuin waarin haar moeder op een bankje in de zon zat te breien, terwijl verpleegsters in witte schorten af en aan liepen met thee. Maar toen ze maanden later eindelijk bij haar op bezoek mocht, trof ze haar moeder zo versuft op bed aan dat die haar dochter niet eens herkende. Een andere vrouw met sliertig haar was met gebalde vuisten op haar af gelopen en had haar in het gezicht gespuugd. Mijn moeder was zo snel ze kon naar buiten gerend.

'Ik wil Axel meenemen naar Lapland,' zei mijn vader op een dag aan het ontbijt.

Hij keek Steven, die zijn boterham in kleine stukjes sneed voor hij die in zijn mond stak, doordringend aan.

'Ik heb er een poos op zitten broeden,' ging hij verder, 'en hoe meer ik erover nadenk, hoe enthousiaster ik word.'

Steven legde zijn mes neer en beet op zijn duimnagel.

'Je moet die dwangnagel met rust laten,' zei mijn vader kortaf. 'Zo geneest hij nooit, dat snap je zelf toch ook wel? Straks gaat hij nog ontsteken. Dat kunnen we echt niet hebben van de zomer in Lapland. Er zijn in het gebied waar wij heen gaan natuurlijk geen dokters.'

Hij wachtte tot Steven zijn duim bij zijn mond weghaalde en ging verder op de toon die hij eerder had aangeslagen.

'Ik heb contact met de Alpenclub opgenomen. Axel heeft de cursus afgemaakt en ze waren uiterst tevreden over hem. Hij is avontuurlijk en houdt van aanpakken, zeiden ze. Een echte doordouwer.'

Hij pakte een lepel jus en gooide die over de aardappelen.

'Eerlijk gezegd vind ik het een prettig idee wanneer er meer mannen dan vrouwen meegaan,' vervolgde mijn vader.

Steven bracht als vanzelf zijn hand weer naar zijn

mond, maar hield daar abrupt mee op toen hij mijn vader zag kijken. 'Wij zijn toch het sterke geslacht, nietwaar, jongen? Op ons komt het aan als er iets misgaat. Nou, wat vind je ervan?'

'Heb je dat eigenlijk al met hem besproken?' vroeg Steven.

'Nee,' zei mijn vader, 'dat ga ik vanmiddag doen.'

'Axel is de meest eigenwijze jongen die er bestaat,' zei Steven. 'Bovendien wil hij altijd de baas spelen.' Hij beet nu op zijn lip en keek de andere kant op. Er sijpelde bloed over zijn nagelriem.

'Luister eens,' zei mijn vader, 'ik heb jarenlang ervaring met leiderschap. Iemand van achttien kan ik wel aan, hoor.'

'Ik denk dat Eva er ook niet blij mee is,' zei Steven. 'Ze vindt hem maar arrogant.'

Hij stootte me onder tafel met zijn voet aan.

'Ja toch, Eva?' vroeg hij. 'Dat is toch zo?'

Ik knikte.

'Het is toch ook ónze vakantie?' zei ik. 'Waarom moeten we dan iemand meenemen die we allebei niet mogen?'

'Omdat ik de baas ben,' zei mijn vader. Hij schoof zijn stoel luidruchtig naar achter en stond op. 'Zolang jullie bij mij in huis wonen beslis ik nog altijd wat er gebeurt.'

Mijn moeder keek ons bestraffend aan. Ze kon het niet hebben als we mijn vader tegenspraken. Volgens haar had hij het in de buitenwereld al zwaar genoeg. Het thuisfront moest hem daarom onvoorwaardelijk steunen. Als dat niet gebeurde, kon er zomaar een kink in de kabel komen, dan konden dingen op een vreselijke manier misgaan. Wat onze buurvrouw, weduwe Pijls, was overkomen, herinnerde ons daar iedere dag aan.

Meneer Pijls was een gezette man geweest met een enorme vooruitstekende buik. Hij was de enige die ik kende met bakkebaarden. Op een dag zegde hij zijn vaste baan op om als vertegenwoordiger te gaan werken. Voor dag en dauw zag ik hem vanuit het raam dozen met kleren in zijn bestelauto laden. Hij droeg elke dag een wit overhemd met een donkere das. Zijn jasje hing hij voor hij wegreed aan een haakje achter het raam. Bij de deuropening reikte zijn kleine, rossige vrouw hem in haar peignoir nog een laatste keer zijn koffie aan. Hij nam een slok en zette het kopje terug op het schoteltje dat zij in haar hand hield. Daarna kreeg ze een zoen op haar voorhoofd. Terwijl zij het laatste beetje koffie opdronk, reed hij wuivend weg. Hij kwam pas terug als ik al in bed lag. Meneer Pijls deed zijn uiterste best de kleding aan de man te brengen, maar nog voor hij genoeg geld vergaard had om de nodige verzekeringen af te sluiten, verongelukte hij.

'Een nachtmerrie,' vond mijn moeder.

'Volkomen onverantwoord bezig geweest,' oordeelde mijn vader. 'Vermoeid achter het stuur gezeten, te lange uren gemaakt. En kijk eens naar zijn vrouw, hoe slecht ze erbij zit.'

Mevrouw Pijls naaide nu in de avonduren zakken op broeken. Ze werd per stuk betaald.

'Axel komt vanavond bij ons eten,' kondigde mijn moeder de volgende zondag bij het ontbijt aan. 'Papa heeft hem gevraagd met ons mee te gaan naar Lapland. Natuurlijk hoefde hij er geen seconde over na te denken, hij sprong een gat in de lucht.'

Ze veegde haar handen af aan haar schort en glimlachte. 'We kunnen nu dus wel zeggen dat hij een beetje lid van onze familie is.'

Ze zag er opeens weer uit zoals ze er vroeger altijd had uitgezien: intens tevreden omdat de dingen gingen zoals ze zich van tevoren had voorgesteld dat ze zouden gaan.

'Nou,' vroeg ze, 'wat vinden jullie ervan?'

'Wat doet het ertoe wat wij ervan vinden?' zei Steven. 'Het gebeurt toch.'

Mijn moeder deed het schort af en trok haar rok recht. Ze plukte een paar pluisjes van haar wollen truitje.

'Het is toch een aardige jongen,' zei ze. 'Wat is er eigenlijk mis met hem?'

'Ik vind hem een engerd,' zei ik. 'Hij praat raar.' Ik kneep mijn neus dicht. 'Hallo Eva,' zei ik, 'je hebt je veter verkeerd dichtgeknoopt. Ik zal je even voordoen hoe het moet.' Ik boog naar mijn voet en trok in een potsierlijke beweging mijn veter los. Steven en ik kregen een lachstuip. Mijn moeder stond er verloren bij, tot ze opeens haar rug rechtte.

'Wat zijn jullie toch een stel verwende, ondankbare kinderen,' zei ze met opgeheven wijsvinger. 'Eén ding wil ik met jullie afspreken: als hij er straks is, doen jullie aardig tegen hem. Is dat begrepen?'

Axel arriveerde die avond stipt op de afgesproken tijd. Hij droeg een bos rode tulpen in zijn arm en overhandigde die met een zwierig gebaar aan mijn moeder.

'Maar jongen, dat had je nu niet moeten doen,' zei ze. Tot mijn verbazing bloosde ze.

'De slijmerd,' fluisterde Steven in mijn oor. Mijn vader ging naast Axel zitten en liet hem meteen de *Time-Life* zien.

'Dit gaf de doorslag,' zei hij. 'Kijk zelf maar.' Hij sloeg het blad open op de middenpagina. 'Zie nu eens hoe mooi de wereld nog is. Het bestaat nog, weet je, het paradijs op aarde bestaat nog.'

Steven en ik zaten tijdens het eten te klieren alsof we weer zes waren. Hij gooide zijn glas water om en ik kreeg de hik. We spraken een geheimtaaltje dat we vroeger gebruikten als we niet wilden dat onze ouders wisten waar we het over hadden. We bleken het nog feilloos te kunnen. Mijn moeder keek gegeneerd onze kant op, maar zweeg verder. Axel en mijn vader deden net of ze niets merkten. Het feit dat Balder hem vanaf het begin onvoorwaardelijk accepteerde versterkte die band alleen maar. Om halftien vertrok Axel. Hij gaf mijn ouders een hand.

'Dag Steven, dag Eva,' riep hij vrolijk zwaaiend, alsof alles koek en ei was.

Mijn vader ging meteen de hond uitlaten. Mijn moeder deed in haar eentje de afwas. Ze zei de rest van die avond geen woord meer tegen ons.

De dagen daaropvolgend was mijn vader voortdurend in de speelkamer bezig. Hij controleerde de spullen en telde de zakjes eten na. Mijn moeder naaide in de avonduren een poncho voor Axel. Steven trok zijn eigen plan. Hij was nauwelijks thuis. Ik had het alsmaar koud, ondanks de op handen zijnde zomer.

Het schooljaar eindigde met de toneelvoorstelling op vrijdagmiddag. Madeleine, die tijdens de repetities haar rol foutloos speelde, maakte een afwezige indruk en vergat tot drie keer toe haar tekst. Het leek haar niets uit te maken. Aan het eind van de dag nam iedereen afscheid van elkaar. Eindelijk was de zomervakantie aangebroken. Madeleine vertrok nog diezelfde avond met haar vader in zijn gele deux-chevaux naar Frankrijk. 's Nachts rijden vond haar vader rustiger. Vlak voor ze vertrok belde ze me.

'Ik hoop maar dat je het uit kunt houden daar in Lapland,' zei ze. Ik hoorde haar blazen.

'Wat doe je?' vroeg ik. 'Je hád je nagels toch al gelakt?'

'Mijn teennagels niet,' zei ze. 'Die was ik vergeten.'

Ik zag de slippers met de gele plastic zonnebloemen erop voor me. Ze zaten nu nog in haar tas. Straks in Frankrijk zou ze erop lopen. *Flip, flop, flip, flop.* Haar blauwe ogen gericht op zee, één hand in haar broekzak, friemelend met een schelp of een touwtje. Ze zou daar vast ook uit de toon vallen, hoe dan ook. Madeleine deed alles altijd net iets anders dan andere mensen. Een week tevoren had ze me haar adres in Zuid-Frankrijk gegeven, maar ik wist nu al dat ik haar toch niets zou sturen. Wat zou ik haar moeten schrijven? Ik had haar op mijn beurt geen adres gegeven. We zouden nergens langer dan een nacht blijven, had mijn vader me verteld. Ik maakte me zorgen of ze wel aan me zou denken. We zouden zo lang zonder elkaar zijn.

'Heb je Hans nog gezien?' had ik haar de dag tevoren gevraagd. Na school waren we naar haar huis geslenterd. Ze was daar meteen languit op de bank gaan liggen, met een bak chips en een fles cola binnen handbereik. Ik was naast haar gaan zitten. Zijn naam had ze niet meer laten vallen sinds de keer dat ze me had verteld dat ze het met hem gedaan had. Ze had maar een paar dingen over hem losgelaten, en toch kon ik hem helemaal uittekenen. Zwart haar in een paardenstaart. Gelige tanden, te groot voor zijn smalle gezicht. Hij rook naar de rozijntjes in een vergeten plastic zakje dat ik ooit achter in de voorraadkast had gevonden. Steeds opnieuw dacht ik aan zijn lelijke klauwen met de ongeknipte nagels waarmee hij aan haar had gezeten. Aan haar borsten en aan het weke deel van haar buik.

'Hans,' had ze geantwoord, terwijl ze een denkbeeldige mug had weggewuifd. 'Pfff! Ik denk nooit meer aan hem.'

Ze had een handvol chips in haar mond gepropt en me onderzoekend aangekeken.

'Hoe kom je daar nu opeens bij, Eva?'

Ik was naar haar slaapkamer gelopen. Op bed lagen de kleren klaar die in haar koffer zouden gaan. Een stapeltje met drie bh's en zeven slipjes, haar nieuwe groene bikini en nog een blauw badpak. Allerlei T-shirts en rokjes, en een pluizig wit vestje dat haar niet stond. Die nacht in bed had ik haar in gedachten als een pop telkens aan- en uitgekleed.

De speelkamer was nu volledig volgestouwd. Vier rugzakken stonden rechtop naast elkaar tegen de muur. De voedselpakketten waren er door mijn vader evenwichtig over verdeeld. De inhoud van de blikjes gevriesdroogde groente was op het laatste moment ook in plastic zakjes gedaan, omdat het dan minder ruimte in beslag nam. Ieder droeg zijn eigen minimale hoeveelheid kleren.

'Vaak verschonen is niet nodig,' beweerde mijn vader. 'Vroeger hadden mensen ook geen wasmachines. Het idee dat een mens elke dag schone kleren aan moet trekken is absurd.' Mijn moeder zweeg en deed net of ze niets gehoord had.

Thuis was het niet uit te houden. Ik liep mijn moeder telkens in de weg en mijn vader kon zomaar tegen me uitvallen als ik in zijn ogen iets doms deed. Het was een warme dag, ik pakte mijn zwemspullen en ging naar Tommie. Bij hem thuis hadden ze een zwembad.

Tommie was net zo oud als ik en woonde een paar huizen verder. Volgens mijn vader zag hij altijd bleek omdat hij zo veel cola dronk. Hij beweerde dat wanneer je een stuiver in een glas cola liet vallen, die de volgende dag was opgelost.

'Kun je nagaan,' zei hij, 'wat er met je maag gebeurt als je dat spul dagelijks drinkt.'

Steven wilde graag een keer een stuiver in een glas cola doen, maar het kwam er nooit van. Het laatste wat mijn vader zou doen was daar zijn geld aan besteden.

Tommies vader had een transportbedrijf. Het was altijd een komen en gaan van truckers bij hen thuis. Sommigen kende ik van gezicht, maar veel aandacht had ik nooit aan hen besteed. Hun enorme vrachtauto's stonden voor de deur geparkeerd.

Tommie was zoals altijd blij me te zien. We klommen meteen in een van de cabines. Het was een donker hol, volgehangen met foto's die uit tijdschriften waren gescheurd en slordig tegen de wanden geplakt. Er stonden vrouwen op de foto's, met blote en vooral grote borsten, die door de truckers steevast 'tieten' werden genoemd.

Op het dashboard lagen halfingevulde formulieren met kilometerstanden en routebeschrijvingen. Sigarettenpeuken staken uit een overvolle asbak die vastgeklonken zat in het portier. De vloer lag bezaaid met vuile servetjes en houten frietvorkjes. In de hoek lag een stinkende slaapzak vol boekjes die we te smerig vonden om aan te pakken sinds we een keer vol afgrijzen de felgekleurde foto's hadden bekeken.

Om beurten hielden we onze handen op het stuur en keken vanaf grote hoogte neer op straat. We vloekten alle scheldwoorden die we kenden bij elkaar en sloegen de ruwe truckerstaal uit die we hadden opgepikt, totdat we gierend van het lachen over de bank en elkaar buitelden.

'Ik heb het warm gekregen,' zei Tommie na een poosje. 'Ga je mee zwemmen? Wie het eerst in het water ligt!'

We sprongen de wagen uit en renden naar het zwembad, waar we meteen onze shirts uittrokken. Vrijwel tegelijkertijd sprongen we in het water. Tommie duwde me kopje-onder. Toen ik boven kwam, was ik me van het ene op het andere moment bewust van de truckers. Ik zag ze zitten in de late middagzon: bierflesjes aan hun mond, tatoeages onder opgestroopte mouwen, gespierde bovenarmen. Ik hoorde hun rauwe stemmen, hun harde lachen. Sommigen keken mijn kant op. Waar hadden ze het over? Ze praatten ongetwijfeld over vrouwen. De vrouwen die ze onderweg hadden ontmoet, de vrouwen uit de boekjes, maar misschien hadden ze het ook wel over mij.

'Vangen,' riep Tommie, terwijl hij een bal naar me gooide, maar ik liet hem gaan. De bal rolde over het gras, botste tegen de schutting en stuitte terug.

'Ik heb geen zin meer,' zei ik. 'Ik ga eruit.'

Ik zwom naar het trapje, klom uit het zwembad en rende naar de stoel waarop mijn handdoek lag. Ik vond hem opeens veel te klein. Zo hard ik kon holde ik naar huis.

8

Mijn rugzak was het lichtst van allemaal. Acht kilo zou ik op mijn rug torsen. Mijn vader had in een reisgids gelezen dat dit het maximale gewicht was voor een kind van mijn leeftijd. Ik wist niet of er in het boekje onderscheid gemaakt werd tussen meisjes en jongens. De rugzak was herhaaldelijk op de weegschaal gezet om te controleren of het gewicht niet werd overschreden. Mijn vader zou de zware dingen dragen, zoals de primus en de tenten die we het eerste deel van de reis nodig zouden hebben. Zijn rugzak woog zeventien kilo. Aan de lussen aan de zijkanten hingen plastic mokken in vier verschillende kleuren en veldflessen in groene hoezen uit de legerdumpwinkel. Onze schoenen waren waterdicht gemaakt. Mijn vader had dat in de garage gedaan, met een voor zijn mond gevouwen theedoek.

'Dit spul tast de slijmvliezen aan,' zei hij. 'Het is een gevaarlijk chemisch goedje.'

De lucht was nog dagen in de garage blijven hangen. De drie lege spuitbussen lagen op zijn werkbank, naast het potje vet waarmee hij onze schoenen had ingesmeerd. Mijn vader zou ook een tasje met een doorzichtige voorkant op zijn borst dragen voor de kaarten.

Buitenlands geld, gesorteerd per land dat we zouden passeren, lag klaar in verschillende stoffen zakjes. Ieder van ons zou er een bij zich dragen. Er werd niet veel meer gepraat. Het werd nu ernst. Er restte nog één dag voor het vertrek.

Ik wist niet wat ik met de loze tijd aan moest. Ik had de rugzak al een paar keer gepast, de schouderbanden op de goede hoogte afgesteld en nog eens geroken aan de geweerolie die tegen de muggen moest helpen. Wat zou toch het gruis zijn dat erin dreef? Het leken wel flintertjes ijzer, die misschien wel krassen op mijn huid zouden maken. Stiekem opende ik een zakje gevriesdroogde andijviestamp dat ik uit mijn rugzak opdiepte, strooide er wat van in een mok en deed er warm water uit de kraan bij. Het groenige poeder zwol op tot een pureeachtige brij. Hoe ik ook roerde, het bleef klonteren. Het rook naar de poedermelk die ik in het flesje deed voor de baby die een paar straten verder woonde en waar ik wel eens op paste. Dezelfde weeïge geur. Ik durfde het niet te proeven en verstopte het spul in een kartonnen doos, die ik onder in de afvalbak duwde.

Ik kon er niet goed tegen wanneer de dingen in huis anders waren dan normaal. Mijn moeder zag ik het liefst zoals ik haar van jongs af aan kende: wat rommelen in de keuken, de schone handdoeken uit de wasmand pakken en ze stuk voor stuk in drieën vouwen, de zakdoeken strijken, terwijl het water voor de thee opstond. De aanwezigheid van mijn moeder was vertrouwd en geruststellend, ook al kon ik me er tegelijkertijd mateloos aan ergeren.

'Wie strijkt er nu zakdoeken?' zei ik tegen haar. 'Tegenwoordig zijn die van papier te koop. Je gooit ze na gebruik gewoon weg. Dat is ook veel hygiënischer.'

Ze deed sinds de voorbereidingen niets meer aan haar kapsel. Haar sluike haar stak ze nu slordig op met schuifspeldjes. Doffe slierten hingen vaak los. Ze vergat kaas te kopen en al twee keer die week hadden we als avondmaaltijd brood gegeten, iets wat ze altijd het toppunt van gemakzucht had gevonden.

Axel kwam om twee uur 's middags. Zijn bergrugzak was veel compacter dan die van ons. Er zat een klem op voor een thermosflesje. Een pikhouweel met een ijzeren punt en een rood rubberen handvat was aan de zijkant tussen lussen gestoken. Axel zette zijn rugzak in de speelkamer, naast die van mijn vader. Hij at die avond een hapje mee.

'Het laatste avondmaal,' grapte Steven toen we aanschoven voor een makkelijke ovenschotel. Het was een gerecht van bruine bonen met aardappelen, dat mijn moeder 'filosoof' noemde.

'Ideaal voor een avond als deze,' zei mijn moeder, terwijl ze iedereen opschepte, 'voedzaam en smakelijk.' Axel zat tegenover mijn vader. Zijn haar was met een tondeuse gelijkmatig afgeschoren. Waar eerst zijn krullen hadden gezeten, waren nu korte stekeltjes te zien.

'Het avontuur kan beginnen,' zei hij. 'Ik ben er klaar voor.'

Mijn vader glunderde. Axel bleef die nacht bij ons slapen om de volgende dag gegarandeerd op tijd te kunnen vertrekken. Hij lag in zijn slaapzak op een matje in de speelkamer. Zijn rugzak gebruikte hij als hoofdkussen. In mijn slaapkamer, pal boven hem, probeerde ik uit te rekenen hoeveel centimeters er tussen ons in zaten. Het idee dat hij zo dicht bij me sliep stootte me af.

Mijn moeder had geregeld dat Ernestine, onze geblondeerde buurvrouw die aan jazzballet deed, ons de volgende dag met haar auto naar het station zou brengen. Ik had het niet zo op Ernestine. Ze keek altijd met een blik vol minachting naar mijn vader. Ik geloofde dat ze hem maar dwaas vond. En omdat ik zijn dochter was, vermoedde ik dat ze over mij hetzelfde dacht.

Op de dag van het vertrek liep mijn vader om vijf uur ’s ochtends al luidruchtig heen en weer door het huis. Alles werd grondig nagekeken op veiligheid. Wel drie keer controleerde hij of de elektrische apparaten allemaal waren uitgezet.

‘De meest onverwachte dingen kunnen brand veroorzaken,’ beweerde hij. ‘Je kunt daarin niet zorgvuldig genoeg zijn. Hoe vaak komt het niet voor dat mensen terugkomen van vakantie en hun huis er niet meer staat?’

De rugzakken stonden buiten tegen de muur. Mijn moeder liep verloren rond. Ze moest haar dierbare huishouden achterlaten. Mijn vader had al vijf keer op zijn nieuwe horloge gekeken. Ernestine was er niet op de afgesproken tijd.

‘Dat krijg je,’ zei hij, ‘wanneer je jezelf afhankelijk maakt van anderen. Ze gooien je hele schema in de war. We hadden al weg moeten zijn.’

‘Rustig nu maar, Eduard,’ zei mijn moeder. ‘We hebben ruim de tijd. De trein vertrekt pas over anderhalf uur.’

Mijn moeder, Axel en ik wachtten bij de voordeur. Steven lag op de bank in de huiskamer, verlamd als een vogel in een olieplas. Balder liep als een blindengeleidehond pal naast mijn vader, waar hij ook heen ging. Twaalf minuten na de afgesproken tijd reed Ernestine haar Mercedes uit de garage en stopte voor ons huis. Ze droeg een lichtgele jurk met witte lelies erop. De hals was zo diep uitgesneden dat het roze randje van haar bh afstak tegen haar bleke huid. Aan haar voeten droeg ze crèmekleurige schoentjes die met linten om haar smalle kuiten gewikkeld waren. Het was altijd een verrassing om te zien wat Ernestine aanhad. Ik schatte haar rond de dertig. Bij mooi weer zat ze de hele dag in haar badpak in de tuin, waar ik haar vanuit mijn raam kon bespieden. De rest van de tijd boetseerde ze in het ruime atelier op de tweede verdieping. Ik had daar eens rondgekeken toen ze een feestje gaf. Er stonden sokkels met hoofden erop die alleen vanaf een afstandje op mensengezichten leken. Op de plek waar de ogen hadden moeten zijn, zaten louter gaten. Haar echtgenoot, een forse man met een rossige kuif en dito snor, zat in zaken en was zelden thuis.

Toen Ernestine met haar blauwe ogen langs ons heen keek, kromp ik in elkaar. Ik haatte het dat deze blonde godin mij zo zag. Ik droeg een geblokt overhemd en een knickerbocker, die allebei door mijn moeder waren genaaid. Ernestine rookte leunend tegen de auto een filtersigaret terwijl mijn vader onze spullen in de kofferbak laadde. Daarna nam hij plaats op de passagierszitting. Balder dook meteen weg tussen zijn benen. Axel, mijn moeder en ik namen plaats op de achterbank. Als laatste wankelde Steven als een dronkenman naar de auto en ging naast me zitten. Ernestine nam een laatste trek en drukte daarna, manoeuvrerend met haar linnen schoentje, de sigaret op het asfalt uit. Even later stak ze de sleutel in het slot en gaf gas. Vrijwel geruisloos lieten we het huis achter.

Het station was nog volkomen verlaten toen Ernestine haar auto pal ervoor stilzette.

'Nou, tot over vijf weken dan maar,' zei ze toonloos. Ze liet de motor stationair draaien en reed meteen weg nadat de laatste deur was dichtgegooid.

'Ernestine heeft het alweer gezien,' grapte ik. Niemand lachte erom.

Onwennig en ongemakkelijk zaten we een halfuur daarna tegenover elkaar op de gestoffeerde banken. Mijn vader tilde onze rugzakken één voor één in het bagagerek terwijl de trein zich in beweging zette. Axel zette zijn rugzak naast zich op de bank, alsof het een medereiziger was. Het was vreemd mijn vertrouwde omgeving achter me te laten. Zo zou weglopen waarschijnlijk voelen, iets waar ik vaak over fantaseerde. Alleen zou ik dan niet mijn ouders meenemen, hooguit mijn broer.

De trein reed eerst nog door wijken waar ik wel eens geweest was, langs dorpen die ik vaag kende. Een oud vakantiegevoel overviel me. Vage herinneringen aan dagjes uit: naar mijn oma, naar Madurodam, naar Artis.

De trein reed vervolgens door een gebied waarin niets me meer vertrouwd voorkwam. Ik probeerde te bedenken in welke richting Zuid-Frankrijk lag. Maar de trein maakte een aantal bochten, zodat ik algauw de draad kwijtraakte. Ik overwoog naast mijn vader te gaan zitten en naar zijn kompas te vragen. Misschien kon hij me uitleggen hoe het werkte, en kon zijn kompas ook mij helpen de juiste richting te vinden. Maar mijn moeder zat naast hem met gesloten ogen. Ik wilde haar liever niet vragen te gaan verzitten. Zij had het vast net zo moeilijk als ik met het achterlaten van haar vertrouwde omgeving.

Ik besefte dat ik voorlopig geen kant op kon. De komende tijd was ik meer dan ooit aan mijn ouders overgeleverd.

De trein denderde inmiddels voort op volle snelheid. Mijn moeder steunde nu met haar ellebogen op het klaptafeltje en hield haar handen voor haar ogen. Ik wist dat ze niet van harde geluiden hield en vermoedde dat ze deze zo probeerde buiten te sluiten.

'Kijk, kinderen,' zei mijn vader tegen Steven en mij. Hij had de kaart van Europa op zijn schoot uitgevouwen. 'Vanaf nu reizen we voortdurend naar het noorden.'

Met zijn wijsvinger trok hij een lijn naar het noorden van Nederland; daarna verschoof zijn vinger naar het noordoosten van Duitsland en daarna weer omhoog, tot aan het noorden van Finland. Het stuk van de kaart waarop Frankrijk stond was niet te zien. Hij was dubbelgevouwen, zodat hij op mijn vaders schoot paste.

'Voorbij de poolcirkel reizen we,' mijmerde hij. 'Binnenkort gaan we voorbij de poolcirkel.'

De poolcirkel – ik wist het inmiddels uit mijn hoofd – was de denkbeeldige lijn op aarde waarboven de zon in de zomer niet onderging en in de winter niet opkwam.

Voor mijn vader was de poolcirkel de magische grens waarboven het ware noorden begon. Het noorden waar het allemaal om begonnen was. Hij verschoof zijn vinger verder over de kaart.

'Hier,' zei hij, 'hier is de rivier die Lemmenjoki heet, ergens midden op de toendra, in de buurt van Inari.'

Op het prikbord in de speelkamer hing een ansichtkaart van het openluchtmuseum in Inari. Er stond een foto van een rechtopstaande houten lattenconstructie op waarvan ik eerst dacht dat het een slee was. Maar op de achterkant stond dat het een berenval was. De openingstijden van het museum stonden eronder geschreven. Op maandag was het gesloten, wist ik.

De trein stopte bij de plaatsen die ik me herinnerde van de aardrijkskundeles: Zwolle, Meppel, Hoogeveen, Assen. In geen van deze steden was ik ooit geweest. Ik vermoedde dat ik er ook nooit zou komen. Wat had ik er te zoeken? Er woonden andere mensen, met andere levens, in huizen die alleen maar leken op ons huis. Regelmatig zag ik mijn vader op zijn horloge kijken en iets opschrijven. Hij gebruikte een potlood, dat hij telkens in de kaartenmap op zijn buik terugstopte. Axel hield ook een logboek bij. Het was een schrift met een geplastificeerde kaft. Hij schreef met een balpen. Ook ik had een schrift bij me, maar ik wist niet wat ik erin moest schrijven. Er was onderweg niets te beleven. Mijn moeder keek uit het raam. Hardop las ze de plaatsnamen voor bij de stations en wees telkens dingen in het landschap aan.

'Kijk, koeien,' zei ze. En: 'Hebben jullie die jaknikkers al gezien?'

Ik hoopte steeds dat ze daarmee zou ophouden, maar vroeg het haar niet.

Plotseling dacht ik aan een zomervakantie in Zoutelande. Ik was toen zes en reikte tot aan mijn vaders middel. Mijn haar was sprietig als net opgekomen gras na een regenbui. In mijn herinnering duurde die zomer eindeloos en scheen de zon dag en nacht. Met een grote zwaai tilde mijn vader me op zijn schouders. Daar, hoog in de lucht, voelde ik me een verlengstuk van mijn vader, een oppermachtige reuzin. Wie kon ons wat maken?

'Hortsik,' riep ik.

'Juhuu!' brieste hij, en hij zette het op een draven.

Wind suisde langs mijn oren. Hij rende de duinen in. Na een poosje liet hij zich op het zand vallen.

'Ik kan niet meer,' hijgde hij.

We lagen op onze rug en keken naar de wolken die voorbijdreven. Ze leken op reusachtige vogels en op onontdekte eilanden ergens ver weg in een oceaan. Daarna liepen we naar het strand en kochten gebakken vis bij een kar. Toen ik begon te gapen, nam hij me in zijn armen en tuurden we naar de zon die langzaam wegzonk in de onmetelijk grote zee.

'Hoor je het sissen?' fluisterde mijn vader, precies op het moment waarop de zon het zeewater raakte. Ik knikte.

Toen we die avond thuiskwamen, sliep Steven al. Mijn vader had hem niet meegenomen. Ik had van begin af aan een streepje bij hem voor. Op de een of andere manier was ik het goede kind en hij het verkeerde.

'Wat blijft Steven toch lang weg,' zei mijn moeder na een poos. 'Het is minstens een halfuur geleden dat hij naar de wc ging.' Haar ogen spiedden telkens het gangpad van voor tot achter af. 'Als er nu maar niets aan de hand is.'

Ik sprong op.

'Ik ga hem wel zoeken,' zei ik. 'Wacht maar, ik vind hem wel.'

Ik volgde het bordje met het pijltje waarop WC stond. Met al mijn kracht opende ik de deuren tussen de wagons. Het geluid was oorverdovend, de grond onder mijn voeten bewoog. Bij de dichtstbijzijnde wc zag ik hem niet, ook niet bij de volgende. Steven was blijkbaar naar de verste wc gelopen die er was.

Op een van de klapstoeltjes aan het eind van de trein zag ik hem zitten. Zijn benen hield hij opgetrokken tegen zijn buik, zijn armen had hij daaromheen geklemd. Zijn kin rustte in de holte tussen zijn knieën. Ik klapte het stoeltje naast hem naar beneden en ging zitten.

'Dus hier ben je,' zei ik.

Ik spande mijn neusvleugels aan, zodat mijn neusgaten groter werden. Hij moest daar vroeger altijd om lachen, maar nu keek hij me aan alsof ik gek was.

'Wat is Axel aan het doen?' vroeg hij.

Ik haalde mijn schouders op.

'Niets,' zei ik. 'Hij praat wat met papa, kijkt naar de kaarten en schrijft af en toe wat op. Hij houdt een reisverslag bij.'

Steven tilde zijn kin een stukje op.

'Hoeveel dagen duurt deze reis nog?' vroeg hij. 'Dominostenen zijn het, die stuk voor stuk om moeten vallen. Dit is pas de eerste dag, en hij is nog niet eens omgevallen.'

Hij liet zijn kin weer zakken.

‘Ik blijf hier nog een poosje zitten,’ zei hij. ‘Als ze naar me vragen, dan zeg je maar dat ik frisse lucht nodig heb, maar dat verder alles goed is.’

‘Nou,’ zei ik, ‘zo zie je er anders niet uit. Heb je soms overgegeven?’

Hij maakte een wegwuivend gebaar. ‘Ga nu maar,’ zei hij. ‘Ik kom zo.’

Ik stond in één keer op, zodat het stoeltje met een klap terugsprong. Toen ik aan het eind van de gang omkeek, zag ik dat hij nog steeds in dezelfde houding zat. Er kon hem niets gebeuren, hij had mij nu niet nodig. Weer ging ik door de tussendeuren, een niemandsland in de trein waar de wind gierde en waar ik bang was naar buiten gezogen te worden. Ik kwam langs mensen met tassen tussen hun benen, kinderen op schoot en bossen bloemen in het bovenrek. Mensen die kruiswoordpuzzels oplosten, anderen die verdiept waren in een boek. Ik passeerde giechelende meisjes met strakke truitjes en oorbellen die rinkelden bij elke beweging van hun hoofd, tot ik mijn ouders en Axel weer zag. De contouren van hun lichamen staken af tegen de rugleuning van de bruin-groen gestreepte bank. Balder lag midden op het gangpad toen ik terugkwam. Behoedzaam stapte ik over hem heen. Als ik op zijn staart zou trappen, zou hij er vast niet voor terugdeinzen naar me te grommen en me misschien zelfs te bijten. Toen mijn moeder me vragend aankeek, vertelde ik dat Steven zo kwam. Ik zag dat ze me wantrouwde. Ze moest gedacht hebben dat hij en ik net zoals vroeger samenspanden en haar voor de gek hielden.

De internationale trein arriveerde aan het begin van de avond in Travemunde, een havenstad in Duitsland vol verlaten fabriekshallen en eindeloze goederentreinen. Mijn rug deed pijn van een hele dag zitten. Madeleine lag al twee dagen op het strand. Haar lichaam was nu gewend aan de zon. Ze kon haar T-shirt uittrekken.

9

Er restte ons nog een paar uur voor we per boot naar Zweden vertrokken. Mijn vader besloot dat we in de tussentijd in het havengebied een goedkope eetgelegenheid zouden zoeken. Axel liep in zijn eentje voorop. Daarachter mijn ouders, met Steven en ik in de achterhoede. Balder liep voortdurend van de een naar de ander. Het was druk op straat. Mensen waren op zoek naar voedsel, naar drank, naar elkaar. Het was benauwd buiten, alsof er onweer zou gaan losbarsten. Mensen schreeuwden, sloegen op schouders, hingen in groepjes bij elkaar in portieken. Kinderen trokken krijsend aan hun moeders kleren. Het leek alsof ik een filmdecor binnen was gestapt waarin ik niet thuishoorde. Ik verwachtte ieder moment een stem die zou zeggen: 'Je bent de verkeerde deur binnengegaan. Wegwezen, jij.'

In een café in een achterafstraatje aten we braadworst met zuurkool. Balder lag in de deuropening en knauwde grommend op een bot dat hij ergens in de goot had gevonden. Mensen die binnenkwamen moesten hun best doen hem te ontwijken. Als ze hem niet zinden, ontblootte hij zijn tanden.

Het was binnen zo warm dat het leek of er een föhn

aanstond, maar de ramen bleven dicht. Een enorme ventilator draaide zoemend rond. Boven ons aan het plafond hingen drie gele strippen, waartegen dode vliegen vastgeplakt zaten. De plastic stoelen konden om hun as draaien, maar niet verplaatst worden; ze waren in de betonnen vloer verankerd.

Hoewel ik niet van zuurkool hield, at ik mijn bord tot en met het laatste sliertje leeg. Mijn moeder keek me intens tevreden aan. Als ik genoeg at en op tijd in bed lag, schone gestreken kleren droeg en met twee woorden sprak, kon er niet veel met me misgaan.

Axel was sinds ons vertrek niet erg spraakzaam geweest. Was hij nerveus over wat hem te wachten stond, of probeerde hij zijn krachten te sparen voor de tocht? Zijn donkere ogen leken niets te missen van wat er om hem heen gebeurde. Hij kon zo ingespannen naar me turen dat ik bang van hem werd. Wat wist ik eigenlijk van hem? Hij had bij Steven op school gezeten. Ze zagen elkaar wel eens, maar wisselden nooit meer dan een paar zinnen uit. Veel vrienden had hij niet, hij stond bekend als een einzelgänger. Sinds een jaar studeerde hij civiele techniek. Een degelijke studie, vond mijn vader, daar kon je een toekomst op bouwen. Hij had Steven veelbetekenend aangekeken toen hij dat zei. Voor zover ik wist had Axel geen vriendin. Daar leek hij me ook niet het type voor. Bovendien, wie wilde nu bij zo'n engerd horen?

Toen we weer terug waren op de kade knoopte mijn vader een praatje aan met een man van een jaar of vijftig die een geruite pet droeg. De man bukte om Balder, die aangelijnd zat, te aaien. Hij had een bierbuik waar een flanellen overhemd strak omheen spande. Vlak boven zijn gulp week de stof en zag ik een stuk behaarde blote buik met een diepe krater in het midden. Mijn vader pakte de man bij zijn arm en wees in onze richting. De man fronste zijn voorhoofd en keek of hij ons zag in de menigte. Daarna lachten ze allebei.

Langzaam maar zeker liep de boot vol. Het was bijna middernacht en ik voelde dat ik mijn gevecht tegen de slaap ging verliezen. Mijn lichaam wilde liggen, mijn hersenen konden niet meer helder denken. Ik kon me op de harde bank niet uitstrekken. Mijn ouders hadden het niet nodig gevonden een hut te reserveren. Landerig hingen we bij elkaar. Ik had mijn hoofd op mijn moeders schoot gelegd. Zelf bleef ze zitten. Ik hoorde stemmen in allerlei talen om me heen, maar Duits voerde de boventoon. Het duurde nog ruim een uur voor de andere reizigers zich klaar gingen maken voor de nacht. De bierblikjes van de Duitsers waren leeg en slingerden her en der op het dek. Het drukke praten hield op, de roes van de mannen was uitgewerkt. Hun stemmen klonken zwak, vermoeid. Tandenborstels, zeep en kammen werden uit tassen opgediept. Na een poosje verstomde ook het trage geroezemoes.

'Schlafen,' klonk het nors, als een enkeling nog probeerde te praten.

Ik had mijn tanden niet gepoetst en ook geen andere kleren aangetrokken. Met vreemden om me heen vond ik het onmogelijk me voor de nacht klaar te maken. Maar ook de verzorgingsrituelen van anderen vervulden me met afgrijzen. Ik wilde niet zien hoe de man tegenover me zijn bril met de vetvlekken afzette en op het tafeltje neerlegde, de smalle pootjes naar binnen gebogen. Ik haatte de aanblik van slapende vreemden, een openhangende mond waar een lijntje spuug uit liep, gerochel. Mensen die schaamteloos aan lichaamsdelen krabden. Ik zonk weg in een onrustige slaap, om twee uur later misselijk wakker te worden.

Slaapdronken liep ik naar de wc. Er stonden vijf wachtenden voor de deur. Een van hen had op de vloer gespuugd en hield zich vast aan een ijzeren stang. De vloer onder mijn voeten bewoog en ik voelde me zeeziek worden. Zonder dat ik er iets aan kon doen spuugde ook ik tussen mensenbenen op de vloer. Het leek niemand iets uit te maken.

De volgende ochtend gingen we aan land in Zweden, waar we de trein namen naar het noorden.

'We jakkeren meteen verder,' zei mijn moeder. 'Ik weet het, we reizen wel erg veel achter elkaar, maar zo hebben we straks meer tijd in Lapland, en daar is het ons uiteindelijk om begonnen.'

Ik zag aan de frons op haar voorhoofd dat ze het zwaar had. Mijn moeder, die zo gesteld was op haar kopje thee 's morgens en die zo kon genieten wanneer 's avonds na de afwas alles weer op zijn vaste plek lag. 'Mijn huismus,' noemde mijn vader haar altijd misprijzend. Ik hoopte iedere keer als hij dat zei dat hij haar als troost even zou aanraken. Maar hij deed het nooit en ik nu ook niet. Per slot van rekening deed zij me dit aan. Waarom had ze mijn vader niet tegengehouden? Waarom had ze toegestaan dat ik hier was, dat ik me zo vies voelde en zo moe?

Sinds ons vertrek had ik niet meer gedoucht. Ik had het gevoel alsof we al weken onderweg waren. Het liep tegen tienen. Madeleine at nu waarschijnlijk een croissant met jam. Ze zou zich uitrekken, gammel van een tekort aan slaap omdat het de vorige avond natuurlijk weer laat was geworden. Zou ze zich al hebben aangekleed, of liep ze nog rond in een van de T-shirts van haar vader die ze als pyjama gebruikte? Zou zij wél al haar tanden hebben gepoetst?

Eens leunden Madeleine en ik verveeld over de piano die midden in haar huiskamer stond. We droegen allebei een strakke spijkerbroek en een shirt met wijd uitlopende mouwen met bloemen erop geborduurd. 'Indiashirtjes,' noemde mijn moeder ze. We kochten ze in een kleine winkel in de stad waar het naar patchouli rook.

'We gaan quatre-mains spelen,' zei ze opeens. 'Dat is Frans en het betekent dat we met twee handen van jou en twee van mij spelen.'

Madeleine kwam altijd onverwachts met nieuwe ideeën op de proppen. Ik was benieuwd naar wat ze nu weer had bedacht. Ze zette mijn vingers stuk voor stuk op de toetsen. Daarna kwam ze naast me zitten. Samen speelden we op de valse piano, totdat ze na een poosje moe tegen me aan viel. Haar tengere bovenlijf bracht me nauwelijks uit mijn evenwicht.

'Laten we zoenen,' zei ze opeens, zonder een spier te vertrekken. Ze sloeg meteen haar rechterbeen over de pianokruk, zodat onze gezichten naar elkaar toe gekeerd waren. Langzaam drukte ze haar mond tegen mijn lippen. Ze rook naar Colgate-tandpasta.

‘Madeleine,’ fluisterde ik, ‘weet je zeker dat je dit wilt?’

‘Tuurlijk,’ zei ze, ‘iedereen doet het. Mijn vader doet het met zijn vriendinnen, filmsterren doen het de hele tijd.’

Ik voelde haar aarzeling, om dan – toch nog plotseling – haar tong een paar seconden lang tegen de mijne te voelen. Van het ene op het andere moment trok ze haar gezicht naar achteren.

‘Ik heb zin in wat lekkers,’ zei ze. ‘Laten we ’ns kijken wat er in de snoeptrommel zit.’

We ontbeten met een koffiebroodje uit een karretje dat zich traag een weg door de trein baande.

‘Frisch,’ riep de verkoper, die eruitzag als een Italiaan uit een zwart-witfilm: zwart haar, klein van stuk en met een potloodstreepsnor. Uit alle macht probeerde hij het geroezemoes te overstemmen. Er zat een laagje wit suikerglazuur op mijn broodje. Mijn handen werden er plakkerig van. Ik probeerde ze schoon te maken met een servetje dat ik besprenkelde met water uit mijn veldfles. De sfeer was vrolijk, nu al, op dit vroege uur. Ik zat tegenover Steven, die in zichzelf gekeerd was. Mijn vader praatte met Axel. Ze hielden hun stemmen gedempt. Het ging vast over de reis. Ik verlangde hevig naar een duik in een koud zwembad, naar liters ijs en terrasjes in de schaduw. Ja, ik verlangde zelfs naar de wrangzoete geur van campari. Ik bestudeerde het gezicht van mijn broer, dat beweginglooss was.

Na een poosje pakte ik hem bij zijn mouw en trok hem mee naar een rustig plekje in de trein, een eindje verderop. Ik moest denken aan een gesprek op zijn kamer dat we een paar jaar daarvoor hadden gevoerd. Voor de derde nacht op rij had ik niet kunnen slapen. Ik had licht zien branden op zijn kamer en was bij hem in bed gekropen. Het was de eerste keer dat ik naast hem lag sinds jaren geleden onze amandelen op dezelfde dag waren geknipt, maar het voelde als vanzelfsprekend. Hij had de lamp uitgeknipt.

'Mijn hoofd is druk,' had ik gezegd. 'Daarom lig ik wakker.'

'Mijn hoofd is ook druk,' had hij tot mijn verbazing geantwoord. We hadden elkaar onder de deken vastgehouden, alsof we op die manier wilden voorkomen dat we de ander kwijtraakten.

'Weet je, Eva,' had hij na een poosje gezegd, 'ik zie beelden in mijn hoofd. Allerlei vreselijke beelden. Ik durf niet te zeggen welke.'

Ik had mijn adem ingehouden en afgewacht. Steven kon dingen nooit lang voor zich houden.

'Ik zie roofvogels met mensenogen,' had hij toen dicht bij mijn oor gefluisterd.

Ik was rechtop gaan zitten. Voorstellingen van allerlei roofvogels die me aankeken met mensenogen hadden zich aan me opgedrongen. Ze staarden me aan alsof ze iets van me wilden.

'Je mag dat nooit tegen pa en ma vertellen,' had hij me meteen daarna laten beloven. 'Ze zouden denken dat ik gek ben.'

Zijn blauwe ogen leken in het donker intens zwart.

'Maar ik ben niet gek, ik ben echt niet gek, Eva, dat weet je toch? Ik heb het alleen moeilijker dan anderen.

Ik moet vooral zorgen voor rust in mijn hoofd. Alleen zo kan ik de beelden bedwingen.'

Ik had zijn handen voelen trillen en ze zo stevig mogelijk vastgehouden. 'Steven, Steven,' had ik alsmaar herhaald om hem te kalmeren, of misschien wel om mezelf te kalmeren, maar het trillen was niet opgehouden.

'Wat voor beelden zie je nu, Steven?' fluisterde ik. De man met het karretje was aan het eind van de coupé koffie aan het inschenken. Steven sloot zijn ogen. Een klein spiertje onder zijn rechteroog trilde als de staart van een kikkervisje dat zich onder zijn huid had genesteld.

'Ik zie roofvogels op me afkomen,' zei hij. 'Zwermen roofvogels.'

Zijn lippen bewogen traag, alsof hij dronken was.

'Ze komen op me af vliegen. Ze hebben het op mijn ogen gemunt, Eva. Stuk voor stuk hebben ze het op mijn ogen gemunt.'

Steven was doodsbang, maar ik had werkelijk geen idee hoe ik hem kon beschermen tegen zijn gedachten.

Mijn moeder stond op en liep langs ons op weg naar de wc. Ze liet haar blik op ons rusten, maar zei niets. Steven krabde langdurig over zijn voorhoofd en wangen, waar rode krassen zich in zijn huid etsten.

'Het is benauwd in de trein,' zei hij toen. Hij draaide met zijn hand mijn kin naar zich toe en forceerde een glimlach. 'Daar komt het door. Echt, dat is alles, Eva. Zo veel mensen om me heen, en het is zo heet. Zo vreselijk benauwd.'

Zou hij merken dat er iets onder zijn oog bewoog? Ik

verlangde ernaar alleen met hem in het donker in zijn slaapkamer onder de deken te liggen. Misschien zou hij het dan niet gek vinden als ik zijn hand vastpakte.

De trein hadden we na een halve dag achter ons gelaten. We zaten nu op de boot naar Finland. Het was het eind van de middag. Ik voelde me draaierig, maar niet zo erg dat ik zeeziek was. Het was eerder een onaangename verstoring van mijn evenwichtsorgaan. Ik was benieuwd naar Finland. Ik had ergens gelezen dat het heel anders was dan de andere Scandinavische landen: de sfeer geheimzinnig, de bossen en de meren ondoorgrondelijk. In verhalen die daar speelden gebeurden altijd onverwachte dingen.

Ik deelde de mensen die ik kende in twee categorieën in. De eerste categorie bestond uit degenen die voorspelbaar waren, zoals mijn moeder, de meeste juffen op school en Tommie. De andere bestond uit ondoorgrondelijke mensen, degenen van wie ik nooit hoogte kreeg, zoals Madeleine en Sybren, mijn leraar Frans, die mij zo getalenteerd vond. Bij de voorspelbaren voelde ik me veilig. Ik wentelde me in hun meningen en hun telkens herhaalde bezigheden als in een warm bad. Totdat ze me zo ergerden, me zo mateloos irriteerden, dat ik ze wegduwde. Dan kwam ik vanzelf bij de anderen terecht en liet me meevoeren met hun grenzeloze fantasieën, hun wilde plannen, hun stuurloze chaos. Maar ook hun kon ik opeens de rug toekeren. Dan had ik er genoeg van, vond ik ze maar dwaas. Mijn vader was beide categorieën tegelijkertijd. Steven viel overal buiten. Steven was Steven. Ik hield meer van hem dan van mezelf.

De koelte van de invallende avond was weldadig. Steven en ik keken geboeid naar de golven achter de boot en de meeuwen die daar rondcirkelden. Laag boven ons in de lucht hing een halvemaan. Ik verlangde er plotseling hevig naar de rest van mijn leven zo naast Steven te staan, starend naar de maanverlichte golven.

Er werd luidruchtig gegokt in de rij aan rij opgestelde fruitautomaten. Mensen joelden telkens als er luid rinkelend geld in een bakje rolde. Iedereen om ons heen liep rond met flessen sterkedrank, die taxfree te koop waren. Na verloop van tijd zochten we een plekje, waar we tegen elkaar aan hangend in slaap vielen.

'Steven,' riep ik, 'kijk uit. Daar! Kijk dan!'

Steven zat in zijn korte broek in elkaar gedoken op het strand. Zijn bovenlijf met de steenpuisten was bloot. Hij bestudeerde de dode krab die hij zojuist had gevonden. Hij trok aan de pootjes, die uit elkaar schoven als het hekje dat mijn vader toen we nog niet konden lopen boven aan de trap had gemonteerd. Steven keek niet op of om. Hoorde hij me eigenlijk wel? Ik keek uit over het water, waarboven zwarte vogels opdoemden. Niet één, niet twee – nee, duizenden, miljoenen misschien wel. Ze kwamen in ijltempo op ons af.

'We moeten weg hier, ze verpletteren ons!' riep ik uit. Ik trok uit alle macht aan Stevens arm.

'Kijk nou toch wat je doet,' zei hij geïrriteerd. 'Je maakt het ingenieuze systeem achter de pootjes kapot.'

'Verdomme, Steven,' gilde ik, 'wegwezen! We gaan eraan!'

Maar hij leek me niet te horen. Wat moest ik in godsnaam doen? Waarom luisterde hij niet naar me, kwam hij niet met me mee? Ik kon hem daar toch niet moederziel alleen achterlaten? Even later werden we bedolven door vogels. Ik beschermde hem met mijn lichaam, terwijl hij onder me lag en ondertussen de pootjes van de dode krab als een harmonica in- en uitduwde.

Toen ik de volgende ochtend naar de wc wilde gaan, versperde een man me de doorgang. Steven was al opgestaan, ik zag hem nergens. Het kwam niet in de man op een paar stappen opzij te gaan. Ik lette erop vooral geen oogcontact met hem te maken. Ik had ooit gelezen dat als je werd aangevallen door beren, je ze vooral niet moest aankijken. Misschien gold dat ook voor dit soort mannen. Hij pakte me bij mijn schouders vast en schudde me door elkaar. Aan één stuk door praatte hij tegen me, maar ik kon er geen touw aan vastknopen. Ik probeerde weg te komen, maar hij leek er een spelletje van te maken door even los te laten en me dan weer net iets steviger vast te grijpen. Hij grijnsde erbij. De mensen om ons heen keken toe met holle ogen, niemand greep in.

Toen ik me eindelijk had losgerukt, trof ik mijn vader in een levendig gesprek met Axel aan. Ze zagen er fris uit. Balder liep kwispelend om hen heen. Steven hing tegen een trapleuning. Mijn moeder stond een eindje verderop met een gekromde rug.

'Vrolijke boel hier, hè, Eva?' lachte mijn vader, wijzend naar de laveloze mannen die her en der hun roes uitsliepen. 'Wat zullen deze mensen zich vandaag katerig voelen.' Hij keek vol verachting rond.

'Het is nog gevaarlijk ook,' begon Axel. 'Die Duitser naast me zei dat op deze boot regelmatig passagiers zich dood drinken. Maar de bootmaatschappij doet er niets aan, omdat ze er natuurlijk goed aan verdienen.'

Axel hoorde overduidelijk in de categorie voorspelbare mensen.

10

Van Zuid-Finland tot aan de poolcirkel maakten we één lange ononderbroken tocht per trein. Het landschap bestond uit bossen en meren. Eindeloos veel donkere bossen en heldere meren. Ik speelde een paar partijtjes schaak met mijn vader op een plastic bord met stukken die je in gaatjes moest prikken. Ik won even vaak als ik verloor. We waren aan elkaar gewaagd. Axel schreef verwoed in zijn logboek. Had hij het wel eens met iemand gedaan? Ik probeerde het me voor te stellen, maar het lukte niet.

Mijn moeder begon weer met dingen buiten aan te wijzen. Ze deed dat vroeger in de auto altijd om de tijd te doden, of misschien wel om ons de namen van die dingen te leren. Van molens, van vliegtuigen, van bomen, van viaducten. 'Viaduct' vond ik toentertijd maar een raar woord. Maar er was hier zo weinig te beleven dat ze er al snel mee ophield. Misschien begreep zij ook wel dat we hiervoor te groot waren geworden. En heel misschien geneerde ze zich tegenover Axel.

Steven zat een eindje verderop aan een tafeltje te tekenen, zo diep voorovergebogen dat zijn neus bijna het papier raakte. In zijn hand hield hij zijn favoriete vulpotlood. Er hoorde een zeshoekig doosje bij waarin de dunste potloodjes zaten die ik ooit had gezien. Toen ik klein was, zat ik vaak naast hem op de grond als hij aan het tekenen was. Ik haalde dan het zwarte dopje van het kokertje en liet de potloodstiftjes in mijn hand glijden. Ze waren zo licht dat je hun gewicht nauwelijks voelde en kriebelden in de palm van mijn hand. Soms legde ik ze naast elkaar tot ze één lang dun streepje vormden op de grond. Ik wist niet dat hij dit potlood bij zich had. Het maakte me gelukkig. Het zou goed komen met Steven, besefte ik, ondanks alles.

Halverwege de reis viel ik in slaap. Ik werd pas wakker bij Rovaniemi, het eindpunt van de trein. Vlak bij de langverwachte poolcirkel.

'Eindelijk,' verzuchtte zelfs mijn vader.

Wij allemaal – ook Steven – leefden op toen we uitstapten. Rovaniemi bleek een moderne stad, die me deed denken aan plaatjes in sciencefictionboeken van kaarsrechte straten, torenhoge flatgebouwen en parkeergarages die eindeloos de lucht in draaiden. De bakker die we in een achterafstraatje vonden verkocht alleen maar stevig bruin brood. Op zoek naar een plek om te eten liepen we rechtdoor, tot we bij een park kwamen. Het was een stelling van mijn vader dat je, als je maar lang genoeg rechtdoor liep, onvermijdelijk bij een park kwam. Metalen prullenbakken stonden keurig in het gelid naast picknicktafels. Er waren een glijbaan en een wip, maar er speelden geen kinderen. Misschien woonden hier wel geen kinderen, dacht ik. Wie wilde hier nu opgroeien? Het was kil en ik deed mijn trui aan. Mijn moeder sneed het brood in stukken. Ze sneed naar haar borst toe, zoals mijn vader het haar geleerd had.

'Altijd naar je toe snijden, An. Dan hou je controle over het mes.'

Traag kauwden we op het brood zonder beleg. Mijn vader was ontstemd. Hij keek stuurs en de groeven naast zijn mond leken dieper dan anders. Hij tikte met de hak van zijn schoen op de grond. Het was een poos geleden dat ik hem dat had zien doen.

'Hoe is het mogelijk,' zei hij, 'dat mensen die zo veel mooie natuur om zich heen hebben zo'n lelijke stad bouwen? Daar kan ik met mijn verstand niet bij.'

Balder drukte zijn neus tegen mijn vaders bovenbeen. Meestal gaf hij hem dan iets te eten, of haalde hem even aan, maar nu duwde hij hem gedachteloos van zich af.

Boven ons hoofd cirkelde een helikopter. God weet waarnaar hij op zoek was, midden op de dag, in deze verlaten stad. Axel en ik keken tegelijkertijd omhoog. Ik had gelezen dat de architect deze stad, die in de oorlog was verwoest, had ontworpen in de vorm van een rendiergewei, iets wat je natuurlijk alleen maar vanuit de lucht kon zien. Ik vroeg me af waar in het gewei we ons nu bevonden. Mijn vader keek op zijn horloge.

'We gaan naar de poolcirkel lopen,' zei hij terwijl hij opstond. 'Na al dat zitten in de trein zal het ons goeddoen een stevige wandeling te maken. Ik weet zeker dat onze conditie de afgelopen dagen behoorlijk achteruit is gehold.'

Ik kon me weinig bij mijn conditie voorstellen. Na balletles was ik meestal moe, maar het was ook altijd jammer wanneer de les voorbij was. Op een bordje langs de weg stond dat het acht kilometer was tot aan de poolcirkel.

'Een mooie afstand om in te lopen,' meende mijn vader. 'Voorwaarts, mars.'

Hij gaf het voorbeeld door er meteen stevig de pas in te zetten.

Het eerste stuk wandelden we over een snelweg. Uit veiligheidsoverwegingen liepen we achter elkaar, dicht tegen de berm. Balder liep voorop, mijn vader achteraan. Af en toe kwam er een auto langs. Een keer toeterde de bestuurder. Ik zag achterin iemand naar me zwaaien, een jongen met een pet, maar ik reageerde te laat. Halverwege stopte een oude Volvo. Een jong stel stapte uit. Ze droegen allebei kleurige gebreide vesten met een kwastje aan de capuchon. Het meisje had krullen die dansten bij elke beweging die ze maakte. De jongen bood ons met een uitnodigend gebaar naar zijn auto een lift aan. Mijn vader sloeg het aanbod af door resoluut nee te schudden. Nog eens bood de jongen ons nu diep buigend een lift aan; hij leek te denken dat we hem niet begrepen. Hij bleef met een zangerige stem aandringen tot mijn vader geagiteerd begon te foeteren, waarna ze hoofdschuddend instapten en verder reden. De rest van de tijd liepen we over een zandweg. De wandeling duurde anderhalf uur. Bij aankomst had ik een blaar.

In mijn hoofd had de poolcirkel sinds de winterdag waarop mijn vader er voor het eerst over was begonnen, mythische proporties aangenomen. Ik zag al die maanden een ronde baan van gepolijste stenen voor me. Ik wist zeker dat er iets zou gebeuren wanneer ik eroverheen stapte; mijn leven zou vanaf dat moment niet meer hetzelfde zijn. Maar wat ik die middag zag was zo gewoontjes, dat het me van mijn stuk bracht. Er stond een gladde boomstam waarin de namen van een paar steden met de bijbehorende afstand gekrast waren. AMSTERDAM 1972 KM, stond er ergens in het midden. Zo ver was ik dus van huis. Om uit te rekenen hoe ver ik van Madeleine verwijderd was, kon ik daar nog eens 1200 kilometer bij optellen – minstens. Ik probeerde het uit te rekenen, maar het duizelde me al snel.

Ik ging op een houten bankje zitten. Achter mijn gesloten ogen zag ik Madeleine dansen op een koord waar met rode verfstippen kilometers op stonden aangegeven. Ze droeg een klokkend minirokje en op de muis van haar hand liet ze een stok balanceren. Maar ze kon er niets van, en bovendien deed ze haar best niet. Telkens verloor ze gierend van de lach net niet haar evenwicht, maar na een tijdje viel ze toch van het koord af. Meters zweefde ze naar beneden, tot ze in de dichte donkere bossen verdween, waar ik haar nooit meer zou kunnen vinden.

Er waaide een koude wind door mijn kleren. Snel trok ik mijn jas aan. Balder klappertandde. Mijn vader leek geen last van de wind te hebben noch van de snijdende kou. Hij maakte zijn camera klaar om met de zelfontspanner een foto te maken. Voorzichtig plaatste hij het toestel op een steen en richtte de lens op ons. Steven en ik stonden vooraan. Mijn moeder stond achter Steven, met haar hand op zijn schouder, en Axel weer achter mijn moeder. Toen mijn vader klaar was, haastte hij zich naar ons toe en ging tussen Axel en mijn moeder in staan. De hond voegde zich tussen zijn benen.

'Lachen allemaal,' zei hij. Ik had het zo koud dat ik dacht dat het vroor.

We wachtten tot het apparaat afging. Dat duurde zo lang dat ik me afvroeg of er misschien iets verkeerd was gegaan. Op het moment dat de camera – toch nog onverwacht – afdrukte, lachte niemand. Zo sta ik op de foto: de capuchon van mijn jack heb ik over mijn oren getrokken, mijn handen zitten diep in mijn broekzakken. Er is geen plukje haar te zien, alleen de bleke huid van mijn handen en mijn gezicht. Je kunt niet zien of ik een jongen ben of een meisje.

Naast de grensmarkering stond een open houten keet. Binnen probeerden een paar mensen in klederdracht hun spullen te verkopen aan het handjevol toeristen dat langskwam. Hun kleurige jacks en mutsen waren te koop, evenals rendiervellen, ansichtkaarten en kromme messen die er vervaarlijk uitzagen. Mijn vader bleef lang stilstaan bij de messen. Hij voelde hoe scherp ze waren en of de lemmeten stevig in hun heften zaten. Messen zijn belangrijk, had hij me altijd voorgehouden. Op de kwaliteit daarvan moet je nooit bezuinigen. De verkopers warmden zich handenwringend aan een vuurtje in het midden van de ruimte, maar hielden ons ondertussen nauwgezet in de gaten. Behalve wij was er niemand. We kochten niets, zelfs geen ansichtkaart. Mijn vader zei dat ze alleen maar prullen voor toeristen hadden. Ik prevelde iets onverstaanbaars toen we naar buiten liepen, in de hoop dat dat iets van mijn gêne vergoelijkte.

Buiten de tent keken we om ons heen. Ik had geen

idee van de tijd en al helemaal niet van de richting die we op moesten.

'We gaan een eindje hiervandaan een plek zoeken voor de nacht,' besloot mijn vader, en hij begon meteen te lopen. Toen we hem even later allemaal volgzaam achternaliepen, vroeg ik me af of hij wel enig idee had waar hij heen ging.

Het was nog steeds koud toen hij een uur later een open plaats in het bos aanwees, waar Axel, Steven en hij de tenten gingen opzetten, terwijl mijn moeder en ik voor het eten zorgden.

Anderhalf uur later kropen Steven en ik in onze tent. Mijn ouders hadden hun eigen tent, Axel ook. Omdat we niet konden slapen, keken Steven en ik door een gazen raampje aan de voorkant nog een poos naar buiten. De bomen voor ons zagen eruit als pentekeningen. Op een tak vlakbij zat een kraai. Steven wees hem aan, maar ik had hem al gezien. De vogel verroerde zich niet. Het leek of hij sliep. Toch had hij zijn ogen open. Diepliggende ogen die in het niets staarden. Sliepen vogels met hun ogen open? Ik vroeg het Steven, maar hij wist het niet.

Het was na tienen en volledig licht buiten. Het klopte dus wat er in de boeken stond: hier bestond de zomer uit een reeks aaneengeschakelde dagen. Slapen in het volle licht was onnatuurlijk, maar we waren zo uitgeput dat het uiteindelijk toch lukte, zoals vermoeide kleine kinderen overal zomaar in slaap kunnen vallen. Die nacht kroop ik vanwege de kou dicht tegen Steven aan. Ik vlijde mijn hoofd tegen zijn hals. In zijn slaap vond hij dat niet erg; misschien vond hij het juist wel fijn. Het was natuurlijk ook mogelijk dat hij zo diep sliep dat hij niets doorhad.

De tenten moesten we de volgende ochtend afbreken. Dat moest zorgvuldig gebeuren, omdat er niets kwijt mocht raken. Daarna werden ze op de voorgeschreven manier opgevouwen, anders pasten ze niet in de hoezen. Een tijdrovend karweitje, waar we per tent ruim een halfuur mee bezig waren. Mijn vader hield alles met argusogen in de gaten. In dergelijke situaties was hij uiterst alert. Wij waren kinderen, mijn vader ging ervan uit dat we fouten maakten. Alleen Axel leek hetzelfde verantwoordelijkheidsbesef te hebben als hij. Zij waren allebei enig kind; ze konden op niemand terugvallen als er iets verkeerd ging.

De volgende dag moesten we lopen naar de plek vanwaar de postbus ons naar Inari zou brengen. Vanaf het moment waarop we vertrokken schrijnden mijn schoenen tegen de blaar. Lopen was te pijnlijk. Ik stopte meteen om mijn schoen en sok weer uit te trekken.

'Je had thuis ook beter moeten inlopen,' mopperde mijn vader, die hoofdschuddend de zere plek bekeek. Het vel was eraf, de open wond was rozerood.

'Dat was toch niet nodig, Eva, om bij de eerste de beste wandeling al een blaar te krijgen? Waarom denk je dat ik van de winter dat inloopschema heb gemaakt? Maar jij vond het natuurlijk weer niet nodig.'

Hij plakte twee pleisters kruislings over elkaar op de wond.

'Je moet door de pijn heen lopen,' zei hij. 'Er zit niets anders op. Je huid vindt hier wel een oplossing voor. Als de mensheid zich door blaren uit het veld had laten slaan, hadden we het geen miljoenen jaren volgehouden.'

We liepen verder over dezelfde weg als de vorige dag. Dit keer passeerden ons geen auto's. Ik bleef hopen op het meisje met de krullen. Waar zou ze met die jongen heen zijn gegaan? Ik wilde dat ik net zulk haar had als zij. Van die dunne, lange pijpenkrullen die niet in bedwang te houden waren, die, hoe je ook je best deed, hun eigen gang gingen. En ik wilde ook zo'n kleurig vest en een capuchon met een kwastje. Zou ze die zelf gebreid hebben, voor haar en voor haar vriendje? Ik wilde alles van haar weten, maar vooral waar ze heen was gegaan met die jongen in de Volvo. Zouden ze, als ze nu langskwamen, stoppen en ons weer een lift aanbieden? Of denken dat mijn vader die toch zou weigeren en doorrijden? Hun vingers waren voortdurend met elkaar verstrengeld, dat wist ik zeker.

De 330 kilometer in de bus naar Inari later die dag schoten niet op. De buschauffeur was tevens de postbode, die telkens kilometers omreed om bij een afgelegen huis een brief te bezorgen. Af en toe maakte hij er ook nog een praatje bij. We stopten bij elk gehucht, al bestond het uit maar één huis. Nu eens bezorgde hij een enkele brief, dan weer een pakket met een touw eromheen. De post stopte hij in brievenbussen met het traditionele houtsnijwerk dat ik herkende uit de folders van het Fins verkeersbureau.

Bij een boerderij halverwege stonden we zeker twintig minuten stil. Een blond kind van een jaar of vier speelde buiten in een hansopje op een berg zand. Door een raam zag ik de chauffeur met een lange vrouw met opgestoken haar praten. Ze deden me denken aan de uitgeknipte silhouetten uit een kinderboek met rijmpjes dat ik ooit van mijn grootmoeder had gekregen. Bij het afscheid keek de vrouw hem lang na, terwijl ze een baby tegen haar borst drukte.

Er zat nog één andere passagier in de bus. Een oude vrouw met een jutezak die stuurs voor zich uit keek, alsof ze niets te maken wilde hebben met het gezin met de rugzakken. Balder hield haar de hele tijd grommend vanonder mijn vaders stoel in de gaten. Ze stapte uit bij een dorpje waarvan ik de naam niet kon uitspreken. De zak hield ze stevig vast, alsof de vreemdelingen het op haar bezittingen gemunt hadden. Ze knikte kort naar de chauffeur toen ze uitstapte. Hij riep haar iets toe toen ze al buiten was, maar ze antwoordde hem niet. In plaats daarvan spuugde ze op de grond.

De laatste stop was Inari. Eindelijk, Inari. Mijn vader had het al zo vaak over dit stadje gehad dat ik het net zo goed dacht te kennen als de penvriendin met wie ik sinds mijn elfde correspondeerde. De reis had al sporen achtergelaten. Mijn huid voelde droog aan. Stevens oogspiertje trilde onophoudelijk. Mijn vader was kortaf, mijn moeder stil – zo stil had ik haar alleen maar gezien na de begrafenis van haar moeder. In het bejaardentehuis tilde ze toen stuk voor stuk de foto's van het dressoir op en leek zich af te vragen wat ze ermee aan moest. Uiteindelijk propte ze de foto's en een handspiegel, die ze eerst uitvoerig tegen het licht hield, hardhandig in een doos, die ze thuis met haar jas nog aan op zolder zette. Naast de dekenkist met de spullen van mijn grootvader.

Axel leek als enige ongevoelig voor slaapgebrek, stijve spieren en het continu op elkaars lip zitten. Hij liep monter rond om de omgeving te verkennen. Steven trapte landerig tegen een bierblikje op het veldje voor het busstation.

Het liefst was ik ter plekke gaan liggen met mijn ogen dicht. Ik wilde niets meer zien, niets meer voelen, niets meer merken van de stroom veranderingen waaraan geen eind leek te komen. Ik verlangde ernaar me te nestelen op mijn bed met de zachte kussens. Maar het was pas twee uur 's middags. Bovendien moesten we nog verder naar de camping, een paar kilometer verderop. Uit een schoorsteen kringelde grijze rook, die zich hoog in de lucht mengde met de wolken. Het was het enige teken dat verried dat er in dit afgelegen oord mensen woonden. In de rivier dreven boomstammen. Ze deden me denken aan mikadostokjes. Voortdurend tikten ze tegen elkaar, wat een hol geluid maakte. Mijn vader ging op zoek naar een bakker, mijn moeder had een bankje gevonden en wilde duidelijk met rust gelaten worden. Haar handen had ze over haar buik gevouwen.

'Ik heb een prachtig plekje ontdekt,' riep Axel na een poosje. Hij schoof wat struikgewas opzij en baande zich een weg naar de rivier. Steven volgde hem. Ze klommen in een vervallen bootje, dat aangemeerd lag. Op de bodem lag een plas smerig water. Ze hielden hun voeten droog door ze op een bankje te leggen.

'Kom ook, Eva,' riep Axel vanuit de boot. 'Het is hier leuk.'

Maar ik bleef liever aan wal, een eindje van de anderen vandaan. Ik had een dof gevoel in mijn maag. Opeens herinnerde ik me het schrift dat ik vlak voor het vertrek van de moeder van Anja, een stil meisje uit mijn klas, had gekregen.

'Hier, voor jou,' had ze gezegd terwijl ze met haar hand over mijn haar had gestreken. 'Soms heb je behoefte om iets op te schrijven.'

Ik kon de hand van de moeder van Anja opnieuw voelen nu ik aan dat moment terugdacht. Mijn hoofd werd warm en achter mijn ogen prikten tranen. Met mijn hand wreef ik over het groene, viltachtige papier. Op de voorkant was een etiket met dunne lijntjes geplakt. Ik schreef mijn naam en adres erop. Daaronder schreef ik: *Nederland, Aarde, Melkweg, Heelal.* Ik staarde er nog een poosje naar en stopte het weer terug in mijn rugzak. Ik had geen enkel idee wat ik op de lege bladzijden moest schrijven.

Tijdens de wandeling naar de camping later die dag stopten we herhaaldelijk vanwege mijn blaar. Mijn vader zei niets, maar keek me verwijtend aan. Voortdurend drukte mijn schoen tegen mijn rauwe vlees, wat een helse pijn veroorzaakte. Het liefst was ik op mijn sokken gaan lopen, maar dat mocht niet van mijn vader. Hij vond dat dé manier om nog meer blaren te krijgen.

Wat deed ik hier, in dit van God en alleman verlaten gebied, waar niets te beleven was en waar ik voorlopig niet uit weg kon? Het heelal was ontstellend groot, had Steven me ooit verteld. Zo groot dat je er nooit aan kon ontsnappen. Je kon er alleen maar in verdwalen.

11

De camping waar we twee uur later aankwamen, lag midden in de bossen aan het Inarimeer. Het leek niet op een camping, ik zag nergens tenten of caravans. Alleen op de parkeerplaats stonden twee campers. Een huisje waar REGISTER HERE op stond, was onbemand. Mijn vader vulde op een formulier wat reisgegevens in: met hoeveel personen we een tocht gingen maken, wat onze bestemming was en de datum waarop we verwachtten terug te zijn. Hij stopte het kampeergeld in een envelop die daar op een stapeltje klaarlag en gooide hem door de brievenbus. Mijn moeder ging water halen, de mannen gingen de tenten opzetten. Ik had geen duidelijke taak en liep maar wat rond.

'Je loopt in de weg, Eva,' zei mijn vader. 'Je hebt het talent om precies daar te gaan staan waar ik aan het werk ben.'

Balder liep voortdurend waar mijn vader liep, voor zijn voeten, of vlak naast zijn benen, maar daar hoorde ik hem nooit over.

Ik pakte de hamer in een poging iets nuttigs te doen.

'Ik wil niet dat je haringen inslaat,' viel hij tegen me uit. 'Je maakt ze krom, en wie kan ze daarna weer recht slaan? Waarom ga je niet op zoek naar een van de picknickplekken waar we eten kunnen klaarmaken? Volgens de folder moeten er her en der kooktoestellen staan.'

'Ik zal kijken of ik ze vind,' zei ik.

Allebei waren we blij dat we voor het moment van elkaar af waren. Zo gauw ik uit zicht was trok ik mijn schoenen uit en hield ze in mijn hand.

Het was onwerkelijk stil bij het meer een eindje verderop. Ik hurkte bij de oever, maar het water durfde ik niet aan te raken. Ik zag de foto op de middenplaat van *Time-Life* weer voor me. De fotograaf had de verstilde schoonheid van het meer vastgelegd, helder water dat uit hars gegoten leek. Maar nu ik er zo vlak bij was, vond ik de beweginglooheid angstaanjagend. Ik raapte een platte steen op en keilde hem over het water. Het gaf een kort, scherp geluid. Ik had gehoopt dat hij terug zou ketsen, maar hij zonk onherroepelijk naar beneden. De kringen in het water verdwenen langzaam maar zeker volledig in de oevers. Ik wist inmiddels hoe ik ondanks het volle licht de avond kon herkennen: het geluid van de krakende takken werd ijler, vogels vielen stil. De vergeelde bladeren aan de bomen werden doffer, de schaduwen donkerder. Ik liep een stuk langs de oever. Na een tijdje zag ik een houten wegwijzer waar PICKNICK op stond. Het pad liep rechtstreeks het bos in. De bodem voelde zacht als mos aan mijn voeten. Na een poos vond ik de plek waar mijn vader op doelde. Houten stoelen en tafels stonden gerangschikt om kooktoestellen onder een afdak in de openlucht. Daarnaast vuilnisbakken in een stalen kooi. Snel keek ik om me heen of er geen beren waren. Per slot van rekening kwamen beren, had ik in een folder gelezen, op de lucht van eten af. Ik probeerde de kooktoestellen uit, ze leken te werken. Plotseling kreeg ik het koud en besloot terug te gaan naar de tenten, die nu wel zouden zijn opgezet.

'Wie geht's?' hoorde ik opeens achter me.

In de stilte klonk het geluid schel. Ik keek op om na te gaan waar de stem vandaan kwam, ik had immers niemand horen aankomen. Schuin achter me stond een Duitser van een jaar of dertig. Hij had een buikje onder een keurig gestreken lichtblauw poloshirt. Hij lachte naar me vanonder een forse snor.

'Ich heisse Dennis,' zei hij, terwijl hij me een mollige hand toestak.

Hoe was het mogelijk dat ik deze man niet had zien aankomen? Zijn lachje irriteerde me. Wat viel er nu te lachen op dit uur in dit bos? Ik reageerde niet op zijn hand, maar noemde wel mijn naam.

'Ah, Eva, ein schöner Name,' zei hij. Hij sprak mijn naam uit met een zwaar accent, alsof er een h achter stond. Stom om hem mijn naam te geven, dacht ik, daarmee heb ik hem een stukje van mezelf gegeven.

'Bist du allein?' vroeg de man.

'Nein,' zei ik. 'Meine ganze Familie ist hier.'

'Ach so,' zei hij. Om zijn mond speelde een spottende lach, terwijl hij snel om zich heen spiedde. Hij stapte op me af, ik deed automatisch een stap achteruit. Onze ogen lieten elkaar niet los.

'Einen Kuss,' zei hij, 'nur einen Kuss.'

Hij had nog steeds die jolige lach op zijn gezicht.

'Vielleicht klappt es,' voegde hij eraan toe.

Zijn blik werd opeens gespannen, de huid op zijn

wangen leek strak te trekken. Ik probeerde te bedenken welke kant ik het best op zou kunnen rennen, maar mijn lichaam werkte niet mee; het vertraagde toen ik in beweging probeerde te komen. Een tel later stond de man naast me en pakte met beide handen mijn schouders vast. Zijn spottende blik was verdwenen. Heel even dacht ik dat hij me wilde toespreken, dat hij me misschien wilde waarschuwen voor mannen zoals hij. In mijn hand hield ik nog steeds mijn schoenen. De man wendde zijn blik af en bracht zijn mond naar de mijne. Zijn dikke, vlezige tong drong met kracht mijn mond binnen. Hij smaakte naar bier en sigaretten. Mijn hals boog als een veer vervaarlijk naar achteren zodat ik niet weg kon draaien.

'Nichts tun,' zei hij. 'Es ist schnell vorbei.'

Met zijn hand over mijn mond trok hij me naar de rand van het bos, waar hij me op de grond legde. Zijn knie rustte op mijn rug. Ik proefde mos en aarde. Een steentje veroorzaakte een scherpe pijn onder mijn linkerwenkbrauw. Hij sjorde aan mijn broek. Ik hoorde hem zwaar hijgen, terwijl ik nauwelijks adem kon halen.

Opeens verslapte zijn greep en rolde hij van me af. Zomaar vanuit het niets kreeg ik weer lucht. Ik kon me bewegen en richtte me op. De man naast me lag erbij als een zak achteloos neergekwakte aardappelen. Door zijn opengeritste gulp zag ik zijn witte onderbroek. Ik keek omhoog.

'Axel,' fluisterde ik. 'Wat doe jij hier?'

In één beweging ging ik staan en trok mijn broek recht. Axel stond naast de man. Zijn ogen schitterden.

‘Hij heet Dennis,’ zei ik, alsof ik iets uit te leggen had. ‘Het is een Duitser.’

Axel keek neer op de man met de snor, die er wezenloos bij lag.

‘Wat heb je gedaan?’ fluisterde ik.

Er kwam een geluid uit Axels keel dat leek op een grom. Hij trapte een paar keer hard tegen het kruis van de man. Zijn onderbroek, waarop het merkje Schiesser te zien was, werd vuil.

‘Wegwezen hier!’ zei Axel, die mijn hand pakte en me meetrok. ‘Rennen!’

‘Wacht, mijn schoenen,’ zei ik. Ze lagen vlak bij het hoofd van de man, netjes naast elkaar. Ik keek naar hem. Het leek of hij sliep. Hij was weldoorvoed en had een gezicht waar moeders meestal trots op zijn – zo’n kind dat elke avond een extra portie opgeschept krijgt, omdat het hem zo lekker smaakt. Axel siste ongeduldig tot ik met hem meeging. Een eind verder bleef hij plotseling staan en spiedde om zich heen.

‘Trek je kleren recht,’ commandeerde hij. Hij stopte zijn wijsvinger in zijn mond en met het speeksel veegde hij uitvoerig iets weg bij mijn linkerwenkbrauw.

‘We praten er met niemand over,’ zei hij toen hij klaar was en me van top tot teen inspecteerde. ‘Is dat duidelijk?’

Zijn stem had dwingend geklonken. Het beviel me niet dat hij zo’n toon tegen me aansloeg. Toch knikte ik en liep gedwee met hem mee. Honderd meter verder stond ik stil om mijn schoenen aan te trekken. Zonder dat we dat hadden afgesproken slenterden we de laatste meters terug naar de tenten.

'Ha,' zei mijn vader. 'Daar ben je weer. En, heb je het picknickterrein gevonden?' Hij zat op de grond uit te rusten. Balder lag aan zijn voeten te slapen.

'De kooktoestellen werken niet, Eduard,' zei Axel vlug. 'We zullen onze eigen spullen moeten gebruiken.'

Mijn vader fronste. 'Weet je het zeker?' zei hij weifelend. 'Zal ik even gaan kijken?'

'Honderd procent zeker,' zei Axel vlug. 'We hebben daar niets te zoeken. We blijven hier.'

Ik vroeg me af of mijn vader alsnog zou gaan kijken. Als het erop aankwam vertrouwde hij alleen zichzelf. Maar het kwam er nu niet echt op aan.

'Morgen moeten we voor dag en dauw verder,' zei Axel. 'Er wacht ons een zware dag.'

Mijn vader knikte. 'Natuurlijk, jongen,' zei hij. 'Natuurlijk. Nu gaat het echt beginnen, hè? Ik vind het ook spannend.'

Die avond at ik alsof er niets ongewoons was voorgevallen. Ik hielp met opruimen en legde mijn slaapzak en die van Steven in de tent. Van mijn trui maakte ik een kussen. Daarna ging ik languit liggen en sliep tot de volgende ochtend. Van Steven merkte ik niets.

De volgende ochtend, heel vroeg, nog voor we de tenten hadden afgebroken, riep mijn vader me bij zich. Hij pakte mijn voet en legde hem op zijn schoot.

'Weet je nog,' zei hij, 'die keer dat Steven zo hard was gevallen?'

Natuurlijk wist ik dat nog. Steven was met zijn hoofd tegen de scherpe rand van een stenen muurtje terechtgekomen. Bloedend was hij naar huis gerend. Mijn moeder had zijn hoofd onder de stromende kraan gehouden om te zien wat er aan de hand was. Hij had een diepe snijwond. Nog altijd was het litteken, dat vlak onder zijn haargrens zat, zichtbaar. Een brede band van wild vlees. Daarna was hij hoofdpijn blijven houden, wekenlang, dag en nacht. Zo erg dat hij vaak niet naar school had gekund. Op een dag was mijn vader thuisgekomen nadat hij Balder had uitgelaten. We zaten in de huiskamer. Mijn moeder was een kruiswoordpuzzel aan het oplossen, Steven hing op de bank, terwijl ik door een tijdschrift bladerde. We waren gewend dat mijn vader om deze tijd terugkwam. Het was een kwestie van wachten op gestommel bij de voordeur, op Balder die in de keuken zijn bak leeg vrat en op water dat sissend aan de kook werd gebracht voor koffie.

Maar deze avond was het anders gegaan. Mijn vader was niet alleen toen hij de huiskamer binnenliep. Hij had een kleine man met een spitse vogelkop bij zich, die zich achter zijn rug verschool. Balder liep naast hem, alsof hij hem al jaren kende.

'Dit is een pijnbidder,' had mijn vader gezegd, in een poging hem aan ons voor te stellen.

Ik had geen idee wat een pijnbidder was. De man maakte zich nog kleiner, zodat hij vrijwel geheel uit het zicht verdween. Mijn moeders gezicht verstarde, mijn broer kromp in elkaar.

'Dat is hem,' zei mijn vader, wijzend naar Steven.

De man deed een stap opzij en gebaarde dat Steven op een stoel moest gaan zitten. Daar, midden in de huiskamer, terwijl we allemaal om hem heen stonden, legde hij zijn hand op de pijnplek. Hij was zeker twintig minuten met gesloten ogen blijven staan, terwijl hij allerlei merkwaardige woorden prevelde waarvan ik de meeste nog nooit gehoord had. Nu eens vertrok zijn gezicht alsof hij pijn had, dan weer leek het of hij lachte. Gebiologeerd hadden we naar het tafereel gestaard. Opeens wapperde hij wild met zijn handen, alsof hij er waterdruppels af schudde. Daarna was hij opgestaan en zonder iets te zeggen naar de deur gelopen. Mijn vader snelde hem achterna, bood hem op de gang geld aan en toen hij dat weigerde een borrel. Maar de pijnbidder wilde niets hebben en verdween als een dief in de nacht. Stevens hoofdpijn was nooit meer teruggekomen.

Mijn vader legde nu zijn hand op mijn blaar. Met zijn andere hand ondersteunde hij mijn kuit.

'Die man vertelde me later een keer dat ik dezelfde gave heb,' zei hij. 'Ik heb altijd geweten dat ik iets bijzonders kan met mijn handen, maar ik heb er nooit iets mee gedaan.'

Zijn blik was zacht, zijn mond zag er kwetsbaar uit.

'Misschien is dit het moment om mijn gave te gebruiken,' besloot hij.

Over zijn gesloten ogen gleed een rimpeling. Hij concentreerde zich op de plek op mijn voet die zo schrijnde. Zijn handen en de plaatsen waar hij me aanraakte werden warm. Ik soesde even weg. Daarna maakten we ons klaar voor de dag. In de drukte die dat met zich meebracht vergat ik de blaar.

De tenten lieten we achter in de bergruimte bij het registratiehuisje. We liepen langs de Lemmenjoki, wat 'rivier van de liefde' betekende. Dat wist ik uit de folder van het Fins verkeersbureau. 'De betoverende schoonheid van deze rivier heeft talloze wandelaars tot liefde geïnspireerd,' stond er. Ik zag er niets méér in dan gewoon water dat gewoon stroomde door een gewone rivierbedding. Hoe zou een rivier eigenlijk kunnen inspireren tot liefde, vroeg ik me af?

Mijn vader was buitengewoon opgewekt. Hoe noordelijker we kwamen, hoe meer hij in zijn element was. Hij neuriede voortdurend.

'Welk kind van veertien maakt zulke bijzondere dingen mee in de grote vakantie?' zei hij tegen me. 'Je hebt geen idee hoe gelukkig je jezelf daarmee kunt prijzen. Aan deze reis zul je later nog vaak terugdenken.'

Mijn moeder was gespannen. Hier had ze nu al die weken naartoe geleefd, al die moeite voor gedaan. Maar tot nu toe had het haar niet veel opgeleverd – alleen een pijnlijke rug van het lange zitten onderweg. Axel sprak die ochtend geen woord tegen me. Elke kans om oogcontact te maken liet hij voorbijgaan. Tegen de anderen deed hij alsof er niets aan de hand was. Hij floot een deuntje tussen zijn tanden. Later die middag vertelde hij een flauwe mop aan Steven die ik niet begreep, maar waar ze allebei om grinnikten. Ook de omgeving stemde me treurig. De dood was voortdurend aanwezig op de toendra. Veel van de dwergberken, de enige soort die hier kon groeien, waren allang van binnenuit gestorven, ze stonden alleen nog voor de vorm rechtop. Het was een kwestie van tijd voor ook zij de schijn niet meer konden ophouden en om zouden vallen. De her en der over de vlakte liggende bomen maakten dat ik me ongemakkelijk voelde. Hun zielloze, verdroogde wortels staken potsierlijk de lucht in. Net als iedere andere dode hadden ze niet kunnen kiezen hoe ze erbij lagen. Hun trots was hun afgepakt. Ik verlangde naar de bomen in de weilanden om ons huis. Hun bestendigheid was geruststellend. Die vielen niet om, althans niet zomaar. Ooit was er achter ons huis een iep door de bliksem getroffen. Steven en ik staarden de volgende dag naar de verkoolde schors, die ons deed denken aan dikke zwarte schubben op een reuzenvis. En toch groeiden er het jaar daarop weer nieuwe bladeren aan de boom, zo veel dat het groene waas het zwart aan het gezicht onttrok.

Een paar keer per dag passeerden we hoopjes botten, volgens mijn vader de restanten van zwakke en zieke rendieren. Vogels cirkelden eromheen. Lachvogels noemde Steven ze, omdat het leek alsof ze ons met hun schelle geluid midden in ons gezicht uitlachten. Zelfs Balder durfde er niet in de buurt te komen. Steven schreeuwde tegen ze, maar ze lieten zich door hem niet verjagen. Ze vlogen de lucht in, waar ze nog harder krijsten, en streken weer neer zodra we verder liepen.

Mijn blaar was verdwenen. Ik vergat hem eerst omdat hij geen pijn meer deed en toen ik er na verloop van tijd weer aan dacht, was er nieuwe huid overheen gegroeid.

Axel droeg de schoenen die ons destijds door de verkoopster van de bergsportwinkel waren geadviseerd. Volgens haar waren die ideaal om op de toendra te lopen. Ze waren hooggesloten en vanzelfsprekend waterdicht, wat absoluut noodzakelijk was vanwege het moeras. Ze hadden dikke zolen met veel profiel en waren bovendien lichtgewicht. Elke gram telt tenslotte tijdens een lange zware trektocht. De vrouw had het verteld alsof ze een foldertekst opdreunde, die ze uit haar hoofd had geleerd, zoals ik mijn eerste spreekbeurt over de merel.

Terwijl ik achter hem liep, zag ik hoe hij bij elke stap opveerde. De zware rugzak, het lopen op de ongelijke grond met de zon midden in zijn gezicht – het leek hem op geen enkele manier te deren. Zelfs de muggen kregen geen vat op Axel.

Uiteindelijk hadden Steven en ik legerkistjes gekregen. Voor mij de kleinste herenmaat die er in de legerdump te vinden was geweest. En nóg waren ze vier maten te groot. Ik droeg dikke, door mijn moeder gebreide sokken. Bovendien zaten er binnenzooltjes in de schoenen, die mijn vader op maat had geknipt. Ze waren van hetzelfde zachte leer gemaakt als mijn balletschoenen. De legerkistjes sloten met lange zwarte veters, waardoor het eindeloos duurde voordat ik ze aanhad. Als ik daarmee klaar was, had ik iedere keer opnieuw vettige vingers van het schoensmeer. Ik was jaloers op Axel. Waarom had hij zulke mooie schoenen en moest ik deze zware tocht op afdragers lopen? Maar mijn vader hield vol dat onze kistjes juist heel degelijk waren. Over schoenen was met hem nooit te praten geweest.

Toen ik tien was wilde ik net zulke schoenen als Janet, het mooiste meisje uit de klas van wie ik altijd katjesdrop kreeg. Janet, die al alles van jongens wist omdat ze een zusje had dat vier jaar ouder was. Wanneer we dicht bij elkaar hingen tegen de muur in het hoekje van het plein, fluisterde ze over de dingen die ze gehoord had. Soms zong ze zachtjes voor zich uit, zodat niemand anders het hoorde: 'Ik ben Lola, zwarte Lola, Lola van de stripteasebar. En willen de heren zich amuseren, dan staat Lola voor hen klaar, want ik ben Lola, zwarte Lola,

Lola van de stripteasebar.'

Op een dag droeg ze plastic schoentjes met hakjes. Op de doorzichtige bovenkant waren rozen geschilderd. Mijn leven zou alsnog de goede kant op gaan als ik die schoenen zou dragen.

Maar natuurlijk wilde mijn vader daar niets van weten. Twee keer per jaar nam hij me mee naar een schoenenwinkel voor een paar degelijke stappers. Bruin, of een enkele keer donkerblauw, maar altijd met veters en een stevige, hoge wreef. Hij vond schoenen van groot belang voor de ontwikkeling van kindervoeten.

12

De weg langs de Lemmenjoki was lang en recht. Muggen zwermden als donkere wolken om ons heen. De geweerolie maakte het alleen maar erger. Ik had de laatste dagen zoveel gekrabd dat ik overal kleine wondjes had gekregen, die door de olie waren gaan ontsteken. Mijn gezicht was pijnlijk gezwollen. De muggen kropen overal naar binnen. Ik droeg mijn sokken over mijn broek om te voorkomen dat ze mijn pijpen in kropen. De reserveschoenveters had ik om mijn polsen gewikkeld zodat ze niet door mijn mouwen naar binnen kwamen. Zelfs in mijn oksels hadden ze me gebeten. Op de tere huid zaten korstjes geronnen bloed.

Tijdens het lopen probeerde ik in een cadans te komen door mijn benen ritmisch te bewegen zoals de slinger van de pendule die bij mijn oudtante in het bovenhuis had gehangen.

Ik verlangde ernaar in een roes te komen, de tijd te laten verglijden zonder er met mijn volle verstand bij te zijn. Ik liep achteraan en richtte mijn blik ergens vóór me op de grond, de plek waar ik schatte dat ik vier stappen later mijn voeten neer zou gaan zetten. Niemand zei veel op deze dag, waarop het erop aankwam kilometers te maken.

'Madeleine, Madeleine,' ademde ik. Bij iedere stap sprak ik een lettergreep van haar naam uit. Het ging vanzelf, als een liedje dat zich in je hoofd heeft vastgezet. Ik zag haar voor me op een jacht met haar vader en een tengere jongen. Ze droeg een rode bikini met gele stipjes die ik nog niet eerder had gezien. Waarschijnlijk had ze die daar gekocht. Het bovenstukje was met een strik op haar rug vastgeknoopt. De uiteinden van de gele koorden dansten tegen haar lichaam. Haar huid was nu gebruind. Ze friemelde even aan het randje van het bovenstukje om te voelen of het goed zat. De jongen, die donker haar had en een blauwe zwembroek droeg, gaf haar cola met ijsblokjes. In het glas zat een rietje met franje aan de bovenkant. Hun hoofden bewogen naar elkaar toe, ze gingen volledig op in het gesprek dat ze voerden.

Madeleine ging vlak daarna op een richel zitten en leunde tegen het want van de boot. Haar rechterbeen trok ze op en ze sloeg haar arm eromheen. Haar andere been strekte ze voor zich uit. Ze lachte uitbundig tegen de jongen en zoog aan het rietje – Madeleine had altijd zin in cola. Daarna zette ze haar bijna lege glas neer en stond tegelijkertijd met de jongen op. Kordaat liepen ze naar de achterplecht van de boot, waar ze dicht tegen elkaar aan gingen staan. Zacht giechelend kneep ze met haar rechterhand haar neus dicht en haakte haar linkerarm in die van de jongen. Als een Siamese tweeling sprongen ze in het water. Telkens opnieuw zag ik ze in het blauwe water springen, om ook telkens opnieuw proestend boven te komen. Hun armen bleven al die tijd in elkaar gehaakt.

Onderweg kwamen we vrijwel niemand tegen. Een paar keer werden we ingehaald door mannen met hengels, op weg naar het Lemmenjokimeer. Zwijgend liepen we elkaar voorbij; ze groetten ons hooguit met een korte knik. De vissers droegen kappen met muskietengaas, waardoor ze op imkers leken. Hun gezichten waren verweerd. Ik keek ze lang nadat ze ons hadden ingehaald nog na. Hun ruggen waren recht, ze droegen niet veel bagage. Vrouwen kwamen we onderweg niet tegen, laat staan meisjes van veertien. De muggen kriebelden nu op mijn rug. Ik voelde ze met honderden tegelijkertijd mijn bloed opzuigen. Soms kon ik niet anders dan jammeren van de jeuk, maar mijn vader verbood me erover te klagen.

Tijdens de maanden voor de reis was ik gaan geloven dat Finland anders was dan alle plaatsen op aarde waar ik ooit was geweest, maar uiteindelijk bleken de dingen ook hier gewoon te zijn wat ze waren. De vissers gingen vissen. Ze zouden terugkeren met netten vol dode vis. De meren bestonden uit water waarover je stenen kon laten ketsen. Je kon je er ook in spiegelen als je dat wilde. Sommigen maakten er foto's van en verkochten die aan tijdschriften. Alleen de dichte donkere bossen kenden hun geheimen. Maar gold dat niet voor alle bossen, overal ter wereld? Een glimp daarvan had ik gezien, niet meer dan een glimp, voordat Axel had ingegrepen.

Madeleine zou in haar vakantie niet aan mij denken. Of misschien heel even, als het toevallig zo uitkwam. Als ze pizza at en een schaaltje extra ansjovis vroeg. Ze zou geïrriteerd zijn dat ik er niet was om mijn portie ongevraagd op haar bord te leggen. Verder was ik niet van belang in haar leven. Ze had iemand nodig aan wie ze haar verhalen kon vertellen, die haar bewonderde als ze haar haar had opgestoken en haar nagels gelakt. Ik was vaak in haar buurt, maar als dat ooit veranderde, zou ze een ander zoeken. Ze hield niet van mij zoals ik van haar. En zelfs daar was ik niet zeker van: of ik wel van haar hield. Ik liet mijn vingers over de huid van mijn gezicht glijden, die glibberig was door een mengsel van geweerolie en zweet, en bobbelig als de puisten op het gezicht van Peter.

Peter met zijn lange blonde haar zat in de parallelklas. Madeleine vond hem oninteressant, zoals ze alle jongens van onze leeftijd oninteressant vond, maar ik vond hem aardig. Bovendien had ik medelijden met hem.

'Ik vind het maar niks dat je helemaal naar Lapland gaat,' had hij vlak voor ik wegging gezegd. 'Doe je wel voorzichtig?'

Zijn vader was het jaar daarvoor overleden. Een auto-ongeluk. Iemand had vergeten voorrang te verlenen. Dat was zomaar op een doordeweekse dag gebeurd en daardoor had Peter geen vader meer. De maanden voor zijn overlijden hadden ze vaak ruzie gehad.

'Over niets,' had Peter me verteld. 'Over mijn lange haar, over hoe laat ik thuis mocht komen, over roken. Hij bedoelde het goed, maar ik gaf hem alleen maar een grote mond. En nu kan ik het nooit meer goedmaken.'

Zou ik van Peter kunnen houden, vroeg ik me af? Genoeg om een leven lang bij hem te blijven? Maar wat was een leven lang waard als vaders zomaar op doordeweekse dagen doodgingen?

Laat die middag kwamen we aan bij het meer, het eindpunt van die dag. Tot dan toe hadden we steeds over wegen gelopen. Dat zou vanaf de volgende dag afgelopen zijn. We zouden dan dwars over de toendra trekken, met alleen een kompas om ons de weg te wijzen.

Bij het meer waren nog meer muggen. Ze zoemden zo hard bij mijn oren dat het leek of er een helikopter boven mijn hoofd vloog.

'Een perfecte martelmethode,' zei ik tegen Steven. 'Alles zouden mensen prijsgeven, ze zouden zelfs hun ouders verraden, om hiervan af te zijn.'

Hij kon er niet om lachen. Die nacht zouden we voor het eerst buiten slapen, zonder tent. In de openlucht, onbeschermd. Ik zou een gemakkelijke prooi zijn voor eksters die mijn ogen wilden uitpikken. En voor mannen als Dennis die geen moeite hoefden te doen me op de grond te leggen, ze hoefden alleen maar mijn slaapzak open te ritsen.

Terwijl de anderen voor het avondeten zorgden, ging ik een eindje van hen vandaan. Ik miste de beschutting van mijn eigen kamer. Ik kon er niet goed tegen mijn familie de hele tijd om me heen te hebben. Ik ging niet ver, ik vermoedde dat Axel me in de gaten hield en me meteen achterna zou komen als ik uit zicht verdween. Het meer was kalm. De bomen eromheen stonden dicht op elkaar, zodat er maar weinig licht tussendoor scheen. Het meer was groter dan dat bij Inari. De vissers die we hadden gezien moesten hier ergens zijn. Voortdurend was ik op mijn hoede. Ik liep nu langs het water, uitkijkend voor verraderlijke stukken moeras, maar nergens zag ik de vissers. Ze waren vast nog verder langs het meer opgelopen.

Een eindje verderop zag ik plotseling een camper staan. Ervoor stonden een man en een vrouw, die duidelijk bij elkaar hoorden. Waarom wist ik niet, misschien door de statige wijze waarop ze beiden hun rug recht hielden. Ze waren rond de zestig. De manier waarop de vrouw naar me keek toen ik dichterbij kwam ontroerde me.

'Hallo,' zei ze. Haar ogen straalden een weldadige rust uit.

'Hallo,' zei ik.

De vrouw had zilvergrijs haar, dat ze in een wrong had opgestoken. Ze was slank en droeg een effen shirt op een lange broek. Tot mijn verbazing was ze licht opgemaakt. Ook de man zag er verzorgd uit, in een kaki broek en een wit, ongekreukt overhemd. Hadden deze mensen geen last van de muggen? Opeens werd ik verlegen, en wist niets te zeggen.

'Ik ben Magda,' zei ze. Ik knikte alleen maar. Het was zo onwerkelijk deze mensen hier te ontmoeten. Ik begon te huilen.

'Kind toch,' zei ze en ze stapte kordaat op me af. Toen ze haar arm om me heen sloeg, rook ik rozenparfum. 'Wil je misschien even binnenkomen?'

Toen ze zag dat ik aarzelde, voegde ze eraan toe: 'Je kunt me vertrouwen, ik ben arts.'

Via een metalen opstapje ging ik de camper in. Ik schaamde me voor mijn tranen, probeerde ze tegen te houden, maar dat lukte niet. De vrouw bood me een stoel aan en wachtte rustig totdat ik gekalmeerd was. Ik snoot mijn neus in een papieren zakdoekje dat ze me aanreikte. Ondanks mijn schaamte luchtte het op.

‘Waar is je familie?’ vroeg ze na een poosje.

Ik wees door het raam. Daarna vertelde ik wat mijn ouders van plan waren, en welke kant we op zouden gaan. Ze luisterde en knikte alsof ze begreep wat ik bedoelde.

‘Vind je het goed als ik even naar je huid kijk?’ vroeg ze toen. ‘Hij ziet er ontstoken uit.’

Met een doekje dat ze in alcohol drenkte desinfecteerde ze mijn gezichtshuid. Het deed pijn toen ze me aanraakte om er een gelige zalf op te smeren, die ze uit een metalen koffertje haalde. Daarna voelde mijn gezicht verdoofd aan.

‘De zalf werkt genezend,’ zei ze. ‘De wondjes trekken weg en de zwelling wordt er minder door.’

Ze gaf me een spiegel. Mijn ogen waren dik en gezwollen, mijn huid was paarsig. Niemand had me verteld dat het zo erg was.

‘Als je het goed verzorgt, geneest het en zie je er later niets meer van,’ zei ze.

Ik dronk thee die ze voor me inschonk uit een grote pot en at er twee koekjes bij uit een trommel die voor me op tafel stond.

‘Het is onverantwoordelijk,’ zei de man opeens, die alles op afstand had gevolgd.

‘Waarom ga je niet met haar ouders praten?’ vroeg de vrouw. De man stapte uit de camper en liep de kant op die ik had aangewezen. De vrouw en ik gingen even later ook naar buiten en ik liep een stukje met haar mee. We bleven van een afstandje toekijken hoe hij naar mijn vader liep. Ik zag mijn vader weglopen van het vuur dat hij gestookt had en op de man afstappen. Hij keek eerst geïrriteerd en daarna algauw kwaad, terwijl hij wegwuivende gebaren maakte. Ik zag dat de man bleef praten met zijn benen stevig op de grond geplant. Midden in het gesprek draaide mijn vader zich om. Hij had blijkbaar geen zin meer om verder te praten. Opeens zag hij mij staan en hij wenkte me, maar ik wachtte tot de man terug was.

'Het spijt me,' zei hij. 'Je vader wil per se deze tocht maken. Ik heb geprobeerd hem zijn plannen uit het hoofd te praten, maar hij wilde niet naar me luisteren. Hij trok zich niets aan van wat ik zei.'

Dat verbaasde me niet. Niemand had mijn vader ooit iets uit het hoofd kunnen praten.

'Hij realiseert zich niet dat dit een gevaarlijk gebied is, vooral voor een jong meisje.' Zijn blik bleef haken aan mijn schouders. 'Je mag bij ons blijven tot je familie terugkomt van de tocht door de toendra en jullie weer naar huis gaan,' vertelde hij me.

Ik wist dat dat niet kon. Mijn vader zou daar nooit toestemming voor geven. Hier ging het juist om, voor deze reis had hij zich al die moeite getroost. Dit was wat hij me wilde laten zien. Hier, op dit verlaten stuk aarde, wilde hij me leren wat uithoudingsvermogen was. Ik voelde me plotseling ongemakkelijk. Ik had niet met deze mensen moeten praten, hun niets moeten vertellen. De vrouw vroeg mijn adres en ik schreef het in een boekje dat ze me aanreikte. Ze omhelsde me, waarna ik naar mijn familie ging.

'Wat moest je nou met die mensen?' mopperde mijn vader. 'Die man probeerde me nota bene tegen te houden. Stel je voor, zeg! Waar bemoeit hij zich mee?'

'De vrouw is een dokter,' zei ik. 'Ze heeft mijn gezicht verzorgd.'

Hij schudde zijn hoofd. 'Die plekjes gaan vanzelf weer weg,' zei hij. 'Van muggenbulten is nog nooit iemand doodgegaan.' Met zijn hand raakte hij mijn wang aan. Bijna begon ik opnieuw te huilen. 'Kom op,' zei hij, 'ga nu eten, voor het helemaal koud is.'

Hij bleef bij me zitten tot ik alles op had. Ondertussen keek hij naar de lucht, naar de bomen, naar onze spullen die op de grond lagen. Ik zag dat er wat gele crème op zijn vinger zat.

'We gaan vroeg slapen,' zei hij toen zacht. 'Morgen beginnen we aan de tocht zonder kaarten en wegen over de toendra. Het grote avontuur kan beginnen. Eindelijk,' zuchtte hij, 'eindelijk.'

Een eindje verderop zag ik mijn moeder naar ons kijken terwijl ze zich klaarmaakte voor de nacht. Het ergerde me dat ze met haar blikken tussen mijn vader en mij kwam.

Het was nu negen uur in de avond en nog steeds volop licht. Mijn vader legde een arm om me heen en drukte een kus op mijn kruin. Even hoopte ik dat hij bij me bleef en zijn hand op mijn voorhoofd zou leggen tot ik rustig zou worden en in slaap zou vallen. Zoals hij dat vroeger deed wanneer mijn moeder niet thuis was en ik de slaap niet kon vatten. Maar we beseften dat ze nu op hem wachtte. Deze eerste nacht buiten zou ze onrustig zijn totdat ze hem dicht bij zich had. Mijn vader liep naar zijn spullen en rommelde wat in zijn rugzak. Daarna hoorde ik mijn moeders verwijtende stem. Ik koos een vlak plekje bij een boom om wat beschutting te hebben en rolde mijn matje uit. Eén kant was bedekt met aluminiumfolie, bedoeld om warmte te weerkaatsen. De andere kant was donker en moest juist warmte vasthouden. Ik legde mijn slaapzak op de donkere kant. Daarna trok ik de rits van mijn trainingspak, dat ik bij wijze van pyjama had aangetrokken, en vervolgens die van mijn slaapzak tot het laatste tandje dicht.

Er viel licht op mijn gezicht. Ik miste het donker, dat me altijd als vanzelf aan Madeleine deed denken. Als ik me in gedachten niet bij haar waande, kon ik niet in slaap vallen. Ik richtte me op om naar de anderen te kijken. Ze lagen verspreid als willekeurig uit een boom neergevallen larven. Die nacht sliep ik op mijn zij, met mijn knieën opgetrokken tot bijna tegen mijn kin.

De volgende ochtend maande mijn vader luidkeels iedereen op te staan. Nog slaperig ging ik rechtop zitten. Het was vroeg, ik schatte rond zes uur. Axel stond klaar, zijn rugzak hing al om zijn schouders. Ik vroeg me serieus af of hij eigenlijk wel had geslapen. Hij ijsbeerde tussen ons door om warm te lopen, of misschien was hij wel ergens geïrriteerd over. Ondertussen keek hij een paar keer ongeduldig op zijn horloge. Hij zou als hij alleen was geweest waarschijnlijk allang vertrokken zijn. Het was nog behoorlijk koud en ik trok een trui over mijn trainingspak. Toch kwam mijn lichaam niet op temperatuur. Ik weet het aan een gebrek aan kalmerende slaap, aan de kille ochtendwind en aan mijn ongerustheid over wat komen ging.

Ik was inmiddels gewend geraakt aan een leven zonder luxe. Geen wc, geen stromend water, geen bakje met zeep. Laat staan nagellak, parfum en lippenstift – de spullen in Madeleines badkamer waarmee ze uren zoet was.

'Dit is het leven zoals het hoort te zijn,' zei mijn vader. Hij drukte een vochtig washandje tegen zijn gezicht. 'Elke dag een warme douche, daar verweekt een mens maar van.'

Hij vond het heerlijk om zich niet te hoeven scheren. Hij had nu een baard en een snor, waarin zwarte en grijze haren door elkaar groeiden. Hij deed me denken aan de prent van de rattenvanger van Hamelen die in de gang van mijn lagere school hing: een magere gekromde man in een versleten bruine jas die niet veel goeds van plan was. Achter hem huppelden jongens en meisjes, sommigen met hun duim in de mond.

13

Het meer in de verte zag er rimpelig uit. De wind probeerde uit alle macht het wateroppervlak uiteen te blazen. Mijn ogen waren gezwollen. De huid van mijn gezicht voelde zo stijf dat het leek alsof ik een masker droeg. Ik keek naar Steven. Zijn haar stond alle kanten op, alsof het stoffig was en vol vuil zat.

Mijn moeder, die altijd zo gesteld was op privacy en die ik nog nooit naakt had gezien, kleedde zich een eindje verderop onder een bladerloze boom aan. Ik zag dat ze zelfs nog even snel een kam door haar haar haalde. Mijn vader had ons verteld dat we later zouden ontbijten, nadat we eerst een uurtje hadden gelopen. Het maakte mij niet uit. Mijn hoofd stond niet naar eten, mijn maag was nog niet wakker. Axel liep kwiek en uitgerust voorop. Ik meende hem zelfs te horen neuriën, maar zeker wist ik het niet. Steven liep achteraan.

'Gaat het?' vroeg ik. Zijn ogen stonden dof.

'Natuurlijk,' zei hij, 'natuurlijk, zusje. Waarom zou het niet gaan? Voor je het weet zijn we weer thuis, dat zul je zien.' Hij maakte een weids gebaar met zijn arm. 'Maar kijk eens om je heen, zie toch hoe mooi het hier is.'

Steven kon vaak de meest bizarre dingen met een serieus gezicht zeggen, en het net zo lang volhouden tot je het uiteindelijk geloofde. Maar deze vertoning was wel erg flauw.

Na ongeveer een halfuur liepen we een slagboom tegemoet: een lange, rechte boomstam midden over de weg, aan de uiteinden rustend in wiggen. Tot mijn verbazing stond daarnaast de camper van het echtpaar geparkeerd. De dokter met de grijsgroene ogen zwaaide naar me vanuit de deuropening. Ze droeg een rood-wit gebreid Noors vest met een houtje-touwtjesluiting. Haar mond was roze en vol. Ik zou van haar kunnen houden, dacht ik. Ik zou me een leven lang veilig kunnen voelen bij deze vrouw. Toen ze mijn vader zag, liep ze kordaat op hem af.

'Hallo,' riep ze al vanaf een afstandje, alsof ze bang was dat mijn vader haar straal voorbij zou lopen. 'Meneer, wacht.' Ze zwaaide met haar armen.

Mijn vader versnelde zijn pas, Balder gromde vervaarlijk. Het was duidelijk dat ze allebei niets van deze vrouw moesten hebben.

'Neem je dochter niet mee,' hijgde ze toen ze vlak bij hem stond. 'Je kunt haar bij ons laten, tot je terugkomt.'

Mijn vader keek naar haar alsof ze een Jehova's getuige was die haar voet tussen zijn deur klemde.

'Aan deze onzin gaan we niet opnieuw tijd verliezen,' zei hij kribbig tegen mijn moeder. 'We hebben nog een lange dagtocht te gaan. Vóór twaalf uur vanmiddag wil ik het grootste stuk hebben afgelegd.'

Mijn moeder knikte. Ze vermeed het de vrouw aan te kijken. Ik voelde me schuldig tegenover mijn vader, omdat ik met de vrouw gepraat had de vorige dag, bij haar gehuild had en omdat ik in hun camper twee koekjes uit de trommel had gegeten.

‘Het is genoeg geweest,’ zei mijn vader. Hij sloeg zijn armen over elkaar. ‘We moeten nu gaan.’

Daarna liep hij haar voorbij alsof ze lucht was. De vrouw omhelsde mij en gaf me een fluwelen tasje met iets erin.

‘Zul je voorzichtig zijn?’ vroeg ze. ‘Vergeet nooit dat ik het beste met je voorheb.’

Een paar keer keek ik om, en zag telkens dat ze me nakeek. Het tasje stopte ik onder mijn bloes tegen mijn blote huid.

Vanaf de slagboom waren er geen wegen meer in het landschap. De weg loste na enige meters op in de begroeiing van de vlakte. De toendra. Volgens de reisgids was dat een landschap met spaarzame begroeiing, veel meren en talloze moerassen. Een gebied dat ‘extreem’ genoemd werd: onbegaanbaar, in de winter vanwege de kou, in de zomer omdat het dan vergeven was van de muggen. Het was duidelijk niet de bedoeling dat er voorbij deze grens mensen gingen. Hier zwierven alleen nog goudzoekers rond, een paar vissers en rendierhoeders. Het was ook een ideale schuilplaats voor misdadigers op de vlucht en voor geestelijk gestoorden. Ik keek voor me uit tot aan de horizon.

‘Tot daar loop ik,’ dacht ik hardop, ‘en dan tuimel ik van de aarde af.’

Hier had God het gehad met de schepping. Moe en verveeld had hij het maar helemaal opgegeven. De komende weken ging hij een kat-en-muisspelletje met me doen, daar kon ik op wachten.

'Ha, ha, ha,' zou hij geniepig lachen, en telkens als ik dacht dat ik er was, weer een nieuwe horizon voor mijn ogen laten opdoemen.

Vanaf de slagboom wandelden we anderhalf uur voor we pauze namen en onze rugzakken afdeden. Daar stonden we dan, vijf mensen die er alles aan hadden gedaan om hier te komen, die maanden voorbereiding en een vermoeiende reis achter de rug hadden. Gelaten keken we uit over een kale vlakte. Om ons heen groeide dicht struikgewas met harde stekels. Als je niet uitkeek, zo had ik meteen al gemerkt, bleven ze pijnlijk aan je huid haken. Het leek dood hout dat loszat, dat nergens aan verankerd zat. De bomen zagen eruit als uitgewrongen handdoeken die in de vrieskou bevroren waren. Steven had ontdekt dat wanneer je zachtjes tegen de bomen duwde, ze gewoonweg omvielen.

'Die ongerepte natuur waar jij het over had is stervende,' zei hij tegen mijn vader. 'De bomen hier gaan dood waar we bij staan.'

'Luchtverontreiniging,' beweerde mijn vader. 'Het is de schuld van uitlaatgassen. Zelfs hier slaat de verwording van de mensheid toe.'

De grond was rotsig, er lagen losse stenen waarover je op een onbewaakt moment kon struikelen. Balder liep er uiterst behoedzaam tussendoor.

'Nu wordt het pas echt spannend,' zei mijn vader terwijl hij ons stuk voor stuk aankeek. Hij vouwde zijn handen voor zijn borst. 'Hierom heb ik jullie naar Lapland gebracht. Kijk toch eens. Is het hier niet onaards mooi?'

Hij haalde de kaart uit de map op zijn borst en stopte hem diep in zijn rugzak weg. 'Vanaf hier zijn er geen kaarten meer,' zei hij. 'Er zijn geen wegen meer en geen borden waarop de richting wordt aangegeven.'

Vergenoegd wreef hij in zijn handen. Hij had de mouwen van zijn houthakkershemd opgestroopt. Tussen de haren op zijn onderarmen zaten bruine sproeten verstopt.

'Vanaf nu moeten we met het kompas gaan werken,' zei hij. Hij haalde het koperen instrument dat hij al die tijd in een katoenen lapje onder in zijn rugzak had bewaard tevoorschijn. Wij kwamen allemaal om hem heen staan en keken naar het wijzertje, dat zenuwachtig trilde achter het glas. Ik probeerde me mijn grootvader voor de geest te halen van wie het instrument geweest was, maar het lukte me niet. Hoe was híj eraan gekomen? Had hij het zelf gekocht, of had hij het op zijn beurt ook weer van zíjn vader gekregen?

Het was inmiddels warm geworden. Muggen probeerden mijn mouw in te vliegen. Toen ik mijn arm uitsloeg, maakte ik er per ongeluk een bij mijn oog dood. Er zat bloed op mijn hand, mijn eigen bloed. Ze waren er verdomme op uit me helemaal leeg te zuigen, al mijn bloed af te pakken. Ik keek naar mijn moeder en zag dat zij ook muggen wegsloeg. Zouden ze soms liever vrouwenbloed drinken?

'Ons doel,' zei mijn vader, 'is het Vaskajokimeer dat in het noorden ligt. Daar trokken de goudzoekers destijds heen om hun geluk te beproeven. Er zit een goudader in de grond.' Hij keek dromerig voor zich uit.

'Ik hoop natuurlijk dat we geluk hebben en goudzoekers tegenkomen. We trekken om het meer heen en lopen dan via de overkant terug.'

Door zijn opvallende baard en snor leek zijn hoofd onbeduidend. In niets herkende ik nog de man die elke ochtend in zijn pak de auto in stapte op weg naar zijn werk. Ik dacht aan het stapeltje witte overhemden dat ver weg in de kledingkast in de slaapkamer van mijn ouders lag, keurig door mijn moeder gestreken en opgevouwen.

Mijn vader keek naar de zon, vervolgens op zijn horloge en maakte een korte aantekening in zijn logboek. Wat zou hij in godsnaam opschrijven? Hij kon toch hooguit de tijd noteren? Maar wat zou het exacte tijdstip waarop we hier stonden er ooit toe doen?

'Kom op, mannen,' zei hij na een kwartier. 'We vertrekken.'

Hij omklemde het kompas met zijn linkerhand en wees met zijn rechterhand naar voren.

'Die kant op. Daar is het noorden. We gaan.'

Hij zette er meteen stevig de pas in. Ik keek de richting uit die hij aanwees, maar ik had net zo goed elke andere richting op kunnen kijken. Overal dezelfde kale takken, dezelfde troosteloosheid. Overal stervende bomen.

Axel liep gelijk met mijn vader op. Op enige afstand volgden mijn moeder, Steven en ik. Gedrieën op een rijtje, net zoals vroeger, toen we Steven elke dag naar school brachten. We zetten hem af bij de smeedijzeren poort. Daar wachtte de juffrouw met het grijze haar tot alle kinderen er waren. Ze knikte zonder te glimlachen naar mijn moeder. Ik hoopte elke dag weer opnieuw dat ze lief voor Steven zou zijn.

'Kijk eens hoe mooi het hier is, kinderen,' zei mijn moeder aan het eind van die middag opgewekt. 'Zo stel ik me het paradijs voor.'

Ze droeg een strakke muts die ver over haar oren zat. Ik zag haar vaak krabben. De muggen staken waarschijnlijk door de wol heen in haar hoofd. Ze wees naar een enkele ekster op een steen vlak voor ons. Argeloos liet ik mijn oog op het dier rusten.

'Eén is verdriet,' zong mijn moeder opeens, 'twee vrolijk gezind, drie een bruiloft, vier een kind. Vijf de hemel, zes de hel en zeven, dat is kinderspel.'

Ik had haar dat rijmpje nog nooit horen zingen. Met haar indirecte manier van waarzeggerij wilde ik niets te maken hebben. Ze tartte het lot daarmee en dat kon gevaarlijk zijn.

'Nou,' spotte Steven, 'dan is het te hopen dat er hier nog een paar eksters meer rondvliegen. Maar ook weer niet te veel, want het luistert blijkbaar heel nauw. Laat ik het maar afkloppen op ongeverfd hout, dat is hier genoeg.'

Hij liep naar een boom en begon er potsierlijk op te tikken. Zolang ik me kon herinneren had hij de draak gestoken met haar bijgeloof.

'Kijk maar uit, Steven,' zei mijn moeder met opgeheven vinger. 'Er zit altijd wel een kern van waarheid in.'

Haar voorspellingen dreven me telkens opnieuw tot wanhoop.

'Het loopt nog eens slecht af met dat meisje,' bezwoer ze me toen Madeleine op een dag bij de drogist gesnapt was met een lippenstift in haar broekzak.

De dagen daarna moest ik met mijn rechtervoet op de onderste tree van de trap eindigen, anders kreeg mijn moeder gelijk. Als ik boven in de badkamer naar de wc was geweest, moest ik twee keer het licht aan- en uitknippen met mijn rechterduim. Ik telde de tegels in de keuken met drie tegelijk en als ik er een oversloeg moest ik van voren af aan beginnen. Ik werd er moe van, verschrikkelijk moe. Een misstap en het lot van Madeleine werd door mij bezegeld. Ik had liever dat mijn moeder haar mond hield over dit soort zaken, maar ze leek er plezier in te scheppen en het kwam niet in haar op rekening met mij te houden.

Ter bescherming tegen de brutale muggen had ik een theedoek over mijn gezicht gevouwen, zoals ik dat als kind deed wanneer ik boefje met verlos speelde.

Het gezoem van de muggen maakte me kregelig. Het leek wel alsof het geluid uit mezelf kwam. Dag en nacht ging het door, de huid van mijn gezicht was nu volledig ontstoken door het krabben. De geweerolie, die mijn poriën alleen maar verstopte, gebruikte ik niet meer.

'Niet aan de korsten krabben,' zei mijn vader voortdurend als ik mijn handen weer eens naar mijn gezicht bracht. 'Daar hou je lelijke littekens aan over. Dan heb ik nog liever dat je op je nagels bijt.' Balder werd ook door muggen gestoken. Ik zag hem net zo verwoed in zijn rug bijten als toen hij uit het asiel kwam en onder de vlooien zat.

Mijn vader was vrolijk. Niets kon hem nu nog van de wijs brengen.

'Als we straks weg zijn uit de moerasgebieden,' zei hij, 'zijn er geen muggen meer. Dan is het meteen over, dat zul je zien.'

Het landschap was niet veranderd sinds we de slagboom waren gepasseerd. We waren niemand tegengekomen, zelfs geen dieren, op die enkele ekster na.

Aan het eind van die dag was ik te moe om te eten. Het liefst was ik zonder meer mijn slaapzak in gerold.

'Hoeveel dagen moeten we eigenlijk lopen tot we bij het meer zijn?' vroeg Steven.

'Een week,' zei mijn vader. 'Een week en één of twee dagen. Afhankelijk van hoe goed jullie doorlopen.'

'Ik ben kapot,' zei Steven tegen me terwijl hij zich uitstrekte op zijn matje. 'Ik hou dit nauwelijks vol.' Het verbaasde me niets. Steven werd altijd gauw moe. Hij trok zich het liefst alleen op zijn kamer terug achter zijn tekentafel.

'Hoe meer je lichamelijk bezig bent,' had mijn vader voor het vertrek tegen Steven gezegd, die met lange tanden zijn avondeten zat te kauwen, 'hoe meer energie je krijgt. Dat is een natuurwet. Het klinkt gek, maar van hangen wordt een mens juist moe.' Hij had zijn vinger opgeheven. 'Straks in Lapland kennen we jullie niet meer terug. Het zal weer net als vroeger zijn, toen jullie zonder ophouden de trap op en neer renden.'

'Kom op, Steven,' had hij ook nog gezegd, 'haal die hand onder je hoofd weg. Waar kun je als je zo jong bent in 's hemelsnaam moe van worden?'

Steven zag asgrauw. Waarom deed mijn vader hem dit aan? En mijn moeder dan? Ze had dit niet mogen laten gebeuren. Moeders moesten hun kinderen beschermen, niet hun echtgenoten. Nu moest ík op Steven letten en ik had het al moeilijk genoeg met mezelf.

14

De dagen daarna vervolgden we onze tocht dwars door het landschap. Mijn vader liep alsmaar voorop met het kompas in zijn hand. Het was vreemd om niet over een pad te lopen. In Nederland waren overal paden, zelfs in de duinen en in het bos. Alleen niet wanneer je onder het prikkeldraad door kroop om door een weiland te lopen. Maar waarom zou je dat doen, behalve om een stuk af te snijden zodat je sneller thuis zou zijn?

'Is dit nu wat je had verwacht van Lapland?' vroeg ik mijn moeder.

Ik zag een paar heuvels bij de horizon, maar verder was er weinig te zien.

'Hoe bedoel je?' vroeg ze. Ze had pijn in haar rug, dat kon niet anders.

'Nou,' zei ik, 'de foto's in de folders zagen er anders uit.'

'Natuurlijk, schat, natuurlijk,' haastte ze zich te zeggen. 'Maar dat komt allemaal nog. Je moet eerst door dit gebied lopen voor je bij de mooie stukken komt. In het leven krijg je nu eenmaal niets cadeau.'

'Waarom geef je niet gewoon toe dat je je alles anders had voorgesteld?' zei ik. 'Die muggen alleen al. En als het hier nu adembenemend mooi was, zoals in de boeken stond. Geen wonder dat het hier niet in kaart is gebracht. Geen wonder dat er geen wegen zijn en dat er geen mensen wonen. Wie wil hier nu leven?'

Ik keek haar strijdlustig aan.

'Waarom vertrouw je me niet wanneer ik zeg dat het straks anders wordt?' vroeg ze geforceerd kalm. 'Probeer de moed erin te houden. Met zeuren schiet niemand iets op.'

Met zeuren schiet niemand iets op, echode het in mijn hoofd. Hoe vaak had ik haar dat niet horen zeggen?

'Waarom luister je niet naar mij als ik je iets vraag?' zei ik. 'Ik ben geen klein kind meer dat zelf niet weet wat er aan de hand is. Want ik weet het wél,' beet ik haar toe. 'Je hebt al die moeite gedaan en dan moet en zal het leuk zijn. Daarom doe je mee aan deze leugen. Maar mij maak je niets wijs. Ik vind het hier vreselijk. En Steven ook,' voegde ik eraan toe. 'Je maakt hem helemaal stuk zo,' deed ik er nog een schep bovenop. 'Zie je niet hoe ongelukkig hij hier is?'

Ze perste haar lippen op elkaar, zodat haar mond een smalle streep werd.

'Ik wou dat je niet zo doordraafde, Eva,' zei ze. 'Je hebt niet goed geslapen, denk ik. Hou op met stangen.'

Maar ik had zin nog uren door te gaan, haar tot wanhoop te drijven, haar op z'n minst aan het huilen te maken.

Ik vond het als kind al heerlijk haar te choqueren. Haar hele leven stelde ze in dienst van ons, haar gezin. Die grenzeloze zelfopoffering irriteerde me mateloos. Alsof ik daarmee aan haar verplicht was me netjes te gedragen, iets bijzonders van mijn leven te maken en mijn talenten niet te vergooien.

Al snel vloeiden de dagen en nachten in elkaar over. We sliepen in de buitenlucht, dronken water met bruistabletten in citroen- of sinaasappelsmaak, en lengden gedroogd eten aan. Het landschap bleef onveranderd.

'Kijk, An,' zei mijn vader op de vijfde dag op de toendra. 'We zijn pas een paar dagen aan het trekken en ik heb nu al bijna geen zwembandjes meer.' Hij legde zijn handen liefkozend om zijn middel.

Voortdurend was mijn vader met zijn gewicht bezig. Hij beschouwde zichzelf als een atletische man zonder een spoortje vet, maar als hij in de spiegel keek, staarde hem een te zware veertiger aan. In de slaapkamer van mijn ouders stond een hometrainer. Verder had hij in de loop der tijd allerlei apparaten verzameld om iets aan zijn buik te doen. Ik zag hem wel eens zwoegen met een wieltje met zijhendels waarop hij zijn hele gewicht naar voren en naar achteren rolde. In zijn auto lag een kist appels die hij binnen een week leegat. Hij was ervan overtuigd dat de vezels in de vruchten het hongergevoel remden. Hij dronk de hele dag door ijskoud water, omdat hij geloofde dat het lichaam dan zijn vetreserves moest aanspreken om zich weer op te warmen. Misschien was dat de reden voor deze tocht, dacht ik opeens: dat hij de twintiger die hij was geweest hier wilde terugvinden. De Samson die bergen kon verzetten en onoverwinnelijk was.

Diep vanbinnen was hij nog altijd de jongeling op de gekartelde foto's in het vergeelde album. In zijn legeruniform, met een volle bos haar, zijn ene heup iets naar voren, zijn rechterduim onder zijn broekriem. Trots en met zichzelf ingenomen.

Mijn vader keek regelmatig op zijn kompas, dat om zijn nek hing aan een dik wit koord dat tot halverwege zijn middenrif reikte. Bij iedere stap danste het op en neer, en leek mijn vader meer energie te krijgen. Hier was hij thuis, alsof hij voorbestemd was voor een leven op de toendra. Balder volgde hem op de hielen, even energiek. Ook Axel deed het lopen zichtbaar goed. Hij was onvermoeibaar, maar dat was hij waarschijnlijk altijd al geweest. Mijn moeder, Steven en ik sleepten ons door de dag heen.

'Het lijkt wel of jullie bloedarmoede hebben,' sneerde mijn vader. Ik vond het oneerlijk dat hij ons belachelijk maakte. Maar misschien had hij wel gelijk. Misschien hadden de miljoenen muggen zo veel bloed uit ons lichaam opgezogen dat we nu halfdood achter hem aan sjokten.

Ik liep nu gelijk op met mijn moeder. Ik wist niet waarom. Het troostte me te zien dat ook zij worstelde met het lopen. Maar dat deed Steven ook. Toch wilde ik bij haar zijn. Misschien omdat ze mijn moeder was, omdat ik zo dicht bij haar stond. Omdat ik haar soms haatte, maar tegelijkertijd ook zo goed begreep. Misschien hoopte ik wel dat ze uiteindelijk mij ook zou gaan begrijpen.

Tegen het eind van de ochtend werd Balder met de minuut onrustiger. Hij liep met zijn neus omhoog, alsof hij iets rook. Een keer rende hij een eind weg, door het struikgewas, uit zicht, om even later nog net zo rusteloos terug te keren.

'Wat een vreemd geluid,' zei mijn moeder opeens. 'Het lijkt wel of de aarde trilt.'

Ze bleef staan en keek naar de grond onder onze voeten. Het geluid werd steeds heviger.

'Aan de kant, opzij, rennen! Ren zo hard je kunt!' hoorden we mijn vader roepen.

Mijn moeder pakte mijn hand en begon te hollen.

'Sneller!' riep mijn vader, die al een eind vooruit was en naar ons omkeek. Hij riep nog meer, maar we konden hem niet meer verstaan.

In de verte zag ik een kudde rendieren aankomen. Mijn vader drukte zijn lichaam tegen een boom. Axel en Steven deden hetzelfde. Mijn moeder en ik stonden midden in de vlakte. We zagen de dieren recht op ons af komen. Het waren er tientallen, misschien wel honderden, dravend in brede rijen. Ik trok mijn moeder opzij. Samen renden we al struikelend zo hard we konden naar een boom, waar we onze ruggen tegenaan drukten. De rendieren waren nu nog geen twintig meter van ons vandaan. Een seconde later renden ze langs, luid grommend en snuivend. Het duurde zeker tien minuten voor ze voorbij waren. Ik zag Balder ondertussen blaffen, maar er was niets van te horen. Al die tijd durfde ik nauwelijks te ademen of te bewegen. Mijn moeder kneep zo hard in mijn hand dat ik bang was dat ze een botje zou breken. Toen ze voorbij waren, bleef ze de dieren nog lang nakijken, alsof ze verwachtte dat ze zich zouden omdraaien om weer terug te draven.

'Zijn ze echt allemaal weg?' vroeg ze. 'Komt er niet nog een kudde aan?'

'Ik geloof dat het voorbij is, mama,' zei ik. Ik wilde

sterk overkomen, maar mijn stem trilde.

'Dat was door het oog van de naald, Eva,' zei ze. Ze hapte naar lucht. Ik voelde me misselijk worden, alsof de trillende aarde me zeeziek had gemaakt.

'Ik stik,' piepte mijn moeder plotseling. 'Ik krijg geen adem meer.' Haar schouders schokten en ze zag spierwit. Zo had ik haar nog nooit gezien.

'Een hartaanval,' riep ze uit. 'Ik ga dood!' Ze zakte op de grond met haar handen op haar hart. 'Help, help me!'

'Papa!' gilde ik. 'Mama krijgt een hartaanval!'

Mijn vader kwam aanlopen.

'Er is niets aan de hand, An,' zei hij laconiek. Hij ging op zijn hurken naast haar zitten. 'Je hyperventileert, dat is alles.' Hij pakte uit zijn rugzak een plastic zakje waar muesli in had gezeten.

'Hierin ademen,' commandeerde hij. Mijn moeder duwde zijn hand met het zakje weg.

'Ik stik, doe iets! Kom niet met zo'n stom zakje aan,' zei ze hijgend.

Mijn vader hield met kracht het zakje over haar mond. Ik zag hoe het plastic opbolde door mijn moeders adem. In de twee hoekpunten die naar buiten staken zat nog wat muesligruis dat ronddwarrelde. De zak besloeg algauw vanbinnen, zodat ik er niet meer doorheen kon kijken. Als vanzelf blies ik met haar mee: in en uit, in en weer uit.

Nadat ze acht keer het zakje had laten opbollen en weer had laten leeglopen kalmeerde mijn moeder. Mijn vader liet haar nog twee keer in het zakje ademen en haalde het toen weg. Verdwaasd zat ze op de grond, als een kind dat midden in de nacht wakker wordt gemaakt en geen idee heeft waar het is.

'Zie je wel, An?' zei mijn vader. 'Ik had gelijk. Je hyperventileerde, dat was alles. Niets aan de hand. Het kwam door de rendieren, daar schrok je van.'

'Eduard,' zei mijn moeder toonloos, 'die grote beesten waren zó over ons heen gelopen. Die trekken zich nergens wat van aan. Realiseer je je wel wat er met ons gezin had kunnen gebeuren?'

'Maar natuurlijk,' antwoordde mijn vader. 'Daarom liep ik ook voorop, om jullie te kunnen waarschuwen als het nodig zou zijn.' Zijn mond plooide zich in een brede grijns. 'En zeg nu eens eerlijk: we waren toch op tijd, of niet soms? Ik weet heus wel waar ik mee bezig ben.'

'Eduard,' zei mijn moeder, 'ik zal je één ding vertellen: ik zal blij zijn als we weer thuis zijn. We hadden naar die mensen moeten luisteren, dat echtpaar met die camper. Die kenden het gebied hier, zij wisten waar we heen gingen.'

'Daar geloof ik niets van,' bromde mijn vader. 'Ik durf te wedden dat ze hier nog nooit waren geweest. Ze wisten gewoon niet waar ze het over hadden. Als we naar iemand hadden moeten luisteren was het naar Balder. Die rook de rendieren al toen ze nog kilometers van ons vandaan waren!'

Onze stoet zette zich weer in beweging. Langzamer dan aan het begin van de dag, maar toch liepen we in een behoorlijk tempo verder. We spraken nergens over. Mijn moeder was ontstemd. Als ze ontstemd was, zweeg ze.

'Vonden jullie het ook niet iets hebben,' vroeg mijn vader tijdens de pauze daarna, 'die galopperende dieren met hun grote geweien? Zo'n gewei moet toch minstens drie kilo wegen, schat ik zo.'

Niemand reageerde.

'Hebben jullie gezien dat er ook jongen bij waren?' ging hij verder. 'Het zou goed kunnen dat we ook nog herders tegenkomen. Daar hoop ik de hele reis al op.' Hij veegde met de rug van zijn hand zijn mond af. 'Ik ben benieuwd naar de foto's,' besloot hij.

Mijn moeder zag nog steeds bleek en ik vroeg me opeens af of ze niet tóch een hartaanval had gehad. Haar vader was daaraan doodgegaan. Op kerstavond, tijdens de nachtmis. Ze was toen zes.

'Foto's?' zei ze. 'Heb je foto's gemaakt, Eduard? We hadden dood kunnen zijn, en jij schiet leuke plaatjes voor het fotoalbum. Bah.'

'Kom op, An,' zei mijn vader, terwijl hij opstond. 'Als jij niet zo'n angsthaas was, hadden we vandaag een geweldige ervaring gehad.' Mijn moeder schudde haar hoofd en keek een andere kant op.

Pas tijdens de voorbereidingen voor het avondeten veranderde de sfeer.

Axel ging hout zoeken voor het kampvuur. Toen het brandde kookte hij water. Het was routine geworden, zonder omwegen uitgevoerd.

'En wat zullen we vanavond eens eten?' vroeg mijn moeder, terwijl ze een greep in haar rugzak deed.

'Weet je wat?' zei ze. 'Laten we lekker hutspot eten. Dan is het net alsof we thuis zijn.'

Ze opende de plastic zakjes die we in de speelkamer zo zorgvuldig gevuld hadden en strooide het poeder in de pan met kokend water, die ze van het vuur had gehaald. Gestaag zwol de inhoud op tot een egale groene puree. Ze bleef net zo lang roeren tot alle klontjes eruit waren.

'We gaan gezellig eten,' commandeerde ze. Ze legde vijf borden in een cirkel op de grond. Om de beurt gaven we haar ons bord waarop ze twee lepels hutspot schepte. In kleermakerszit werkte ik mijn eten naar binnen. Axel at net als mijn vader gehurkt, Steven liggend op zijn zij. Mijn moeder strekte haar benen voor zich uit. Even later tikten vijf lepels onregelmatig tegen plastic borden. Het was het enige geluid op de toendra.

'Als katjes muizen, dan mauwen ze niet,' zei mijn moeder.

'Tegeltjeswijsheid' noemde mijn vader dergelijke uitspraken altijd, maar ze bleef ermee op de proppen komen. Ze kende er zo veel dat ik steeds weer gezegdes hoorde die nieuw voor me waren.

Het eten smaakte zoals altijd vreemd – een ondefinieerbare zoute smurrie. Toen ik het op had, had ik nog evenveel honger als daarvoor. Maar praten over honger was taboe. We moesten het ermee doen, had mijn vader besloten, het was niet anders. Punt uit. Met een restje gekookt water dat we apart hadden gehouden spoelde ik de borden schoon. Het was mijn vaste taak geworden. Het water was nog heet toen ik eraan begon, zo snel hadden we de maaltijd naar binnen gewerkt.

Ik had geen idee hoe ik de rest van de avond moest doorbrengen. Het was te vroeg om te gaan slapen. Mijn moeder stopte een gat in de hiel van mijn sok. Axel deed een eindje verder op zijn matje opdrukoefeningen. Hij was daar heel fanatiek in. Hoeveel we die dag ook gelopen hadden, hij deed er altijd honderd achter elkaar, zonder te stoppen. Steven zat achter een boom, uit het zicht, zodat ik geen idee had waar hij mee bezig was. Ik hoopte vurig dat hij schetsen maakte voor tekeningen die hij later thuis zou uitwerken.

Mijn vader had voor zich op de grond de kaarten van het omliggende gebied opengevouwen. In het midden had hij een leeg vel gelegd waarop hij zorgvuldig lijnen en tekens zette. Als een ontdekkingsreiziger bracht hij zo het onbekende gebied in kaart.

Ik had nergens zin in. Had ik maar een tijdschrift, was er maar een telefoon om iemand te bellen. Was ik maar niet hier. Ik vroeg me af wat Sybren nu aan het doen was. Sybren die me op een keer na school bij hem thuis had uitgenodigd om over boeken te praten, en die me later die middag in zijn rokerige studeerkamer naar zich toe had getrokken en me tot drie keer toe met klem had verzekerd dat zijn vrouw en dochter nog lang niet thuis zouden komen.

'Eva, je bent bijzonder,' had hij gezegd, terwijl zijn adem mijn gezicht bevochtigde. 'Ik wou dat jij je dat ook realiseerde. Je bent anders dan de andere kinderen uit je klas. Volwassener, wijzer.'

Zou hij ooit mijn naam uitspreken zoals ik de zijne uitsprak, en mij dan net zo scherp voor zich zien als ik hem nu voor me zag? Met zijn grijze slapen, het littekentje onder zijn linkeroog en zijn korte vingers vol nicotinevlekken.

Axel ging even later met mijn vader schaken. Mijn vader speelde met wit. Zou Sybren nu schaak spelen met zijn dochter, een spichtig meisje dat in de parallelklas zat? Hij had haar vast verteld dat ik naar Lapland ging. Misschien hoopte ze wel dat ik zou verongelukken. Dat ik op een pijnlijke manier door wilde beesten werd verscheurd en werd achtergelaten voor de vogels, die mijn ogen zouden uitpikken.

Midden in de nacht schrok ik wakker. Ik ging rechtop zitten in mijn slaapza k en keek om me heen. Een eindje van me vandaan lagen mijn ouders. Doodstil, als twee blauwe mummies naast elkaar op de koude grond. Ik bleef naar hen kijken, in de hoop dat ze zich zouden omdraaien, zouden hoesten, of een ander teken van leven zouden geven. Maar er gebeurde niets. Mijn ouders leken uit steen gehouwen, als de twee levensgrote beelden van een man en een vrouw die midden voor het altaar in de kerk vlak bij ons huis lagen. Het verhaal ging dat hun lichamen in de beelden verstopt zaten, voor eeuwig naast elkaar. Midden in de nacht, als je goed luisterde, kon je ze horen tikken tegen het marmer. Maar wie zou het wagen 's nachts in die donkere kerk te zijn?

Steven lag een stuk naar links. Hij kreunde af en toe in zijn slaap. Waar zou hij over dromen? Axel lag het verst van iedereen vandaan. Zijn handen waren, zoals zo vaak, tot vuisten gebald. Vanwege zijn lengte had hij een extra lange slaapzak, rood en in grote driehoeken doorgestikt. Een stukje verder zat een vogel op wat kreupelhout. Ik kon niet zien of hij zijn ogen open of dicht had. Ik vroeg me af hoe vogels konden slapen zonder uit bomen te vallen. Ik probeerde weer in te slapen, maar het nachtelijke zonlicht hield me wakker. Het stoorde me dat ik me er niet voor kon afschermen. Mijn slaapzak was te kort om over mijn hoofd te trekken. Ik had zelfs geen kussen om mijn ogen mee te bedekken.

Iedereen kan hierlangs lopen en op me gaan liggen, dacht ik. Ik moet een scherp mes hebben om me te verdedigen. Dat zou ik naast mijn rechterhand leggen, zodat ik het bij gevaar meteen kon pakken. Morgennacht zou ik dat doen. Die gedachte stelde me een tijdje gerust, tot ik bedacht dat een mes gemakkelijk in mijn slaap van me kon worden afgepakt. Het zou tegen me gebruikt kunnen worden. Meteen ging ik weer rechtop zitten. Zou Axel een diepe slaper zijn? Hij heeft niet door dat ik nu wakker ben. Stel dat er iets gebeurt, dan zou hij dat niet eens merken. Niet in paniek raken, sprak ik mezelf toe. Na verloop van wat tijd kon ik mijn longen weer volledig volzuigen met lucht. Mijn ledematen werden zwaar en loom. De nachtelijke hemel strekte zich als een blauwe koepel boven mij uit.

15

'Mijn vader is een mislukkeling,' zei Axel.

Hij leek de woorden door zijn lippen te persen. We zaten bij elkaar voor het avondeten. Het vuurtje dat hij gestookt had knetterde. Met een tak porde hij erin. Het uiteinde, dat al een tijdje gloeide, vloog in brand.

'Een slappeling,' ging Axel verder. 'Hij is bij mijn moeder gebleven om mij. Maar van mij had dat niet gehoeven. Ik had liever de laatste jaren thuis zonder ruzie geleefd.'

Axel staarde in het vuur. Om zijn mond lag een verbeten trek.

'Hij had een affaire met een vrouw van zijn werk toen ik vijftien was. Opeens was pa verliefd. Hij droeg idiote dassen die dat mens hem cadeau deed en waarmee hij zich onsterfelijk belachelijk maakte. Mijn moeder had gelijk door dat hij een ander had. "Hou er toch mee op. Je hebt een gezin, een zoon!" Zo praatte ze dag na dag op hem in. Maar hij hield er niet mee op. Mijn moeder dreigde dat ze bij hem weg zou gaan, maar ze deed het niet. Mijn vader bleef gewoon thuis wonen. Ze leidden gescheiden levens. Gewapende vrede, met regelmatig een hysterische uitbarsting van mijn moeder. Na een jaar was het over. De vrouw werd overgeplaatst naar een andere stad en daarmee was hun affaire voorbij.'

Niemand van ons zei iets. We keken allemaal naar Axel, die zelden iets over zichzelf vertelde. En nu dit. Hij had tegen niemand in het bijzonder gepraat. Het was meer alsof hij een publiek toesprak. Misschien verwachtte hij wel applaus. Maar het was ook mogelijk dat hij tegen zichzelf sprak om zijn opgekropte boosheid kwijt te raken.

'Mijn vader had daarna nergens zin meer in,' vertelde Axel verder. 'Geen hobby's, geen vrienden. Hij ging alleen nog maar naar zijn werk. Hij liep er onverzorgd bij en werd vadsig. Overal was hij te moe voor, vooral wanneer ik iets aan hem vroeg. Vanaf dat moment was hij een oude sul waar ik niets meer aan had. Er viel gewoon niet meer met die man te praten.'

Hij staarde nog steeds naar de vlammen, die zijn gezicht rood hadden gekleurd. De stok was ondertussen bijna opgebrand. Hij gooide het stompje in het vuur.

Mijn vader zat onbeweeglijk. Met situaties als deze wist hij zich geen raad. Hij was van mening dat je persoonlijke zaken voor jezelf moest houden.

'In de periode nadat die vrouw verdwenen was ging hij drinken,' vervolgde Axel. 'Op zijn werkkamer stond altijd een fles jenever, die na een paar dagen leeg was. Ik nam nooit vrienden van school mee naar huis, ik schaamde me dood voor die man. Hij heeft mijn moeder wel eens geslagen toen ik niet in de buurt was, de klootzak. Gelukkig liet hij mij met rust. Hij voelde wel aan dat ik sterker was dan hij.'

Axel richtte zijn hoofd op. Zijn bovenlichaam leek

langer dan ooit. Ik schrok van de uitdrukking op zijn gezicht: agressief, alsof hij ieder moment in razernij kon uitbarsten.

'Ik wil die mensen niet meer zien,' zei hij. 'Het is rot voor mijn moeder, maar het is haar eigen schuld. Had ze maar niet bij hem moeten blijven.'

Resoluut stond hij op. 'Iemand die drinkt wordt een ander mens, daar valt niet meer mee te praten.' Hij spuugde in het vuur. 'Ik heb geen enkel respect meer voor hen. Ze verdienen het niet om mijn ouders te zijn.'

Mijn vader en moeder wisselden een korte blik. Ze beseften dat er iets van hen verwacht werd, maar wisten niet precies wat. Mijn moeder stond als eerste op en legde haar hand in Axels nek. Ze deed het onhandig, alsof ze hem liever niet aanraakte.

'Ik weet zeker dat ze ook hun goede kanten hebben,' zei ze. 'Gun hun wat tijd, gun jezelf wat tijd. Het blijven tenslotte je ouders, nietwaar?'

Axel keek met vuurrode wangen weg van het vuur. Het leek alsof hij zich nu pas realiseerde dat wij naar zijn uitbarsting hadden geluisterd. Met een stoterig handgebaar wuifde hij haar woorden weg. Alsof wat mijn moeder zei het laatste was wat hij wilde horen.

De volgende ochtend begon, zoals elke ochtend, met aangelengd melkpoeder en wat muesli. Klaarmaken voor het vertrek was nu een kwestie van een paar minuten. Tandenpoetsen deden we met een restje overgebleven water, wassen ook. Soms sloeg ik het hele ritueel over.

'Te veel wassen is niet goed voor je huid,' had mijn

vader immers gezegd. 'Het haalt de natuurlijke vetlaag eraf.'

Thuis waste ik mijn haar elke dag met shampoo. Hier had ik het maar één keer gewassen, omdat het zonde was het gas daarvoor te gebruiken. Eerst was het een stuk vetter geworden, maar nu ging het iedere dag beter zitten.

'Zie je wel?' zei mijn vader. 'De natuur heeft dat allemaal heel slim bedacht. Wij mensen komen met tegennatuurlijke ideeën over wat schoon en mooi is. We grijpen door onwetendheid in de orde der dingen in.' In mijn vaders wereld paste de werkelijkheid zich aan zijn ideeën aan, leek het wel.

'Naar de grond vóór je kijken,' riep mijn vader, toen we alweer een tijdje op weg waren. 'Eva, je droomt. Je kijkt alle kanten op, behalve de goede.'

Hij versnelde zijn pas en kwam naast me lopen.

'Eén misstap kan je het leven kosten,' hijgde hij. 'Als iemand hier een been breekt, hebben we een groot probleem. Een heel groot probleem,' voegde hij eraan toe. 'De dichtstbijzijnde telefooncel waarmee we een arts kunnen bereiken is 70 kilometer hiervandaan.'

De gedachte aan een gebroken been was niet eerder bij me opgekomen, maar opeens leek het me een realistische mogelijkheid. Tommie had ooit zijn been gebroken. Hij was van een ladder gevallen toen hij een bal van het dak wilde halen.

'Het bot stak dwars door zijn nieuwe spijkerbroek heen,' vertelde zijn moeder me later. 'In de zijkant zat een scheur van wel dertig centimeter.'

'En als ik toch een been breek,' vroeg ik verder, 'wat dan?'

We liepen nu ruim een week op de toendra en waren nog geen mens tegengekomen.

'Niemand breekt hier een been,' antwoordde mijn vader. 'Ik zou niet weten waarom. Nog nooit heeft iemand in ons gezin een been gebroken. Waarom zou dat nu dan wel gebeuren? En laten we erover ophouden. Het heeft geen zin erover door te gaan.'

'Je breekt hier zo een been, hoor, papa,' zei ik. 'Er zijn genoeg stenen om over te struikelen.'

Ik keek opzij naar mijn vader, die de zwaarste rugzak van ons allemaal torste; de pannen, het gasstel en het merendeel van de proviand zaten erin.

'Ik heb mijn EHBO-diploma,' zei hij kortaf. 'Ik weet hoe ik moet spalken.'

De details van het spalken had hij me vaak verteld: rechte latten langs het been leggen en dan lappen stof er stevig omheen binden. 'De rest doet de natuur,' voegde hij er altijd aan toe.

'Het gaat niet om het spalken,' zei ik. 'Als jij een been breekt, zouden we je moeten achterlaten. Hulp gaan zoeken en je later weer proberen terug te vinden.'

Ik vroeg me af of ik verder zou gaan en besloot het te proberen. Wat had ik nog te verliezen?

'En dat met een zwaar gasstel op mijn rug,' zei ik erachteraan. 'Dat wordt toch lastig, denk je niet?'

Mijn vader zei niets. Hij deed alsof ik niet bestond.

'Papa,' zei ik, 'geef antwoord. Ik vraag je toch iets?'

Ik vond het onverdraaglijk als hij mij negeerde. De bedoeling was juist dat hij boos werd.

'Ik praat er verder niet meer over,' zei mijn vader. 'Je hebt er blijkbaar lol in het bloed onder mijn nagels vandaan te halen. Kijk jij nu maar waar je je voeten neerzet, dat is het enige waar je op moet letten. Dit is geen balletzaal, dit is de toendra. Voor de laatste keer: hou erover op. Het is afgelopen. Basta.'

'Basta basta, chocopasta,' zong ik zachtjes voor me uit. 'Je bent onverantwoordelijk bezig en je durft het niet toe te geven.'

De spieren van zijn gezicht stonden strak. Een verbeten kop heeft hij, dacht ik. Dát is nu wat mensen een verbeten kop noemen. Hij was mijn vader, ik hield van hem, maar ik kon hem niet uitstaan. Als een mug wilde ik zijn bloed wegzuigen en het met grote teugen opdrinken. Ik wilde weten hoe het smaakte.

'Je moet aardiger voor papa zijn.' We waren gestopt voor een korte pauze. Mijn moeder knielde naast me. Ik hield mijn ogen dicht.

'Hoor je me, Eva? Je moet aardiger voor hem zijn.'

'Heeft hij over mij geklaagd?' vroeg ik. 'Kan hij zijn eigen boontjes niet doppen?'

Mijn moeder zuchtte.

'Wat denk je daar nu mee te bereiken, met dat dwarsliggen? Papa heeft het al moeilijk genoeg.'

'Hoezo?' zei ik. 'Híj geniet met volle teugen. Maar voor mij is dit zwaar. Ik ben pas veertien.'

'Daar heb ik het niet over,' zei ze. 'Hij heeft het moeilijk op zijn werk. Zijn collega's dwarsbomen hem voortdurend. Hij steekt boven het maaiveld uit en dat mag niet. Daarom kleineren ze hem.'

'Hij kleineert mij,' zei ik. 'Hij neemt me niet serieus. Deze hele reis maakt hij alleen maar voor zichzelf.'

‘Dat is niet waar,’ zei mijn moeder. ‘Hij doet het voor jullie. Hij wil jullie sterken, voor later, als jullie zelf de maatschappij in moeten. Nu begrijp je dat nog niet. Als je volwassen bent zul je daar pas de waarde van inzien.’

Mijn moeder stond ongemakkelijk voorovergebogen. Ze moest haast wel rugpijn hebben, dat kon niet anders. Het was haar straf omdat ze het niet voor mij opnam.

‘Altijd maar naar het noorden,’ zei mijn vader de volgende dag, met een blik op zijn kompas. ‘Dan komen we vanzelf bij het meer.’ Mijn moeder had voor de derde keer die middag gevraagd of we wel op de goede weg waren. Ze voelde zich niet goed en wilde stoppen. Met tegenzin stemde mijn vader toe in een extra pauze.

Kort daarna zaten we om een pan heet water waarin een theezakje hing. Om de beurt schepten we met de pollepel thee in onze mok. Omdat het gewaaid had lagen er die dag veel takken voor onze voeten. Het kostte tijd die te omzeilen, maar vanwege de gevaarlijke stekels hadden we geen keus. We leefden al dagen op water dat we bij ons droegen. We deden er steeds zuiniger mee. Rivieren en beken waren we niet meer tegengekomen.

Het voordeel was dat er ook minder muggen waren, zodat mijn bulten eindelijk weg konden trekken. Mits ik niet krabde natuurlijk, wat erg moeilijk voor me was. In het tasje dat ik van de vrouw uit de camper gekregen had zat een tube gele crème voor mijn huid, maar ik had hem nog niet gebruikt. Ik wist zeker dat ik hem nog een keer echt nodig zou hebben. Maar vooral was ik bang dat wanneer de tube leeg zou zijn, mijn verbintenis met haar verbroken zou zijn.

Gespannen keken we naar mijn vader. We waren nu negen dagen onderweg vanaf de hefboom, en volgens de route die mijn ouders de weken voor het vertrek in de speelkamer zo zorgvuldig hadden uitgestippeld, moesten we onderhand bij het meer zijn aangekomen.

'Als we het kompas volgen,' zei mijn vader, 'dan kan het gewoonweg niet misgaan. Natuurwetten werken altijd en overal.'

Hij pakte het instrument in zijn hand, draaide het rond en keek er ernstig naar, alsof er meer te zien was dan het nerveus trillende wijzertje.

'Roofvogels!' riep hij opeens. Zijn wijsvinger priemde in de lucht. Er hing een groep vogels boven ons, biddend en azend op een prooi. 'Waar zien we nog roofvogels in Nederland?'

Hij haalde zijn verrekijker uit de rugzak.

'Er leven daar te veel mensen in een te klein gebied. Zo dicht op elkaars lip, dat leidt tot agressie. En luchtverontreiniging. Jazeker, die twee hebben alles met elkaar te maken. Ik zie het nu duidelijker dan ooit. We vechten met z'n allen om een stukje groen en wat schone lucht, om ons eigen plekje op aarde. Maar er is niet genoeg voor iedereen, er moet om gevochten worden. Wie heeft er eigenlijk nog een stukje grond om wat dieren op te houden, om wat groente op te verbouwen? Jaloezie,' vervolgde hij op bezwerende toon, 'al die problemen op mijn werk komen allemaal door jaloezie. Opeens zie ik het haarscherp, alsof eindelijk de mist voor mijn ogen is opgetrokken. Dat doet Lapland met me: ik ga dingen begrijpen. Het gaat allemaal om de ruimte die ik inneem. Ze gunnen het me niet. Mijn huis, mijn tuin, de lucht die ik inadem – het is ze een doorn in het oog.'

Mijn moeder knikte. 'Natuurlijk, Eduard,' zei ze. 'Natuurlijk, lieverd. Je hebt gelijk. Zoals altijd heb je gelijk. Maar hoe ver is het nu nog naar het meer?'

'Het duurt niet lang meer,' zei mijn vader, 'An, het komt allemaal in orde. Het is een kwestie van vertrouwen. Vertrouwen in God en de wetmatigheden van de natuur. Kom, we gaan verder. We hebben onze etappe van vandaag nog niet afgelegd.'

Axel zocht de rest van die middag voortdurend mijn gezelschap op, zonder dat hij een gesprek met me begon. Het werkte op mijn zenuwen. Ik vroeg me af wat hij van me wilde.

Ik kon merken dat mijn rugzak stukken lichter was dan in het begin van de tocht. Mijn schouders waren minder beurs en pijnlijk. We aten twee zakjes opgezwollen poeder per dag. Daarnaast twee zakjes muesli. Van mijn vijf liter water had ik er al drie opgedronken. Dat alleen al scheelde drie kilo. Drie volle colaflessen die ik niet langer hoefde mee te zeulen. Die dag was ik minder vermoeid toen we stopten voor de avondmaaltijd.

Terwijl mijn moeder water aan de kook bracht, stapte Axel op mijn vader af.

'Eduard,' zei hij, 'ik wil het kompas bestuderen.'

'Tuurlijk, jongen,' zei mijn vader. 'Ga je gang. Als je er maar voorzichtig mee bent. Als het kapot is, zijn we nergens meer.' Balder lag uitgestrekt aan zijn voeten en hield ondertussen iedereen in de gaten.

De spieren in Axels hals trokken samen. Een fractie van een seconde keek hij naar me, alsof hij me iets duidelijk wilde maken, of misschien wel steun van me verwachtte. Daarna pakte hij het kompas uit mijn vaders hand. Hij liep naar een steen een eindje verderop. Daarna naar een andere steen, in een andere richting. Mijn moeder riep hem na een poosje voor het eten, maar hij reageerde niet. Ik zag hem telkens rondjes lopen en naar een punt in de verte kijken. Eindelijk kwam hij bij ons zitten en at zijn koude andijviestamppot op.

'Het kompas werkt niet,' zei hij plotseling terwijl hij zijn bord op de grond zette. 'De wijzer slaat willekeurig uit. Het moet door de metalen in de grond komen.' Zijn stem sloeg over. Zijn kaken leken vierkant.

We keken allemaal naar Axel. Ik vroeg me af over welke metalen hij het had. Het gras was vochtig geworden. Dat gebeurde steeds als het avond werd. We droegen onze trainingspakken, waarin we ons hulden wanneer we gestopt waren met lopen. Mijn moeder keek naar mij en daarna naar mijn vader. Ze had kringen onder haar ogen, alsof ze een enorm slaapgebrek had. Misschien was dat ook wel zo, misschien sliep ze wel heel slecht. Ik had daar niets van gemerkt, maar ze zou er ook niet over praten. Steven tekende met zijn wijsvinger cirkels in de rulle aarde. Van het ene op het andere moment voelde ik een stekende hoofdpijn opkomen.

'Dat kan niet,' zei mijn vader kortaf. 'Je kletst uit je nek. Je moet je niet met zaken bemoeien waar je geen verstand van hebt. Laat dit aan mij over.'

Hij stak zijn hand uit om Axel uit te nodigen het kompas terug te geven. Maar Axel bleef zitten. In één beweging sprong mijn vader op.

'Hier,' zei Axel, en hij gooide het kompas voor mijn vaders voeten op de grond. 'Het is een waardeloos ding.

Een prul. We zijn domweg verdwaald. En jij, Eduard, jij wist dat al die tijd al. Je hebt ons willens en wetens misleid.'

Hij keek naar mij met de blik van iemand die zijn gelijk had gehaald. Balder gromde en ontblootte zijn tanden. De knokkels van mijn vaders vuisten werden wit. Hij wilde op Axel af lopen, maar mijn moeder ging voor hem staan.

'Opzij,' schreeuwde hij, 'uit de weg!'

'Nee,' zei mijn moeder, 'ik ga niet opzij.' Daarna zei ze tegen mijn vader op de zachte toon die ze aansloeg wanneer ze tegen een kind sprak: 'Laat Axel maar. Ik denk dat hij last heeft van de zon.' Ze wees naar Axel. 'En jij,' zei ze, 'jij gaat een ommetje maken. We moeten van elkaar op aankunnen. Op deze manier lossen we niets op.'

Axel verroerde zich niet. Zijn blik was nog steeds strak gericht op mijn vader.

'Nu!' commandeerde mijn moeder. Axel draaide zich resoluut om en beende met grote stappen weg.

'Laat hem maar alleen,' zei ze tegen Steven en mij. 'Ik vermoed dat hij een zonnesteek heeft opgelopen. Het was vandaag ook zo extreem warm.'

Ik keek Axel na. Het was geen moment bij me opgekomen hem achterna te gaan.

'Misschien heeft Axel wel gelijk en zijn we inderdaad verdwaald,' zei mijn moeder later die avond op gedempte toon tegen mijn vader. Ze zaten een eindje van mij vandaan op een paar omgevallen bomen. Ik lag languit op de grond. Mijn stekende hoofdpijn was niet meer weggegaan.

'Ik vond het al zo lang duren,' ging ze verder. 'We hadden er volgens de planning allang moeten zijn. Wat bezielde je in 's hemelsnaam om niets tegen me te zeggen? Zo raken we alleen maar verder van huis.'

Mijn vader zweeg. Wie zwijgt stemt toe, beweerde mijn moeder altijd. Ik hoopte opeens vurig dat mijn vader zou gaan praten, zijn stem zou verheffen en zou uitleggen dat ze het helemaal verkeerd zag. Maar hij hield zijn mond.

'Laten we terugkeren, Eduard,' zei mijn moeder ten slotte. Het verwijt was uit haar stem, er klonk nu wanhoop in door. 'Ik heb er geen goed gevoel bij. Misschien had dat echtpaar in die camper wel gelijk en hebben we deze tocht inderdaad verkeerd ingeschat. Een mens moet zijn fouten kunnen toegeven, dat is ook wijsheid.' Mijn moeder zat er verloren bij. Ze deed me denken aan een meisje dat verdrietig was omdat een naar jongetje de arm van haar lievelingspop af had getrokken.

Mijn vader zweeg nog steeds. Hij stond op, liep heen en weer en prevelde wat.

'Het maakt niets uit, An,' zei hij ten slotte. 'Of we nu teruggaan of verdergaan, het maakt op dit punt geen verschil meer. We moeten het meer zien te vinden, dat is ons enige ijkpunt.'

Na ongeveer een uur kwam Axel teruggelopen. Hij ging rechtstreeks naar mijn vader toe.

'Dit is mijn plan,' zei hij. 'Jij en ik gaan morgen op verkenning uit. Steven blijft bij de vrouwen, die kunnen niet zonder een man achterblijven.' Hij wees met zijn vinger naar een punt ver voor ons uit.

'Zie je die berg daar?' vroeg hij. 'Daar gaan wij samen

heen. Vanaf het hoogste punt moeten we het meer kunnen zien. Het zal ons een paar uur heen en een paar uur terug kosten. We nemen niets mee behalve water, wat muesli en mijn pikhouweel.' Hij maakte zijn pikhouweel los en omklemde met zijn hand de scherpe punt. 'Voor het geval dat,' zei hij grimmig. 'Je weet maar nooit.'

'Akkoord,' zei mijn vader, 'jij en ik gaan morgen naar de berg. Balder nemen we mee.'

Axel keek naar de hond die waakzaam naast mijn vader stond en knikte.

'We moeten vroeg vertrekken,' zei Axel nog. 'Het wordt een zware tocht en ik wil op tijd terug zijn.'

Uitgeput legde ik die avond mijn rugzak neer. Ik trok de regencape over alles heen en viel onmiddellijk in een rusteloze slaap.

Halverwege de nacht werd ik wakker met een klamme huid. Mijn haren plakten tegen mijn wangen en hals. Door mijn gewoel was mijn slaapzak in elkaar gedraaid. Ik werd onpasselijk van mijn eigen zweetlucht. Buiten was het ijskoud. Het licht dat zich aan me opdrong maakte me wakkerder dan ik wilde. Ik trok de slaapzak zo hoog mogelijk op en na een tijdje zonk ik weer weg.

'Papa,' gilde ik, 'papa, wacht op me!'

Mijn vader liep een eind voor me uit. Hij droeg zijn nieuwe pak dat hij speciaal voor mijn communiefeest had laten maken. Ik was met hem mee naar het naaiatelier gegaan ergens aan de rand van de stad, een bedompte ruimte achter een fourniturenwinkel. Op een lange tafel lagen rollen stof in allerlei kleuren. In een nis in de hoek stond onder een glazen stolp een beeld van de maagd Maria in een lichtblauwe jurk. Op haar blanke gezicht, beschenen door een waxinelichtje, lag een mierzoete glimlach die voor niemand in het bijzonder bestemd leek. De kleermaker was een kleine man met zwart haar dat glansde van de olie. Om zijn mouw zat met klittenband een speldenkussen vast. Een meetlint hing als een gebroken ambtsketen om zijn nek.

'Dit pak is voor u geknipt,' zei hij wel drie keer. Ongedurig dribbelde hij om mijn vader heen. Ik zat op een krukje met drie poten tussen grote klossen garen. Ik vond het een vreemde man, maar moest toch telkens om hem lachen. Hij had trouwens gelijk: mijn vader zag er prachtig uit. Het donkergrijs deed zijn huid goed uitkomen. Hij leek lang en slank, zoals op zijn trouwfoto.

Verder en verder liep hij het pad af. Naast hem liep een man die me vaag bekend voorkwam. Mijn vader voerde het hoogste woord. Ik hoorde hem lachen, schel en hard. Hij leek mij niet te horen.

'Papa!' riep ik nu zo hard ik kon. Mijn stem sloeg over. Hij móest me nu kunnen horen. Ik versnelde mijn pas. Toen struikelde ik en viel voorover in het harde, opgedroogde zand. Mijn lip begon meteen te bloeden. Lauwwarm vocht mengde zich met mijn speeksel. Voorzichtig tastte ik de wond af met mijn tong. Het was een kloof. Ik zag mijn vader steeds verder weg lopen, tot hij uit beeld verdween. Ik wilde opstaan maar mijn lichaam wilde niet meer. De zon brandde fel op mijn gezicht. Er kwam een geluid uit mijn keel dat ik niet thuis kon brengen.

16

Ik werd brak wakker de volgende dag. Net zoals de keer dat ik bij Madeleine thuis ontwaakte nadat we de avond ervoor stiekem likeur hadden gedronken uit een van de flessen die haar vader in zijn kelder bewaarde. Mijn benen waren zwaar en verkrampt, mijn slapen bonkten. Een eindje verderop zat mijn moeder op haar matje. In de huid van haar voorhoofd, tussen haar ogen, was een verticale frons gekerfd. Ik ritste mijn slaapzak open. Mijn moeder keek op van het geluid.

'Mama,' vroeg ik, 'hoe laat is het?'

'Eva, kindje,' riep ze uit. De frons verdween uit haar gezicht. Het werd weer zacht. Het deed me goed dat ze mijn naam noemde. Ze snelde naar me toe.

'Wat is er met je?'

'Ik weet het niet,' hoorde ik mezelf zeggen. 'Ik heb het zo koud.' Ik begon te huilen. 'En ik heb zo'n hoofdpijn.'

Mijn moeder legde haar hand op mijn voorhoofd.

'Je hebt hoge koorts,' zei ze. Ze legde haar hand opnieuw op mijn voorhoofd. De koelte van haar huid was aangenaam. Ik had gewild dat ze haar hand niet weghaalde, zodat de hitte en de pijn weg konden trekken.

'Rond de negenendertig graden, schat ik,' zei ze, terwijl ze haar hand uitschudde alsof het een thermometer was. 'Je ogen staan ook niet goed.'

Even zag ik paniek in haar blik. Er was weinig dat ze kon doen. Thuis ging ze als ik koorts had altijd redderen met natte handdoeken, met in de vriezer gekoelde washandjes en met hete drankjes met citroen erin. Ze bleef bij me zitten om er zeker van te zijn dat ik de drankjes opdronk. Ik vond ze vies, maar ze verzekerde me dat ze goed voor me waren. Daarna stopte ze me extra strak in. Op zulke dagen kreeg ik al het lekkers waar ik om vroeg.

'Laten we proberen zo rustig mogelijk te doen,' zei ze. 'Ik maak thee voor je, dat zal je goeddoen.'

Ik had medelijden met haar. Waarom deed ik het haar aan ziek te worden? Hoe had het eigenlijk zover kunnen komen? Ik was zelden ziek.

'Waar is papa?' vroeg ik.

'Hij is met Axel en Balder naar de berg vertrokken,' antwoordde ze. 'Vanmorgen om halfvijf gingen ze al op pad.'

Mijn blik zocht als vanzelf Steven. Hij zat een eindje verder op een steen. Terwijl mijn moeder water opzette wankelde ik naar hem toe.

'Hoi Steef,' zei ik. Hij wroette met een stokje in de grond en keek niet op. Als hij diep genoeg onder de aarde kwam, dacht ik, stuitte hij misschien op de metalen waar Axel het over had.

'Er moest iemand bij mama en mij blijven,' zei ik zacht. 'Dat kon niet anders.' Hij trok nu strepen op de grond.

'Je had toch niet graag die extra zware tocht gelopen,'

zei ik. 'Je had belachelijk vroeg op moeten staan.'

'Daar gaat het niet om,' zei Steven. 'Het gaat om het principe. Hij heeft me niet eens gevraagd. Ik ben zijn zoon. Niet die opgeblazen, arrogante betweter.'

'Ik ben blij dat jij vandaag bij me bent en niet Axel,' zei ik.

'Hoezo?' vroeg hij en keek eindelijk op. 'Godsamme,' riep hij uit, 'gaat het wel met je? Je ziet er doodziek uit.' Hij sprong op om me goed te bekijken. 'Je hebt iets ernstigs. Ook dat nog.'

'Maak je maar geen zorgen om mij,' zei ik. 'Er zijn ergere dingen aan de hand. We zijn verdwaald, midden in Lapland. Ons eten is bijna op en er is nergens drinkwater te vinden.'

Wat ik zei leek niet tot hem door te dringen. Als hij in paniek was, kon hij niet denken. Dat was altijd al zo geweest.

Die dag keek ik bijna doorlopend naar de berg vanaf mijn matje, waarop ik afwisselend rilde van kou en van warmte. Hij zag er vanaf deze afstand steil uit. Onbegaanbaar moest het zijn. Hoe konden ze in 's hemelsnaam omhoogklimmen tegen die donkergrijze wanden vol steengruis? Als ze een stap omhoog zetten, zouden ze de helft van de afstand weer omlaag glijden.

Ooit had ik een springprocessie gezien, in een klein stadje in Luxemburg. Zwetende mannen in witte overhemden en zwarte broeken vormden brede rijen waarbij ze de tegenoverliggende punten van zakdoeken vasthielden. Vijf stappen naar voren sprongen ze, daarna weer drie terug. Het was een idiote dans om God te smeken gekte aan je deur voorbij te laten gaan. Ze zwoegden urenlang met rode gezichten. Blijkbaar moest je je het niet te gemakkelijk maken als je doel je heilig was.

Ik tuurde en tuurde, maar zag de twee mannen noch de hond. Misschien waren ze om de berg heen gelopen, om te zien of die aan de andere kant beter begaanbaar was. Maar misschien waren ze ook gewoon te ver weg om nog te kunnen zien.

Mijn moeder drentelde om me heen. Zo nu en dan voelde ze aan mijn voorhoofd of de koorts was gezakt. Maar ik werd alleen maar warmer door het zonlicht, waarvoor ik me niet kon afschermen. Vanwege de bladerloze bomen was schaduw schaars.

'Ga maar slapen,' zei ze telkens. 'Slapen zal je goeddoen.' Ik wilde dat ze bij me bleef en me vasthield. Op de grond zitten was niet goed voor haar rug, maar ik had haar nodig. Ze was onrustig. Regelmatig stond ze op en begon op en neer te lopen in de richting waarin mijn vader vertrokken was. Er zou van alles met hem kunnen gebeuren. Wie was ze zonder hem? Haar hele leven had ze om hem heen gebouwd. Waar hij ging, ging zij ook. Zonder morren was ze meegegaan naar Lapland. Nee, ze had het zelfs mogelijk gemaakt dat we hier waren. Ze had zijn plannen tot in detail uitgevoerd. Maar nu hij haar achter had gelaten, vroeg ze zich ongetwijfeld af wat ze hier in godsnaam deed. Ze ging met opgetrokken knieën naast me zitten en klemde haar armen om haar benen. Ik besefte dat ze pijn in haar buik moest hebben. Net zoals de keer toen mijn vader zo lang wegbleef met Balder.

'Papa komt wel weer terug,' zei ik. 'Heus. Hij weet wat hij doet.'

Ze knikte en kneep in mijn hand.

'Je weet dat Balder zijn leven voor papa zou geven als dat nodig zou zijn,' zei ik. 'Bovendien is Axel bij hem. Als een van hen een been breekt, kan de ander hulp halen.'

Uit haar mond dreef een zure lucht. Zou ze nog steeds zo veel vertrouwen in Axel hebben als ze thuis had gehad?

'Denk maar niet aan die dingen,' zei ze. 'Zorg jij nu maar dat je gauw beter wordt.'

Zo oud was ze nog niet, mijn moeder. Als ze zich zou opmaken en haar haar zou opsteken, was ze vast nog aantrekkelijk. Ik probeerde me haar voor te stellen naast de vader van Madeleine. Haar arm in zijn arm, wandelend aan zee. Zou ze kunnen genieten van het leven aan de Rivièra, van uren op terrasjes zitten en uitgebreid uit eten gaan? Vond ze die dingen echt zo verwerpelijk als ze altijd beweerde, of zei ze dat alleen maar vanwege mijn vader?

Ik haatte koorts. Sinds de keer dat ik als zevenjarige boven aan de trap had gestaan en honderden wolven op me af had zien stormen, was ik bang voor ijlen. Mijn moeder vond me destijds, verstijfd van angst, in elkaar gedoken tegen de muur. Ze deed net of ze de beesten wegjoeg, maar daarvan raakte ik nog meer in paniek. De dieren wilden nu ook haar aanvallen. Pas nadat ze de dokter had gebeld, die zei dat ze me moest afsponzen met koud water, wat ze ter plekke deed, keerden de wolven me hun rug toe.

Met mijn hand in de hare doezelde ik weg. Midden op de dag was de zon het felst. Madeleine lag nu vast in Frankrijk op haar buik. Als een kat op de vensterbank wentelde ze zich in elk spoortje zon. Ze twijfelde of ze nog even zou blijven, of een verkoelende duik zou nemen in het water. Er was geen peil op haar te trekken. Misschien ging ze wel met iemand mee die ze die middag had ontmoet, naar een feest, of een café. Ze hield van uitgaan, het kon haar niet wild genoeg zijn.

Onze levens zouden later een andere kant op gaan, had ze me vaak voorspeld. Zij zou een rijke man trouwen. Madeleine wist dat geld gelukkig maakte. Als ze genoeg had hoefde ze niet te werken en kon ze de hele dag doen waar ze zin in had. Het was vast niet iemand die aardig voor haar was, ik zou meteen een hekel aan hem hebben. Natuurlijk zou ik haar voor hem waarschuwen, maar dat zou toch niet helpen. Misschien zou ik haar ook wel niet waarschuwen. Ze zou er zelf achter willen komen. Het kon haar waarschijnlijk niet schelen ook.

'Wie dan leeft, die dan zorgt,' zei ze vaak.

Rond twee uur werd ik wakker. Misschien waren ze nu op de top aangekomen. Ze hebben de verrekijker bij zich, dacht ik met een schok. Misschien kijken zij nu wel naar mij. Misschien hebben ze naar me gekeken terwijl ik lag te slapen. Nergens kon ik me verbergen deze reis, nergens was ik veilig voor de blikken van anderen. Ik klaagde over dorst. Mijn moeder zette opnieuw thee voor me – een ongekende luxe. Zowel water als theezakjes waren op rantsoen. Steven kwam bij me zitten.

'Je keel is opgezet,' zei hij.

Ik legde mijn hand erop. Het voelde alsof er vocht onder mijn huid zat.

'Herinner je je nog dat onze amandelen werden geknipt?' vroeg hij. Steven en ik waren op dezelfde dag geopereerd. We lagen naast elkaar toen we met een kapje over ons gezicht onder narcose werden gebracht, maar toen we wakker werden, waren we ieder in een andere kamer. Ik probeerde hem te roepen, maar dat ging niet. Mijn keel was een brandende wond. Eenmaal thuis mochten we samen in het bed van onze ouders liggen.

'We mochten toen zo veel ijs eten als we wilden,' zei hij, 'omdat dat verkoelend op de wond zou werken. Maar zelfs dat deed te veel pijn aan onze keel.'

Ik draaide me van hem weg. Hoe kon Steven over ijs beginnen hier op de toendra, terwijl ik zo'n dorst had?

's Middags wilde ik met rust gelaten worden. Ik kon noch mijn moeder, noch mijn broer om me heen velen. Ik was boos op mijn moeder. Omdat zij met deze reis had ingestemd lag ik nu hier, op de grond en niet in mijn bed. Ik wilde naar een dokter die me beter kon maken, of me in ieder geval een medicijn kon voorschrijven. Een of ander middel waardoor ik me beter ging voelen. Er bestonden toch speciale medicijnen tegen griep? Ik beet op mijn lip om niet te huilen, maar het gebeurde toch.

'Je bent alleen maar bezorgd omdat ik ziek ben,' zei ik tegen mijn moeder, die bij me kwam zitten. 'Ik ben een last. Wat er met mij gebeurt, kan je niets schelen.'

Ze wilde mijn hand pakken, maar ik duwde haar weg. Kort daarna viel ik in een onrustige slaap. Overal zag ik mensen. Stegen, straten, pleinen vol mensen. Het regende, harder en harder. Opeens zag ik twee mannen – of waren het een vrouw en een man? Ze hadden op me gewacht en herkenden me. Zonder een woord met elkaar te wisselen trokken ze me mee naar een steeg achteraf. Gedwee liet ik me meetrekken, alsof ik geen keus had, alsof het zo moest zijn. Ik wilde weten wat er voor me verborgen lag in deze nacht. Misschien hadden ze een boodschap voor me of zou er een geheim geopenbaard worden. De steeg, waar het ongekend stil was, lag opengebroken. Stenen lagen in metalen containers tegen de zijkant bij de huizen, daar waar eerst de stoep was geweest. Ik zag modder, zware modder in gebarsten klonten en in zalfachtige brij. Toen werd ik achterover op de grond gedrukt. Het was dus toch een vrouw, de persoon die over me heen gebogen stond. Ik zag een geconcentreerde trek rond haar mond, waarop sporen van lippenstift oplichtten. Onverwacht zachte ogen die naar mijn gezicht keken, maar mijn ogen wisten te vermijden. Ik voelde een stevige hand tegen mijn voorhoofd die me met ongekende kracht de modder in duwde. De man, die de hele tijd rustig had toegekeken, maakte nu een geul met de hak van zijn laars. Onmiddellijk stroomde er lobbig bruin water doorheen. De twee mensen rolden me met hun schoeisel de geul in. Het dikke, klonterige water kwam in mijn mond en in mijn neus. Ik moest omhoogkomen om adem te halen, maar de vrouw bleef genadeloos duwen, terwijl de man met zijn laars op mijn borst duwde.

Om acht uur kwamen ze terug. Ik zag hen al van grote afstand aankomen: Axel, lang, rechtop, verend bij elke stap die hij zette; vlak daarachter mijn vader, die opeens kleiner dan anders leek. Hij schuifelde, alsof hij bang was te vallen. Ik schrok ervan hoe uitgeput hij eruitzag.

Balder liep een eindje achter hen aan. Hij hinkte.

'We weten welke kant we op moeten,' zei Axel meteen na aankomst tegen ons. 'Morgen trekken we voor dag en dauw verder.'

Mijn vader deed zijn rugzak af en plofte neer.

'Hè, hè,' zuchtte hij. 'Wat een zware dag. Wat een ontstellend zware dag.'

Hij nam een teug water uit zijn veldfles. Aan zijn gezicht zag ik dat hij het lauwe water met de onnatuurlijke smaak smerig vond. Er zaten zwarte strepen op zijn mouw en ik zag een schaafwond op zijn elleboog. Hij was uitgegleden, dat kon niet anders. Die hele berg lag natuurlijk bezaaid met kiezels. Het was een wonder dat hij de top had bereikt.

'Maar we weten nu hoe we verder moeten, An,' zei hij. Hij ging languit op zijn rug liggen, heel voorzichtig, alsof elke beweging hem pijn deed. Toen hij zijn ogen sloot, viel het me op hoe diep die in zijn gezicht verzonken lagen. Hij was inderdaad vermagerd de afgelopen tijd. Ik zag de oude man in hem die hij zou worden. De plaatsen waar de groeven zouden komen waren gemarkeerd. De huid van zijn hals was dun en had zijn veerkracht al verloren. Balder lag naast hem zijn poot te likken.

'We zullen hier moeten blijven, Eduard,' zei mijn moeder. 'Eva heeft hoge koorts. Het is gevaarlijk daarmee door te lopen.' Ze keek me zonder onderbreking aan. Ik hield mijn hoofd al die tijd zo stil mogelijk vanwege de pijn.

'Dat kan niet,' antwoordde Axel fel. 'We moeten verder, de proviand raakt op. We hebben al genoeg tijd verdaan.' Hij stond nu naast me, zijn rechterschoen raakte net niet mijn gezicht. 'We zullen haar spullen onder de mannen verdelen om haar zoveel mogelijk te ontzien.' Hij hurkte nu bij me neer.

Mijn vader opende plotseling zijn ogen en richtte zich op. Opeens was ik omringd door ogen en handen van mensen die me iets duidelijk wilden maken.

'Dat begrijp je toch wel, hè?' zei mijn vader tegen me. 'Als we moeten wachten tot je koorts weg is, overleven we het niet.'

Ik knikte. Ik begreep dat we niet anders konden dan verdergaan, ziek of niet. De tocht was een zaak van leven of dood geworden. Aan mij zou het niet liggen. Ik zou mijn uiterste best doen.

De volgende ochtend vroeg wekte mijn moeder me door haar hand over mijn haar te strijken. Ze maakte lange halen, beginnend bij mijn kruin. Langzaam trok ze me zo uit een diepe slaap. Maar ik werd niet echt wakker, leek het. Ik droomde verder, een angstige droom, ook al wist ik niet precies waarover hij ging. Ik zag rode ogen die me brutaal aanstaarden.

Was hij er weer, na al die jaren, de vlinder? Hij was reusachtig, net zo groot als mijn bed. Roestbruin met felgele kronkelranden. Midden op zijn vleugels zaten zwarte plekken met rode stippen. De vlinder verdween die nacht niet. Ook niet nadat mijn moeder het bed had afgehaald, opnieuw had opgemaakt en mij er alleen in achterliet. Alsof ze enige invloed op het komen en gaan van de vlinder had.

Mijn moeder hielp me met aankleden, met het aantrekken van mijn schoenen en het strikken van de veters.

Daarna gaf ze me een aspirine, de laatste uit de strip. We moesten er zuinig mee zijn. Er waren nog twaalf aspirines voor de hele tocht en er kon nog van alles gebeuren. Nadat ik op aandringen van mijn moeder een paar happen muesli had gegeten – 'Echt, je moet toch iets eten, Eva' – gingen we op pad. Mijn rugzak was lichter dan ooit. Axel liep voorop, een meter of twintig voor ons uit. Vanaf nu was hij de leider. Hij zou aangeven welke kant we op gingen. Ons leven lag nu in zijn hand.

We zetten er flink de vaart in om de extra pauzes die ik nodig had te compenseren. Mijn ouders en Steven gingen tijdens de rustmomenten op het gras of op een vlakke steen zitten. Ik ging languit liggen, het kon me niet schelen waarop. Axel bleef staan. Met zijn armen over elkaar keek hij op ons neer en wachtte ongedurig tot we weer verder konden. Elke stap viel me zwaar en deed pijn. Flarden gesprekken van de vorige avond spookten door mijn hoofd. Steven week geen moment van mijn zijde.

'Gaat het?' vroeg ik. Ik zag hem telkens met zijn handen aan de schouderbanden van zijn rugzak trekken. 'Is het niet veel te zwaar voor je, met die extra spullen van mij erbij?'

Steven woog nauwelijks meer dan ik. Hij at dan ook bijna niets. Ooit had hij me verteld dat hij van honger high werd, waardoor hij beter ging tekenen.

'Voel je daar nu maar niet schuldig over, zusje,' zei hij. 'Zorg jij nu maar dat je gauw beter wordt. Eigenlijk zou je nu in bed moeten liggen en verzorgd worden. Het is gevaarlijk om door te gaan bij griep. Mensen gaan er dood aan, vooral oude mensen en kinderen. Weet je nog toen ik in de Ardennen was? Het ging echt niet meer, ik zou gewoon van de rots zijn gevallen.'

Die ochtend zwegen we voornamelijk, maar in de loop van de middag werd Axel spraakzamer. Zijn ogen glansden en hij bewoog zich als een montere reisleider voor een groep toeristen. Regelmatig wees hij op vogels en kleine dieren die over de grond kropen. Niet dat ik ze zag.

'We moeten de moed erin houden,' verklaarde hij. 'Nu komt het erop aan te laten zien wat we waard zijn, om net iets verder te gaan dan we dachten te kunnen.' Hij zei het tegen niemand in het bijzonder. Niemand reageerde er dan ook op.

'Grenzen verleggen,' ging hij onverstoorbaar verder, 'dat heb ik geleerd op de survivaltraining in de Ardennen. Dat komt me nu goed van pas. Ik weet dat ik nooit zal opgeven. Nooit.'

Tegen etenstijd, terwijl wij nog nahijgden, zorgde hij voor het vuur waarop we water konden koken. 'Het loopt gesmeerd,' zei hij, terwijl we drie kwartier later onze zoveelste wortelstamppot aten. Hij stond erop dat ik genoeg at. 'Je bent het aan jezelf en ons verplicht er alles aan te doen om aan te sterken,' zei hij. 'Het lopen en de koorts vergen veel van je lichaam.' Ik deed gedwee wat hij zei, voornamelijk omdat ik te ziek was om tegen hem in te gaan.

Ongevraagd hielp hij me tegen de avond met de voorbereidingen voor de nacht. Hij koos een vlak plekje op het gras voor me uit, dat hij zorgvuldig met zijn handen vrij van kiezels en takken maakte. Hij vouwde zijn T-shirt over mijn rugzak bij wijze van kussen. Daarna keerde hij mijn slaapzak binnenstebuiten, klopte hem uitvoerig uit en maakte hem weer in orde.

'Ga maar lekker liggen,' zei hij. 'Ik zorg wel voor de rest.'

Hij voelde met zijn hand op mijn voorhoofd en toen dieper, onder de boord van mijn T-shirt, in mijn hals.

'Nog steeds koorts,' zei hij, 'maar je bent aan de beterende hand.'

Hij bleef tergend lang om me heen dralen. Zijn zweetgeur was onverdraaglijk, maar ik was te beroerd om hem weg te sturen.

17

We liepen nu twee dagen sinds Axel, mijn vader en Balder de berg op waren geklommen om zich te oriënteren. Axel liep nog steeds voorop. Hij bleef vrolijk en verzekerde ons voortdurend dat we er bijna waren. Balder hinkte nog erger dan eerst. Bij elke rustpauze likte hij kermend aan zijn rechterachterpoot. Mijn vader had er al naar gekeken, maar niets gevonden. De watervoorraad was bijna op. Er zat nog maar een bodempje in onze flessen. We hadden hooguit voor enkele dagen eten. Echt veel langer konden we het niet meer rekken. We wisten het allemaal, maar zwegen erover. Alsof we voelden dat we alleen konden overleven als we de moed erin hielden. We liepen op wilskracht. Steven hield op een van zijn tekenvellen bij hoeveel zakjes eten we nog in voorraad hadden.

'Ausdauer,' zei mijn vader die avond, 'uithoudingsvermogen, daar gaat het in het leven om. Als ik jullie één ding met mijn opvoeding hoop bij te brengen, is het dat.'

Hij keek Steven en mij aan – eerst Steven, toen mij, daarna weer Steven, waar zijn blik bleef steken. Axel sloeg het tafereel vanaf een afstandje gade, terwijl hij water kookte.

'Afhakers zijn er genoeg in de wereld,' ging mijn vader verder. 'Iedereen stuit in zijn leven op een moment dat het erop aankomt. Vroeg of laat is het zover. Dan moet je voorbereid zijn en alles op alles kunnen zetten om te overleven.'

Ik besefte dat hij meer tegen zichzelf sprak dan tegen ons.

'Als het moet,' voegde hij eraan toe, 'kan een mens dagen zonder eten – ja, zelfs zonder drinken.'

Zijn ogen zagen er hol uit, zijn gezicht mager. Ongetwijfeld zag ik er ook zo uit.

'Jongens,' deelde hij ons toen mee, 'de rantsoenen worden vanaf nu gehalveerd. Als we de helft eten, kunnen we er twee keer zo lang mee doen.'

'Ik heb het gehoord, pa,' zei Steven, en hij liep weg. Mij maakte het niets meer uit, mijn eetlust was al verdwenen. Honger had ik alleen de eerste dagen gehad. Het wende blijkbaar. In het begin dacht ik voortdurend aan eten, maar nu niet meer. Wel had ik alsmaar dorst. Mijn koorts was weg. Ik voelde me slap, maar ook dat wende.

'Zie je wel, An?' zei mijn vader. 'Ik wist hoe ongelooflijk sterk Eva is. Anders had ik het ook nooit met haar aangedurfd.'

Ik zag grijze haren bij mijn moeders slapen die ik nooit eerder had gezien. Ik voelde me er schuldig over.

Steven ging een eindje verder op een steen zitten met een tekenvel en zijn kroontjespen.

Ik dacht erover Madeleine te schrijven, haar te vertellen wat er zoal gebeurde tijdens mijn dagen op de toendra en mijn nachten onder de blote hemel in een trainingspak met mijn rugzak als hoofdkussen. De ellendige koorts, het kompas waarop we niet konden vertrouwen, het gebrek aan water, de gehalveerde rantsoenen. Madeleine zou het niet begrijpen. Ze zou het niet eens geloven.

'Wie gaat er nu op vakantie vrijwillig honger en dorst lijden?' zou ze zich hardop afvragen. 'Wie gaat er nu naar een gebied waar niets te beleven valt?' Ze zou een glas cola inschenken en het met grote slokken achter elkaar leegdrinken. 'Jullie zijn gek.' Drie keer achter elkaar zou ze dat gillend van de lach zeggen, tot ik haar zou smeken ermee te stoppen. Ze zou dan haar schouders ophalen en er verder het zwijgen toe doen. Voor haar was daarmee de kous af. Zou ik ooit iemand kunnen uitleggen wat ik hier deed? Waarom ik hier in 's hemelsnaam rondliep? Uithoudingsvermogen had ik immers in overvloed. Ik hield het mijn leven lang al vol.

Die avond aten we met z'n vijven één gevriesdroogde maaltijd. Steven at een paar happen en liet de rest op zijn bord liggen. Mijn moeder drong erop aan dat hij meer at, maar toen ze even niet oplette schoof hij het restant eten naar mij. Hij maakte een afwezige indruk.

Na het eten ging Steven in elkaar gedoken op zijn dunne rubberen matje zitten, ver weg van de anderen. Een aantal opgevouwen A4'tjes lag op zijn schoot. In zijn linkerhand klemde hij zijn pen.

'Je zit ergens op te broeden, Steef,' zei ik. 'Ik zie het aan je.'

Het was al laat, de anderen lagen her en der te slapen.

'Ik zit gewoon te tekenen,' zei Steven zacht, terwijl hij zijn hand op de papieren legde om ze voor me te verbergen.

'Steven,' zei ik, 'er is iets. Je bent al dagen stil en ik heb je al een tijd niet meer zien lachen.' Ik raakte met mijn vingers zijn baardhaar aan. 'Je wordt een echte wilde.'

'Niet doen,' zei hij, 'blijf van me af.'

'Ik probeer je alleen maar te helpen, hoor,' antwoordde ik. 'Je kunt me vertrouwen, ik hou alles voor me.' Door mijn gespreide wijs- en middelvinger spuugde ik op de grond. 'Ik ben geen kind meer.'

'Er is niets, helemaal niets,' zei Steven.

'Nou, dan niet,' zei ik. Resoluut wandelde ik bij hem vandaan. Lang zou het toch niet duren.

'Wacht,' riep hij. Ik draaide me om en ging dicht tegen hem aan zitten. 'Er is wel iets,' zei hij. 'Maar je mag er met niemand over praten.'

Ik knikte. Hij haalde diep adem voor hij begon.

'Ik heb mijn testament gemaakt de laatste dagen,' fluisterde hij. 'Ik heb niet veel spullen, maar wel een paar dingen die belangrijk voor me zijn.'

'Steven,' zei ik, 'hou op!'

'Sst,' zei hij, 'je zou toch luisteren? Dat had je net beloofd. Ik heb alle instructies hier opgeschreven. Het is bedoeld voor Ellen.'

'Wat voor instructies?' vroeg ik. 'Waar heb je het over?'

'Instructies voor de verdeling van mijn spullen natuurlijk,' zei Steven. 'Mijn tekentafel is voor haar. Onder mijn bed ligt een volle map. De meeste van de tekeningen heeft niemand nog gezien, behalve zij. Het zijn naakten van haar. Ze zou het vervelend vinden als die in handen van anderen vielen.'

'Heb je haar naakt gezien?' vroeg ik.

Steven knikte. 'Ja, ze was mijn naaktmodel.' Hij bestudeerde mijn gezicht. 'Zoiets is heel normaal, hoor. Het is eerder raar dat zij' – hij wees met zijn kin in de richting van mijn ouders – 'zo preuts zijn.'

Ik dacht aan de keren dat hij met Ellen naar zijn kamer was gegaan en de deur op slot had gedaan.

'Ik heb ook iets voor jou,' zei hij. 'Jij mag mijn tekendoos met pennen hebben. Mijn goede vulpen zit erin. Als je er net zo voorzichtig mee omgaat als ik, kun je er je hele leven mee doen. In ieder geval moet je altijd het dopje erop schroeven, anders droogt de punt uit. En geen goedkope inkt gebruiken. Daar raakt hij van verstopt.'

'Denk je dat het afgelopen is met ons?' vroeg ik. Het leek alsof alle speeksel uit mijn mond gevloeid was.

'Ja,' zei Steven. 'Het is een kwestie van tijd, maar we zullen allemaal doodgaan. We zijn verdwaald. Pa heeft het ook opgegeven, anders zou hij het heft niet uit handen hebben gegeven. En Axel doet maar wat, hij hangt de stoere reisleider uit, maar weet het ook niet.'

Hij stond op en maakte een beweging met zijn been. Het leek alsof hij zou gaan springen, maar hij hield er meteen mee op en ging weer zitten.

'Aan mij heeft niemand iets,' ging hij verder. 'Ik heb totaal geen verstand van deze dingen. Echt, ik ben niet de zoon waar hij op gehoopt had. Hij had een type als Axel moeten hebben. Hij vindt mij een slappeling. Je moet maar eens opletten hoe hij naar me kijkt. Hij neemt het me kwalijk dat ik het niet naar mijn zin heb en dat ik altijd aan het hannesen ben met het maken van een kampvuur. Ik denk dat hij diep in zijn hart mij de schuld geeft van deze ellende.'

Hij sprak langzamer dan anders, alsof hij dronken was en moeite moest doen zich op de uitspraak van zijn woorden te concentreren.

'Toen ik klein was, vond hij het al vreselijk dat ik liever tekende dan timmerde. Bovendien,' zuchtte hij, 'is mijn lichaam niet sterk. Ik heb zolang we hier zijn al diarree. De rugzak snijdt in mijn schouders. Ik zou het liefst hier achterblijven, zoals zwakke en zieke dieren doen. Misschien doe ik dat ook wel, achterblijven. Dan ben ik niemand meer tot last. Ik ben klaar voor de dood. Ik geef jou de brief. Misschien kom jij nog bij een stadje, of ontmoet je nog iemand. Niet dat ik dat geloof, trouwens.'

Dood. Ik had mijn oudtante dood gezien. Ze lag op haar bed toen mijn moeder me riep om afscheid te nemen. Niet haar eigen bed in de slaapkamer boven, maar een hoog ijzeren bed dat midden in de huiskamer stond. Ik wilde niet binnenkomen, maar mijn moeder drong aan. Traag liep ik op haar af. Haar ogen waren gesloten, haar mond hing een stukje open. Over haar intens bleke huid lag een waas poeder dat in de vouwen naast haar mond klonterde. Op haar wangen zat een rode blos en haar lippen waren gestift. Een belachelijk gezicht. Ik draaide me om en liep naar buiten. Hier wilde ik niets mee te maken hebben. Ik wilde er niet meer over praten, niet in de auto op de terugweg naar huis en ook later niet. Maandenlang droomde ik over deze vrouw van wie ze na haar dood een clown hadden gemaakt.

Heel even overwoog ik me om te draaien, maar Steven zag er zo hulpeloos uit dat ik dat niet kon.

'Steven...' zei ik. Mijn stem klonk schor. Ik wilde hem troosten, roepen hoe onzinnig het was, zeggen dat het allemaal goed zou komen, maar ik kreeg het niet uit mijn keel. Voor het eerst merkte ik hoe uitgeput ik was. De koorts had zijn sporen achtergelaten. Mijn broek zwabberde om mijn benen en zakte van mijn heupen. Ik had een raar kuchje ontwikkeld, dat me veel energie kostte. Mijn vader noemde het een irritante zenuwtrek.

Het begon guur te worden en het werd tijd dat ik me in mijn slaapzak ritste. Was het wel zo onzinnig wat Steven zei, vroeg ik me plotseling af. Ik schrok van die gedachte. Doodgaan hier leek opeens heel goed mogelijk. Het was net zo dichtbij als mijn oudtante destijds op het vreemde bed in haar eigen huis. Als je niet wegliep, kon je de dood aanraken. Je kon je vinger of zelfs je hele hand erop leggen en er zou niets gebeuren. Op een dag was het zover. Ik stelde me voor dat ik net als vanavond de slaapzak zou dichtritsen. Het zou mijn lijkzak worden. Doodgaan van de honger was minder erg dan doodgaan van de kou, leek me. Zouden we allemaal op hetzelfde moment bezwijken, of zou mijn vader het nog een paar dagen langer uitzingen? Zou hij doorlopen of nog van ieder van ons afscheid nemen? Misschien zou het einde wel vredig zijn. Gewoonweg afgelopen, niet meer mezelf van dag tot dag hoeven voortslepen.

'Laten we gaan slapen,' zei ik. Steven knikte.

'Welterusten, zusje,' zei hij zacht. 'Slaap lekker.'

Ik was graag even bij hem gekropen om mijn hoofd in zijn arm te leggen, maar de slaapzak was te klein. En zelfs nu zou hij dat niet op prijs gesteld hebben.

Die nacht begreep ik wat Steven bedoelde met high van de honger. Mijn gedachten waren uitzonderlijk helder. Ik stond om drie uur op en schreef Madeleine een uitgebreide brief op blaadjes die ik uit mijn schrift scheurde. Ik vond het van het grootste belang haar te vertellen dat ze moest uitkijken voor de jongen in de blauwe zwembroek met wie ze op de boot cola dronk. Hij was er niet op uit haar gelukkig te maken. Hij begreep niet wat ze nodig had. Hij had geen idee.

18

Toen ik me de volgende ochtend oprichtte, zat mijn vader in zijn logboek te schrijven. Weet je wel dat we straks allemaal dood zijn, had ik hem willen toeroepen. Kan het je dan helemaal niets schelen?

'Waar ben je mee bezig?' vroeg ik. Tot mijn verbazing klonk ik aardig, oprecht belangstellend.

'Ha, Eva,' zei hij. 'Je bent wakker. Ik zal het je uitleggen. Kijk, je weet maar nooit wat voor ontdekkingen je onderweg doet. Stel, je vindt iets, een meteoriet bijvoorbeeld. Dan is het van belang te weten hoe en wanneer je die ontdekking gedaan hebt. Wat eraan vooraf is gegaan, en waar je precies bent. Daarom schrijf ik alles in mijn logboek op. Want denk maar niet dat je later op je geheugen kunt vertrouwen. Je zult merken dat je door alle emoties de belangrijkste feiten vergeten bent.'

'Maar,' zei ik, 'we hébben toch geen meteoriet gevonden? We zijn toch helemaal niets tegengekomen, behalve rendierskeletten en dode bomen?'

Mijn vader keek me aan met toegeknepen ogen.

'Luister,' zei hij. 'Het komt er in het leven op aan altijd je ogen open te houden, doorlopend voorbereid te zijn op het onverwachte.' Plotseling rechtte hij zijn rug. 'Ik,' zei hij, 'ben te allen tijde voorbereid.'

Daar was hij, mijn vader, de commandant van het oefenpeloton van de Bescherming Bevolking, klaar om te vertrekken naar een brandend flatgebouw, om in te grijpen na een natuurramp. Altijd had ik op die momenten diep ontzag voor hem gehad. Nu vond ik hem bespottelijk.

Die dag legden we twintig kilometer af, althans volgens de schatting die Axel maakte, waarbij hij extra tijd rekende voor onze vermoeidheid en het slechte wegdek. Mijn vader liep de hele tocht voorop, in zo'n regelmatig ritme dat ik vermoedde dat hij in zichzelf marsliederen zong. Zoals de colonnes soldaten die bij ons thuis door de straten marcheerden, luid zingend, keurig in het gelid. Jonge mannen met groene baretten die me met hun ogen volgden wanneer ik voorbij fietste.

Angstvallig hield ik Steven in de gaten. Hij zou in staat zijn zich zomaar ergens te verstoppen om zo ongemerkt achter te blijven. Niet dat je je gemakkelijk kon verstoppen op de toendra, maar zijn opmerking over zwakke en zieke dieren spookte voortdurend door mijn hoofd. Zou het waar zijn? Zouden dieren dat echt doen: opgeven als er geen hoop meer was? Maar hoe wisten ze zo zeker dat alle kansen verkeken waren? Balder hinkte nog steeds. Het leek zelfs erger geworden.

Mijn moeder liep op de automatische piloot. Ik moest denken aan een kind dat op verzoek van haar ouders een etude op de piano voorspeelt: plichtsgetrouw, vreugdeloos. Het deed me verdriet haar zo te zien. Ik vroeg me af of het nog goed zou komen met ons. Of er ooit weer een tijd zou komen waarin we als gezin net zo zouden leven als vóór het vertrek hierheen. Samen ontbijten aan de keukentafel, onze vier borden op het zorgvuldig gladgestreken tafelkleed waarop mijn oudtante bloemen geborduurd had. Ik verlangde er zo vurig naar dat het pijn deed het beeld voor ogen te zien.

Aan het eind van de dag zaten we in een cirkel op de grond en lepelden gezamenlijk onze avondmaaltijd naar binnen. Steven at, voor zover ik dat kon inschatten, gulzig en met smaak. Mijn moeder vertelde een verhaal dat ik nog nooit had gehoord. Dat ze als kind van zes in een klooster had gewoond toen haar moeder lange tijd ziek was. En dat de non, in wier cel haar ledikant stond, haar beschouwde als haar dochter en zij de non als haar moeder. Bij het afscheid, een jaar later, moesten ze letterlijk uit elkaar worden getrokken. Mijn moeder liep een paar weken later van huis weg om de non te zoeken en wist haar nog te vinden ook. De vrouw hield haar een week lang angstvallig in haar cel verborgen, tot het uitkwam. De week in de cel was de gelukkigste tijd uit haar leven geweest. Na het gedwongen afscheid, waarvan ze besefte dat het dit keer voorgoed was, kreeg ze zo'n zware keelontsteking dat ze een maand lang niet had kunnen praten.

Ook mijn vader kende dit verhaal niet. Hij luisterde geboeid, tot het vuur langzaam uitdoofde. Mijn moeder leefde op van de aandacht, van onze vragen naar details. Zo had ik haar nooit eerder gezien.

Op de vroege ochtend van de volgende dag regende het. Van het ene op het andere moment vielen er grote druppels uit de lucht. Ik lag net als de anderen nog te slapen.

Steven had het als eerste door.

'Wakker worden,' riep hij. 'Alles wordt nat.'

Ik zocht mijn poncho onder in de rugzak, gooide hem over mijn hoofd en maakte het klittenband los. Daarna zette ik de capuchon op en trok het koord strak onder mijn kin. Mijn rugzak en slaapzak propte ik tussen mijn benen. Het tikken van de regen klonk oorverdovend tegen het zeildoek. Pas op dat moment keek ik naar de anderen. Mijn vader had die nacht, als alle andere nachten, zijn poncho over zijn slaapzak getrokken. Hij zat als een Michelinmannetje rechtop in de regen. Grote druppels vielen van zijn voorhoofd op zijn schoot. Balder school tussen zijn benen. Dikke druppels hingen aan zijn vacht. Als hij was opgedroogd, zou hij vast vreselijk stinken. Mijn moeder worstelde nog met haar poncho. Zenuwachtig vouwde ze hem open en zocht naar koordjes en bandjes. Ondertussen regende haar slaapzak nat.

'An, opschieten,' riep mijn vader. 'Als het dons nat wordt, komen er klonten in. Dat komt nooit meer goed.'

Steven had hetzelfde gedaan als ik. Hij had zijn schouders opgetrokken en zijn hoofd ertussen laten zakken. Onze blikken kruisten elkaar even, als die van twee gevangenen tijdens het luchten. Axel stond rechtop met zijn armen over elkaar. Zijn poncho hing tot op zijn enkels. Zijn handen hield hij eronder verborgen. Een paar seconden lang vroeg ik me af of hij een ziener was, degene die wist wie er verdoemd was en wie niet.

'Het kan wel blijven plenzen,' riep hij. 'We moeten verder trekken. Dit kan nog wel de hele dag duren, het heeft geen zin te wachten tot de regen ophoudt.' Nee, wist ik weer, Axel was gewoon een irritante betweter die plezier had in survivaltochten en het er hoe dan ook, desnoods als enige, levend van af zou brengen.

Mijn vader knikte. Axel had blijkbaar gelijk. Hoe hadden we zo dom kunnen zijn? Vanonder mijn poncho propte ik zo goed en zo kwaad als het ging mijn slaapzak in de rugzak. Het water droop van mijn handen. We zouden natuurlijk allemaal stinken aan het eind van de dag, met onze natgeregende kleren en haren.

Pas na de lunch hield het op met regenen. Ik was klam van het zweten onder het zeildoek. Mijn sokken waren doorweekt. Toen ik onderweg de poncho omhoog had gedaan om te plassen was mijn onderbroek nat geworden. Hij was nog niet opgedroogd. De bomen, de grond – alles om ons heen was verregend. We konden vanwege het natte hout niet eens een vuur maken om ons bij te drogen en water op te koken. In de loop van de middag droogden mijn kleren langzaamaan op.

'Je hebt nauwelijks iets in je maag, Steven,' zei mijn moeder onder het avondeten.

Mijn vader had zoals altijd snel zijn bord leeggegeten. Zo had zijn moeder het hem geleerd: vlug met de hand, vlug met de tand. Ons getreuzel werkte hem op de zenuwen, maar hij had ons nooit kunnen leren net zo snel te eten. Mijn moeder deed er niet aan mee, zij hield van gezelligheid aan tafel.

Toen hij zijn bord op had, was mijn vader met Axel en de hond een stuk gaan lopen om te zien of er een spoor van het meer te bekennen viel.

'Probeer nu toch wat te eten, lieverd,' zei mijn moeder.

'Ik heb geen honger, ma,' antwoordde Steven.

Mijn moeder perste haar lippen op elkaar.

'Je moet eten,' zei ze ferm. 'Kijk nu toch eens hoe mager je wordt. Je bent vel over been. En je levert nota bene een fysieke topprestatie. Kom, eet nu toch wat.' Ze schoof het bord waar ze zojuist wortelstamppot op geschept had naar hem toe.

'Getver,' zei Steven, 'het lijkt wel kots. De kots van een aasgier die te veel dood rendier heeft gegeten.'

Hij schoof het bord zo ver mogelijk van zich af.

'Steven, toch,' zei ze, 'zo praat je niet over eten!'

'Hoezo?' zei hij. 'Al die rendierskeletten onderweg kunnen toch ook jou niet ontgaan zijn, ma? Hoe denk je dat die zo schoon zijn geworden?'

Mijn moeder zweeg.

'Ik ben het zat,' zei hij, 'begrijp je dat niet? Ik ben geen peuter meer die je tegen zijn zin eten kunt opdringen.'

Met een zeurderig stemmetje deed hij haar na terwijl hij een denkbeeldige lepel voor zijn mond hield. 'Hapje voor pappie, hapje voor mammie. Kijk, het vliegtuigje komt eraan, zzzzz.'

Met zijn vuist sloeg hij op de grond.

'Hoor eens even,' schreeuwde hij, 'als ik geen zin heb om te eten, eet ik niet. En als ik doodga van de honger, is dat mijn zaak. Punt uit.'

Mijn moeder keek Steven met open mond aan. Haar schouders hingen omlaag, haar armen lagen werkeloos langs haar lichaam. Toen zag ik tranen over haar gezicht lopen.

'Ik bedoel het alleen maar goed,' snikte ze. 'Het is toch normaal dat een moeder voor haar kinderen wil zorgen?

En ja, ik heb jullie gevoerd toen jullie klein waren. Elke dag, met liefde. Ik zal je zeggen dat dat de fijnste herinneringen uit jullie kindertijd zijn. Toen hielden jullie nog van me. Toen waren jullie blij met me. Jullie luisterden als ik iets vertelde.'

'Je vond het alleen maar leuk omdat we toen nog geen eigen mening hadden,' zei Steven droog. 'Vanaf het moment dat we zelf gingen bepalen wat we wilden, was voor jou de lol eraf.'

'En nou ben ik het spuugzat!' zei mijn moeder. Ze snoof als een klein meisje dat haar neus vol snot ophaalt.

'Jullie hebben totaal geen respect voor me,' ging ze verder. Ze huilde niet meer en spuugde ieder woord met veel speeksel uit. 'Jullie beseffen niet eens welke opofferingen ik me al die jaren heb getroost.' Ze keek naar Steven alsof ze hem wilde aanvliegen.

'Kijk me aan, Steven,' zei ze. 'Kijk me aan, als je dat tenminste durft.' Langzaam richtte Steven zijn blik omhoog. 'En haal die spottende blik uit je ogen,' zei ze erachteraan.

'Je vergist je in me,' zei Steven uitzonderlijk kalm. 'Ik ben allang niet meer het jongetje dat ik toen was. Ik wou dat jij eens leerde naar mij te luisteren.'

'Hoe denk je dat het voor een moeder is om te zien dat haar zoon zichzelf doodhongert?' schreeuwde ze.

Steven zei niets. Hij staarde naar zijn bord.

'Nou?' zei ze. 'Geef antwoord.'

'Als je denkt dat je me zo aan het eten krijgt,' zei Steven, 'heb je het mis. Ik praat niet meer tegen je tot je naar mij luistert.'

‘Ik praat niet meer met je totdat je normaal gaat eten,’ zei mijn moeder. ‘Je bent mijn kind. Zolang je bij mij in huis woont, ben ik verantwoordelijk voor je.’

‘O,’ zei Steven, ‘dus daar is het je om te doen – om wat anderen wel niet zullen zeggen als ik straks dood ben?’

‘Je gaat te ver, Steven,’ zei ze. ‘Je gaat nu over alle grenzen heen. Kom eerst maar eens bij zinnen en dan praten we verder.’ Ze draaide zich om en liep weg.

Mijn vader en Axel kwamen luid pratend aanlopen. Balder hinkte erachteraan. Alsof we het zo hadden afgesproken gingen we ons tegelijkertijd klaar maken om te gaan slapen.

We legden ons matje op de nog natte grond. Balder ging dicht tegen mijn vader aan liggen. Hij likte zijn pijnlijke poot en beet in een van de eeltkussentjes. Mijn vader keek er opnieuw naar, maar zag nog steeds niets. Daarna aaide hij hem langdurig over zijn kop, maar Balder bleef kermend doorgaan met likken en bijten. Voor de zekerheid deden we de nog vochtige poncho’s over onze slaapzakken. Die nacht bleef het droog.

Ik hield mezelf voortdurend met mijn kuchje wakker. Misschien had mijn vader wel gelijk. Misschien wás het wel een zenuwtic. Ik miste de kussens op mijn bed. Stuk voor stuk probeerde ik ze voor me te zien: de stof waarvan ik ze gemaakt had, de ronde en vierkante vormen, de franjes die ik eraan had genaaid. Op elk ervan had ik mijn initialen geborduurd. Maar ze waren zo ver weg dat ik zelfs de geur niet meer kon oproepen.

Ik was ervan overtuigd dat Madeleine naast me lag. Ik streelde mijn hand en verbeeldde me dat het haar hand was. De hare was bleek en zacht. Kleiner dan mijn hand, met spitse nagels, die ze in vorm hield met een kartonnen vijl.

'Hoe vind jij het hier?' vroeg ik haar.

'Vreselijk, Eva,' zei ze samenzweerderig. 'Dit is toch niets voor ons? Kom, laten we naar buiten sluipen en ontsnappen. Laten we bij de snackbar frites gaan halen.'

'Madeleine,' fluisterde ik, 'ik ben bang.'

'Waarvoor?' vroeg ze. 'Waarvoor ben je bang?'

'Eksters,' zei ik. 'Ze kijken me aan met de ogen van Dennis. Ze hebben zijn ogen gestolen en nu is hij naar me op zoek. Hij wil ze terug. Ik moet voor hem de eksters uit de lucht halen.'

'Welnee,' zei Madeleine. 'Je moet hem niet helpen. Laat hem maar struikelen over de takken hier. Hopelijk breken zijn benen in honderd – nee, duizend stukken. Dat is zijn verdiende loon.'

'Weet je,' zei ik, 'hij bedoelde het goed. Hij wilde me geen pijn doen. Hij deed alleen maar zo omdat Axel hem bedreigde. Hij raakte in paniek.'

Madeleine haalde haar schouders op en liep weg. Ze danste over de takken, die onder haar voeten kraakten. Ze sprong hoog de lucht in, maaiend met haar armen. Haar haar waaierde alle kanten uit. Ze deed altijd precies waar ze zin in had. Ook nu ik haar nodig had.

Ik ging door met het strelen van mijn hand en legde de andere op mijn gezicht. Ik schrok van de bobbels die ik voelde. De ontstoken muggenbulten waren nog steeds niet genezen. Ik dacht aan de tube crème die de vrouw me gegeven had. Ik had hem bewaard voor als het echt heel erg zou zijn. Misschien moest ik de zalf nu maar gaan gebruiken. Ik pakte de tube uit het fluwelen zakje, draaide de dop eraf en kneep erin. Magda heette de vrouw. Ze had me toen ik moest huilen een papieren zakdoek gegeven en gewacht tot ik gekalmeerd was. Met de punt van mijn wijsvinger waarop ik crème had gedaan, bewoog ik langzaam over elk bultje afzonderlijk. Ik ben blij dat Sybren me hier niet ziet, dacht ik. Ik zie er niet uit. Hij zou me niet eens herkennen met mijn gezwollen gezicht.

Ik sliep in bij het gesnurk van mijn vader, die een eindje bij me vandaan lag. Peter, dacht ik nog, misschien kon ik bij hem mezelf zijn. Peter met de puisten op zijn huid. Hij was als een broertje, maar dan een waarmee je trouwen kon. Een broertje voor altijd. Een die later niet op zoek zou gaan naar een leven buiten mij om. Iemand die ook van mij zou houden.

Die nacht droomde ik dat mijn kussens verdwenen waren. Ik haalde alles overhoop, ik moest en zou ze vinden. Mijn leven hing ervan af. Na lang zoeken vond ik ze in een kloostercel, op het bed van een stokoude non. Ze waren doorweekt met tranen.

19

De volgende dag zat mijn vader op de grond en bekeek ingespannen Balders poot.

'Hij heeft een splinter,' zei hij toen ik bij hem kwam staan. 'Daarom loopt hij mank. Ik heb geprobeerd hem er met het pincet uit te trekken maar dat lukte me niet. Waarschijnlijk is het pincet te dik.'

'En nu?' vroeg ik. 'Hoe moet het nu verder met hem?'

'De splinter zal eruit moeten zweren,' zei mijn vader. 'Ik zou niet weten hoe hij er anders uit moet komen.' Hij aaide Balder over zijn kop en gaf hem een klap op zijn rechter achterflank. 'Lopen, jongen,' zei hij. 'Flink zijn. Er zit niets anders op.' Balder stond op. Hij vermeed op de pijnlijke poot te staan. Ik stelde me voor dat wanneer hij erop zou gaan lopen, de splinter bij elke stap juist verder het vlees in werd geduwd. Hoe zou hij er dan ooit uit zichzelf uit kunnen zweren?

We vertrokken die ochtend laat. Het was al tien uur geweest toen alle rugzakken waren ingepakt. De uitputting begon ook bij Axel en mijn vader zijn tol te eisen. Axel liep nog steeds voorop, Steven ergens achteraan. Ik keek regelmatig of hij ons nog volgde. Ik droeg weer een evenredig deel van de spullen, maar mijn rugzak was lichter dan ooit. Er was nog genoeg voorraad voor anderhalve dag en dat alleen bij zuinig gebruik.

'Papa,' zei ik toen ik naast hem opliep. 'Hoe lag dat meer erbij dat jullie vanaf de top van de berg zagen?'

Mijn vader haalde zijn schouders op.

'Gewoon,' zei hij. 'Een meer, ergens in de verte. Wat valt daar nu over te zeggen?'

'Was het groot, klein, smal, breed, lang of rond?' vroeg ik door.

'Rond,' zei mijn vader, 'het was een rond meer. Maar het was niet goed te zien, omdat het zo ver weg was.'

'Dus je weet niet of er een dorp bij was, of dat het midden in de bossen lag?' vroeg ik.

'Hoor eens,' zei mijn vader. 'Ik zei je al: zo goed kon ik het niet zien. Als je de details wilt weten, moet je die aan Axel vragen. Hij heeft roofvogelogen.'

'Vertel me eens, waar ben je eigenlijk mee bezig?' vroeg ik even later aan Axel. 'Mij kun je niet meer om de tuin leiden. Ik weet dat je maar gewoon op goed geluk wat loopt.' Axel liep onverstoorbaar door.

'Waar heb je het over?' vroeg hij. 'Ik loop niet maar gewoon wat. Ik volg sporen van dieren die stroomafwaarts gaan. Alles wijst erop dat we binnen één, hooguit twee dagen bij water zijn. Ik zie meer dieren dan eerst. Ze zien er gezonder uit, levendiger vooral.'

'Wat voor dieren?' vroeg ik hem.

'Als je oplet zie je overal marmotten over de grond lopen,' zei Axel. 'Ze lopen sneller als ze dichter bij water komen. Dat heb ik ergens gelezen.'

'Luister, Axel,' zei ik. 'Je verzint maar wat, ik zie helemaal geen dieren. Alleen maar wat hongerige eksters. Zelfs geen levende rendieren.'

'Nu moet jij eens goed naar mij luisteren,' siste Axel. 'Je weet toch onderhand wel dat je me kunt vertrouwen, zou ik zeggen? Kijk me aan. Heb ik je leven gered of niet?'

Ik keek van hem weg. Hij stond plotseling stil en trok aan mijn mouw, zodat ook ik tot stilstand kwam. Hij pakte hardhandig mijn kin vast en draaide mijn gezicht naar zich toe.

'Au!' zei ik. 'Stomme idioot, je doet me pijn!'

'Nou,' zei Axel, 'krijg ik nog antwoord of niet?'

Ik schrok van de agressie in zijn stem. Hij had nog steeds mijn kin vast, zodat ik wel naar hem moest kijken.

'Laat me los, klootzak,' zei ik. 'Anders praat ik niet verder.' Hij liet zijn greep verslappen, maar zijn hand bleef aan mijn gezicht kleven.

'Ja, ja,' zei ik, 'ik ben blij dat je er was in het bos. Je gevoel voor timing was meer dan perfect. Nu je zin? Maar ik probeer je wat te vertellen. We zijn op de verkeerde weg, we moeten terug.'

Axel keek me meewarig aan en schudde zijn hoofd. 'Dat kan niet,' zei hij. 'We kunnen niet langs dezelfde weg terug. We moeten via de andere kant van de rivier lopen.'

'Maar waarom?' riep ik uit. 'Waarom in godsnaam? Weet je wel dat deze weg onze dood kan betekenen? Realiseer jij je wel hoe weinig eten we nog hebben? Hoe weids het hier is? En veel andere mensen komen we ook niet tegen om de weg aan te vragen.'

Axel keek me aan alsof ik een achterlijk kind was.

'Denk voor één keer eens na,' zei hij. 'Die man, die Duitser in het bos bij de camping.' Hij ademde snel door zijn neus.

Plotseling zag ik Dennis voor me, stil liggend aan de rand van het bos. Ik werd draaierig.

'Wat heb je met hem gedaan?' vroeg ik. 'In godsnaam, Axel. Wat heb je met die man gedaan?'

'Loop door,' zei hij. 'Ik wil niet dat de anderen vermoeden dat we een geheim hebben. Dat zou maar lastige vragen oproepen.'

Die middag liep ik achter mijn vader. Mijn moeder liep achter mij. Axel en Steven waren in geen velden of wegen te bekennen.

'We moeten zorgen dat we elkaar altijd kunnen zien,' benadrukte mijn vader herhaaldelijk, maar niemand trok zich daar nog iets van aan.

Hij liep in een gelijkmatige tred, fier en rechtop. Ik zag de zweetplekken op zijn rug elk uur groter worden. Hij had het zwaar, maar zou dat nooit laten merken. Ik voelde me moe en huilerig.

Eén is verdriet, twee vrolijk gezind, drie een bruiloft, vier een kind. Vijf de hemel, zes de hel, en zeven, dat is kinderspel. Het rijmpje bleef door mijn hoofd spoken. Hoeveel eksters hadden we inmiddels gezien? Ik was de tel kwijtgeraakt. Ze was een vat vol rijmpjes, mijn moeder. Het ene nog raadselachtiger dan het andere. Eén is verdriet. Steven had het afgeklopt, maar niet serieus. Ik moest uit alle macht het onheil afwenden. Als ik het losliet, kwam het nooit meer goed. Het zou mijn schuld zijn. Ik mocht mijn aandacht niet laten verslappen, juist nu niet.

Meteen na de lunch hoorden we een alsmaar aanzwellend geluid. Muggengezoem, daar leek het op, een invasie van miljoenen muggen. We bleven stilstaan en keken omhoog. Er was niets te zien. Het geluid nam eerst nog toe, alsof het heel dichtbij kwam, en nam daarna weer af.

'Een helikopter!' juichte Steven. 'Laten we zwaaien. Misschien zien ze ons.' Hij begon zijn armen heen en weer te bewegen in de lucht.

'Hou daar onmiddellijk mee op,' gebood Axel. Zijn handen hield hij samengebald tot vuisten. 'Stop met dat stomme gezwaai. Misschien is het wel iets anders. Wie zegt dat we die mensen kunnen vertrouwen?'

Steven liet zijn armen zakken en keek naar Axel, die met zijn rug tegen een boom gedrukt stond en zenuwachtig naar de hemel spiedde. Hij zag spierwit.

'Waar heb je het over, man?' beet Steven hem toe. 'Waarom doe jij altijd zo moeilijk? Die helikopter komt als geroepen.'

Hij hief zijn armen weer omhoog en begon opnieuw te zwaaien. Het geluid zwol niet meer aan, maar stierf langzaam weg. We keken nu allemaal naar de lucht, waarin niets te zien was. Balder blafte.

'Het is jouw schuld dat we hier nog staan,' zei Steven tegen Axel. 'We hadden allemaal moeten roepen en zwaaien, dan hadden we een kans gehad.' Hij trapte tegen een steen. 'En waarom zwaaide jij niet, pa?' vroeg hij. 'Jij wilde niet eens meegenomen worden, zeker? De missie moet koste wat het kost volbracht worden volgens jouw plan. Zelfs als ze hier geland waren, zou je nog hebben gezegd dat niemand mocht instappen. Waar of niet?'

'Het is een waterhelikopter op weg naar het meer,' zei

mijn vader kalm. 'Die is hier niet om wandelaars mee te nemen, die is hier met een ander doel.' Hij wees naar de bomen om ons heen. 'Waterhelikopters zijn er voor preventie en bestrijding van bosbranden.'

Het idee van bosbranden was nieuw voor me. Al die bomen, de losliggende takken en het struikgewas konden vlam vatten. Dat ik daar niet eerder aan gedacht had. Opeens zag ik het helder voor me: een rollend vuur dat met grote vaart op ons af kwam. Natuurlijk zouden die waterhelikopters hier niet gaan blussen. Niemand wist immers dat wij hier liepen.

We zetten ons weer in beweging. Axel kwam meteen bij me lopen en gebaarde me mijn pas te vertragen. Zo gauw we buiten gehoorsafstand van de anderen waren begon hij te praten.

'Ze zijn nu naar ons op zoek,' fluisterde hij. 'Het is uitgekomen, het klopt precies met de timing. De man is geïdentificeerd, zijn familie is gewaarschuwd en nu zoeken ze de moordenaars.'

'Moordenaars,' zei ik, 'waar heb je het over? Wie zei dat die man dood was?' Bij het uitspreken van het woord 'dood' zag ik opeens Dennis zo helder voor me dat het was alsof hij weer mijn polsen vasthield en zijn tong in mijn mond duwde. Ik slikte om niet over te geven.

'Luister, Axel,' zei ik. 'Als hij dood is, dan heb ik daar helemaal niets mee te maken.'

'Ik dacht het wel,' snauwde Axel. 'Doe je maar niet dommer voor dan je bent. Je was er met je volle verstand bij. Als je je maar realiseert dat je medeplichtig bent aan moord. Welk meisje van jouw leeftijd gaat nu moederziel alleen 's avonds laat in een onbekend gebied het bos in? Geef daar maar eens antwoord op.'

'Verdomme!' zei ik. 'Je bedoelt dat ik het heb uitgelokt?'

'Precies,' zei Axel. 'Dat probeer ik je duidelijk te maken. Door jouw stommiteit had ik geen keus.'

'Ik ben een moordenaar,' zei Axel nog geen uur later tegen me. Zijn donkere ogen stonden ongekend fel. Hij beende zo hard door dat ik moeite had hem bij te houden. 'Dankzij jou ben ik een moordenaar geworden. Wie had dat nu gedacht? Ik zie de krantenkoppen straks al voor me: "Student opgepakt voor moord. Axel P., eerstejaarsstudent civiele techniek, heeft op zijn vakantie met de familie V. een Duitse toerist van het leven beroofd. De man werd bewusteloos aangetroffen aan de rand van een bos. Vóór hij aan inwendige bloedingen overleed, was hij nog in staat de politie een beschrijving te geven van de moordenaar. De Finse politie heeft de Nederlandse student na een zoekactie met helikopters in de toendra gevonden. Justitie wil hem niet vrijgeven. Hij zal zijn straf aldaar moeten uitzitten. Duitsland eist de zwaarst mogelijke straf voor het beroven van het leven van de man die een geliefde leraar was op een middelbare school in München."'

'Je fantasie gaat met je op de loop,' zei ik. 'Luister, als het al moord was, wat het volgens mij niet was, dan was het zelfverdediging. Daar gelden minder zware straffen voor. Bovendien ben je nog jong, dat werkt in je voordeel.'

'Wat ben je toch een naïef kind,' zei Axel. 'Je ziet alles door een roze bril.'

'Ik wil er niet meer over praten,' zei ik. 'Val me niet

meer lastig met je krankzinnige gedachten. Ik word er gek van. Laten wij in godsnaam proberen helder te blijven.'

Axel balde zijn vuisten zo hard dat zijn knokkels wit werden. En toch, zelfs nu liep hij soepel, verend. Dat had vast alles te maken met zijn schoenen.

'We moeten het mijn vader vertellen,' zei ik na een poosje. 'Het is niet eerlijk dit voor hem te verzwijgen.'

Axel wees naar zijn voorhoofd.

'Ik vraag me af of jij wel eens nadenkt,' zei hij. 'Met wat voor onzin kom je nu weer aanzetten? We moeten er met helemaal niemand over praten. En vooral niet met je vader.'

'Kijk,' zei hij, 'het is altijd mogelijk dat we niet gepakt worden. Maar als we ondervraagd worden, hebben we een grotere kans eronderuit te komen wanneer je vader nergens van weet.'

Ik luisterde met een half oor en zweeg. Ik wist allang dat het geen zin had tegen Axel in te gaan. Hij wist alles altijd beter. Bovendien nam hij me net zo weinig serieus als mijn vader. Belangrijker was dat dit onze een na laatste dag was. De voorraad eten was voldoende tot aan de lunch de volgende dag. Ik moest mijn hoofd erbij houden.

Aan het eind van de middag begon hij opeens druk te praten. Tegen niemand in het bijzonder, leek het, maar misschien ook wel tegen mijn moeder, die het dichtst bij hem liep.

'Je kunt aan de hagedissen zien dat er water in de buurt is,' zei hij. 'Ik houd de dieren al een tijd goed in de gaten en inmiddels kan ik hun gedrag niet alleen verklaren, maar ook voorspellen.'

Ik keek naar de grond. Ik zag gras dat op hooi leek, even geel en verdroogd, en eksters, heel veel eksters, boven ons hoofd cirkelen. Ze hadden ronde en uitzonderlijk grote ogen. Ik durfde nauwelijks naar ze te kijken. Natuurlijk waren ze naar iets op zoek, misschien wel naar hagedissen. Maar die zag ik niet.

'Axel,' zei ik, toen ik weer alleen met hem liep, 'ik heb er nog eens over nagedacht, maar het lijkt me heel goed mogelijk dat die Duitser na een tijdje gewoon is opgestaan. Je haalt je nu van alles in je hoofd omdat je de hele dag de tijd hebt om na te denken.'

'Ik weet het,' zei Axel. 'Alle mogelijkheden spoken door mijn hoofd. Het kan ook zijn gegaan zoals jij zegt. Maar dan zie ik hem weer liggen: stil, doodstil. Hij rolde opzij zonder een krimp te geven.'

'Hij was gewoon bewusteloos,' zei ik. 'Dat kan toch? Dan word je wakker met zware hoofdpijn. Dat is alles.'

'Ik kan ook zijn nek hebben gebroken,' zei Axel. 'Omdat ik hem verkeerd raakte.'

Wat moest ik daarop zeggen? Het kon waar zijn. Alles was tenslotte mogelijk. Terwijl wij hier uitgehongerd ronddwaalden op de toendra, had Dennis misschien bij de camping de dood gevonden. Wie weet lag hij daar nog steeds, verregend, aangevreten door vogels. Het kon natuurlijk ook dat hij gevonden was, een ijskoude dode met een open gulp. Wat zou degene die hem aantrof gedacht hebben?

'Maar weet je dan niet meer wat je met hem gedaan hebt?' vroeg ik verder.

'Ik heb hem een tik verkocht,' antwoordde hij, 'waardoor hij buiten westen raakte. Om genoeg tijd te winnen om weg te komen.'

'Heel verstandig van je,' zei ik. 'Maar waarom ben je dan zo bang?'

'Je weet maar nooit,' zei Axel. 'Voor hetzelfde geld is die man ziedend en zoekt hij vergelding. Dat zou ook kunnen. Misschien heeft hij wel de politie ingeschakeld.'

'Misschien ook wel niet,' zei ik. 'Hij lag er erg stil bij. Waar heb je hem eigenlijk geslagen?'

'Gewoon,' zei Axel, 'ergens bij zijn slaap.' Hij keek me van opzij aan om mijn reactie te peilen. 'Kijk, die vent was heel verkeerd bezig. Het was duidelijk dat hij koste wat kost uitgeschakeld moest worden.'

'Uitgeschakeld,' herhaalde ik, 'uitgeschakeld. Je bedoelt dat je hem bewust vermoord hebt, hè? Je hebt hem niet zomaar een tik gegeven, je hebt hem met je pikhouweel geslagen.'

Ik keek naar het instrument dat in de lus tegen zijn rugzak vastzat. Het leek inderdaad meer een wapen om iemand mee te slaan dan een werktuig om levens mee te redden. Op datzelfde moment besefte ik met een schok dat ik in staat was het pikhouweel te pakken en daarmee op Axel in te hakken. Nog eens en nog eens, tot hij me eindelijk met rust zou laten.

'Je fantasie slaat op hol,' zei Axel. 'Typisch iets voor een meisje. Hoor eens, ik weet het niet meer precies. Ik denk dat er niets aan de hand is, nou goed? En verder wil ik er niet over praten. Heb je dat begrepen?'

Ik trapte tegen een steen. Hij rolde een paar meter weg. Mijn ouders en Steven liepen nu ver voor ons. Ze leken ons niet te missen.

'Het is het domste wat mijn vader ooit gedaan heeft,' beet ik hem toe. 'Jou vragen mee te gaan. Alles was koek en ei, tot jij in de melk kwam pissen.' Ik probeerde mijn pas te vertragen om hem zo kwijt te raken, maar hij paste zijn tempo aan het mijne aan.

'Ik wil je wat laten zien,' zei Axel na een poos terwijl hij stil ging staan. 'Kom eens kijken, Eva.'

Met tegenzin bleef ik staan. 'Wat is er dan?' vroeg ik.

'Dat zei ik toch? Ik wil je iets laten zien,' zei hij.

'Je kunt toch wel eerst zeggen wat het is?' zei ik. 'Is het soms een dier, een van die marmotten of hagedissen die je de hele tijd schijnt te zien?'

'Doe niet zo flauw,' zei hij. 'Ik wil even met je praten. Privé,' fluisterde hij erachteraan.

Ik liep naar een boom een eindje verderop en ging er met mijn rug tegenaan zitten. Axel kwam naast me zitten. Zijn arm raakte mijn schouder.

'Weet je eigenlijk wel hoe mooi je bent?' vroeg hij. 'Ja, vooral als je zo boos kijkt.'

Ik bleef onbeweeglijk zitten. Na een poosje keek ik door mijn wimpers omhoog naar zijn gezicht. Zijn kaken waren nu ontspannen, wat zijn gezicht iets kinderlijks gaf.

'Axel,' vroeg ik, 'wat is er met je aan de hand?'

'Ook als je niet boos bent, ben je mooi,' zei hij. 'Zelfs nu, met al die bulten op je gezicht, of beter gezegd: juist nu, in die stoere kleren, met je onverzorgde haren. Een wilde prinses, de gazelle van de toendra. Ik weet nog hoe het was toen ik je voor het eerst zag. Ik kwam een boek terugbrengen dat ik van Steven had geleend. Jij stond in de keuken in een afgeknipte spijkerbroek te dansen. Je lange haar hing los over je schouders. Je lachte naar me en danste ondertussen verder. Sinds dat moment ben ik verliefd op je. Je moest eens weten hoe vaak ik daaraan terugdenk. In mijn hoofd houdt het nooit op: een altijd dansende Eva in een rafelige spijkerbroek met loshangend haar.'

Waar hád hij het over? Ik kon me niet herinneren dat ik ooit in de keuken gedanst had. Althans niet waar iemand bij was.

'Dat heb je dan al die tijd goed voor me verborgen weten te houden,' zei ik.

'Waarom denk je dat ik er precies op het moment was dat die man je besprong?' vroeg Axel. 'Heb je daar al eens bij stilgestaan? Het kan toch niet anders dan dat ik je voortdurend in de gaten hield?'

'Je gaat me toch niet vertellen dat je dáárom bent meegegaan?' zei ik.

'En wat is daar mis mee,' ging hij verder, 'om bij iemand te willen zijn op wie je verliefd bent?'

Hij kwam dichter naar me toe en probeerde mijn hand te pakken. In een reflex ging ik verzitten.

'Alsjeblieft, Axel, doe normaal,' zei ik. 'We zijn hier met mijn familie. Wat bezielt je?' Ik keek of ik mijn ouders en Steven nog zag, maar ze waren achter de heuvel verdwenen.

'Wat die man van plan was met je te doen,' fluisterde Axel, 'heb je dat al eens met iemand gedaan?' Hij ging nu op zijn knieën naast me zitten en bracht zijn hoofd dicht bij mijn gezicht.

'Dat gaat je niets aan,' zei ik, 'helemaal niets. En zet het maar uit je hoofd dat het tussen ons iets wordt. Dat zal namelijk niet gebeuren.'

'Je weet maar nooit hoe het loopt in het leven,' zei Axel. 'Je kunt ons toch een kans geven? Ik zie heus wel hoe vaak je naar me kijkt. Je vindt me leuk, geef het maar toe.'

'Ik vind je helemaal niet leuk,' zei ik. 'Je bent mijn type niet, en bovendien... bovendien heb ik iemand. En daar heb ik het allang mee gedaan.'

Axel kneep zijn ogen tot spleetjes.

'Ik geloof er niets van,' zei hij. 'Jij hebt helemaal niemand, want dan had ik het geweten. Je liegt. Als ik die man niet had tegengehouden, had hij je ontmaagd. Wat een eerste keer! Dan kun je het beter met mij doen, dat is heel wat fijner.'

Steven en mijn ouders waren nu vast een heel stuk vooruit gelopen. Hoe lang zou het duren voordat ze me zouden missen, voor ze zich gingen afvragen waar ik bleef? Wanneer zouden ze ongerust worden en teruglopen om te kijken waar ik bleef? Ik dacht aan Axel, aan wat hij zojuist tegen me had verteld. Geloofde hij werkelijk dat ik het wel met hem zou willen proberen? Maar waarom had hij dan geen oog voor wie ik was en wat ik nodig had? De dagen hier op de toendra duurden lang, aan deze tocht leek geen eind te komen. Al bijna twee weken zwierven we nu rond zonder andere mensen tegen te komen. Eigenlijk had ik alleen Dennis ontmoet. Wat deed hij eigenlijk in Lapland? Was hij een toerist die al vissend probeerde te overleven in de ongerepte natuur? Was hij alleen of met een vrouw? En wat bedoelde hij eigenlijk met 'vielleicht klappt es'? Dat het nog iets had kunnen worden tussen ons? Had ik hem misschien een kans moeten geven?

20

De lange man stond er zomaar, opeens, midden op de toendra. Hij droeg een lange jas, die hem waarschijnlijk moest beschermen tegen zowel kou als warmte. Misschien was de stof door de vuiligheid van jaren zelfs wel waterdicht geworden. De bewegingen van zijn armen en schouders waren ongecontroleerd, alsof hij zich met zijn lijf geen raad wist. Misschien had hij wel jaren in coma gelegen en was hij nog maar net ontwaakt. Hij had niet eens verbaasd opgekeken dat er een familie met rugzakken aan kwam lopen. Catweazle noemde ik hem meteen, met zijn naar het uiteinde toe dunner wordende haren die stijf stonden van vuil en klitten. Hij reageerde nauwelijks op mijn vader, die vooropliep en naar hem zwaaide, maar mij staarde hij langdurig aan. Alsof ik een verschijning was en hij twijfelde of hij hard zou wegrennen of knielend zou neervallen. Uiteindelijk stapte hij op mijn vader af en trok hem aan zijn mouw. Ik had verwacht dat Balder zou keffen, maar hij bekeek de man nauwlettend.

Kom mee, wenkte hij. Hij bracht ons naar een plaggenhutje dat een eindje verderop stond. Het was verdekt opgesteld, zodat het leek alsof er enkel wat gras en takken lagen. Hoeveel van deze hutten waren we zonder het te beseffen al gepasseerd? Catweazle maakte een uitnodigend gebaar naar de hut. Ook wees hij naar een put buiten waar ijzeren emmers naast stonden. Daarna vertrok hij, als een doofstomme.

'Er is hier water,' zei mijn vader verheugd. 'Eindelijk is er weer vers drinkwater.'

We liepen naar de put en schepten er emmers vol uit. We dronken er gulzig van tot we verzadigd waren en vulden onze flessen ermee. Balder dronk zonder te stoppen, met klokkende geluiden. Nu pas viel het me op hoe dof zijn vacht was. Zou dat door watergebrek komen? Daarna gingen we de plaggenhut verkennen. Ik struikelde bij binnenkomst over een lege whiskyfles. In een krakkemikkig keukentje zag ik repen gedroogd vlees liggen. Her en der lagen smerige borden op de grond. Er stond een butagasstel, met een bakje afgebrande lucifers ernaast. Rendiervellen lagen op een verhoging van balen stro.

'We kunnen hier slapen,' zei mijn vader handenwringend. 'Dit noem ik nou nog eens gastvrijheid. Deze man nodigt ons uit in zijn slaapplaats te verblijven. Eindelijk raken we aan het hart van Lapland. Er zijn niet veel mensen die kunnen zeggen dat ze in een authentieke Lappenhut hebben geslapen.'

'Hoezo, Eduard,' zei mijn moeder, 'wou je hier dan slapen?'

'Natuurlijk,' zei mijn vader, 'waarom zouden we buiten gaan liggen als we hier beschut zijn?'

Mijn moeder ging kaarsrecht naast me staan als een schildwacht zonder schild.

'Ik vertrouw het niet,' zei ze. 'Die man keek met van die vreemde ogen naar Eva. Ik weet zeker dat hij met zijn maten terugkomt en dat hij dan niet veel goeds van plan is.'

'O, An,' zei mijn vader, 'hou toch eens één keer op. Probeer niet overal altijd beren op de weg te zien. Die man is gewoon aardig en gastvrij.'

'Nee,' zei mijn moeder vastberaden. 'Deze man was niet gewoon aardig. Hij is verwilderd, hij heeft waarschijnlijk in geen jaren een vrouw gezien. Het leek me eerder een gevluchte misdadiger, of anders een ontsnapte gek.'

'Het is een herder,' zei mijn vader, 'of een goudzoeker. We lopen nu al twee weken rond in de hoop op avontuur en nu is het eindelijk zover. Hier doen we het voor.'

'Er hing een mes om zijn middel,' zei mijn moeder kortaf. 'Eduard, waarom neem je in 's hemelsnaam zulke risico's voor je gezin?'

'Iedereen in Lapland draagt een mes,' riep mijn vader uit. 'Alle Saami-jongetjes krijgen er een cadeau op hun tweede verjaardag.'

'We zitten in een val,' zei mijn moeder. 'Laten we verdergaan, zodat hij ons niet kan vinden.'

'Doe niet zo onnozel,' zei mijn vader. 'Als hij al terugkomt en hij treft ons hier niet aan, gaat hij ons zoeken. Dan wordt hij juist wantrouwig. En dan heeft hij ons zo gevonden. Die herders kennen de omgeving hier natuurlijk op hun duimpje.' Hij zuchtte. 'Vertrouw nu maar op mij. Maak je klaar voor de nacht. We zijn hier in ieder geval veilig voor rendieren,' voegde hij eraan toe.

Ik zat naast mijn moeder op een bank bij de deur. Ze wilde niet op een rendiervel gaan zitten.

'Ik weet zeker dat er mensenvlooien in zitten,' zei ze. Ze had haar rechterarm zo stevig om me heen geslagen dat het zeer deed. Regelmatig schokte haar lichaam, alsof er op willekeurige momenten kleine stroomstootjes doorheen gingen. Haar adem rook naar de gal die ze telkens boerend oprispte.

Steven en Axel liepen buiten voor de hut heen en weer. Axel had zijn hand doorlopend op het houten handvat van zijn pikhouweel. De beschermhoes had hij van de ijzeren punt af gehaald. Steven hield van een afstand Axel in de gaten. Hij beet voortdurend op zijn duimnagel. Hij zou nu zeker bloed proeven. Ik proefde het zelf ook. Met mijn hoektanden had ik de binnenkant van mijn wang stukgebeten.

Met twee grimmige schaduwen uit de onderwereld kwam Catweazle twee uur later aanlopen. Ze bleven staan bij de open deur. Alle drie waren ze gehuld in openhangende lange jassen. Catweazle stond in het midden. Rechts van hem stond een forse man met zwart haar, een zwart-grijze baard en wenkbrauwen die tussen zijn ogen doorgroeiden. De derde man, die meteen na aankomst een stap naar voren deed, zodat hij vooraan stond, had een hoekig gezicht en kort haar. Hij leek me de leider van het stel. Hij zag er geslepen en onbetrouwbaar uit. Het verbaasde me dat Balder hem niet meteen de tent uit blafte. Dat hij hem niet aanviel en doodbeet, zoals hij ooit met mij van plan was geweest. Zijn dunne lippen waren gebarsten. Ik zag dat er uit de kloofjes witte pus droop. Alle drie droegen ze hun kromme mes aan de linkerkant aan een gordel om hun middel. Mijn moeders lichaam verstijfde. Ze duwde mijn gezicht in haar oksel, alsof ze me daarin wilde verbergen.

'Daar heb je het al,' fluisterde ze me toe. 'Ik had niet naar papa moeten luisteren. Nu gaat het gebeuren.'

Haar woorden klonken onheilspellend. Voor het eerst was ik bang. Ik had nog niet gedacht aan wat er zou kunnen gebeuren. Ik keek naar de pus op de lip van de man die ik in gedachten 'de Minister' noemde. Zou hij er last van hebben? Zou er ergens in dit gebied een dokter te vinden zijn die naar zijn lip kon kijken? Daarna keek ik naar het mes aan de riem waar hij zijn hand op hield. Het was een authentiek Laps mes, waarvan ik de namaakversie voor toeristen had gezien in het kraampje op de poolcirkel.

De mannen mompelden iets onverstaanbaars tegen elkaar. Dit moet een van de Saami-talen zijn die ze hier spreken, dacht ik. Er leven ongeveer vierduizend Saami in Finland. Van oorsprong zijn het nomaden. Nu leven ze in kleine gemeenschappen. Ze leven van de jacht, de visserij en het houden van rendieren. Ik zag de tekst voor me uit het bibliotheekboek dat afgelopen winter op een zondagmiddag open op de tafel in de huiskamer had gelegen. Het stond in een zwart omrand kader rechtsboven aan de bladzijde, met daarnaast een foto van een herder in klederdracht in de sneeuw. Achter hem stond een kudde rendieren. Er ligt sneeuw van november tot mei en het kan wel min dertig graden worden, stond er onder de foto. Maar misschien waren dit ook wel geen Saami. Misschien waren het gevluchte gevangenen uit

Rusland. Het konden natuurlijk ook Russen zijn. Alles was hier mogelijk.

Weer wees Catweazle naar mij, zoals hij die middag had gedaan. Hij wees ook naar mijn moeder. De mannen bekeken ons terwijl ze met elkaar overlegden. Op dat moment stapte mijn vader breeduit lachend op hen af.

'Ah, Sie sind gekommen,' zei hij. 'Gut, sehr gut. Kommen Sie mit. Komm, komm.'

Hij sloeg een arm om Catweazle heen en gebaarde hem omslachtig te gaan zitten. De mannen waren volkomen van hun stuk gebracht. Ze mompelden wat tegen elkaar. Ze bleven staan en deden net of ze mijn vader niet opmerkten. Toen pakte mijn vader de Minister bij zijn elleboog en leidde hem naar de bank tegenover mijn moeder en mij. Het was de bank met de rendiervellen.

Voor ze goed en wel doorhadden wat er gebeurde zette mijn vader voor ieder van hen een mok thee neer op een kruk die blijkbaar ergens in een hoek had gestaan. Dat had hij dus gedaan. Terwijl mijn moeder en ik verstijfd op de bank hadden gezeten, had hij thee gezet op de primus. Ze keken naar elkaar, vervolgens naar mijn moeder en mij, en daarna naar mijn vader. De thee lieten ze onaangeroerd. Mijn vader diepte uit zijn rugzak drie suikerzakjes op. Ik wist niet dat hij die bij zich had. Hij moest ze onderweg ergens hebben meegenomen. Hij nam altijd overal waar hij kwam de ongebruikte suikerzakjes mee.

'Ze gooien ze anders toch maar weg,' beweerde hij, 'en dat is zonde.'

Hij stopte hun om beurten een zakje in de hand. De drie kerels keken er verbaasd naar en scheurden ze toen slordig open. Korrels suiker vielen op de kruk en op de grond. De rest gooiden ze in hun thee. Ze roerden met de achterkant van een lepel die mijn vader naast de mokken had gelegd. Daarna dronken ze – slurpend, snel. Mijn vader stak opnieuw zijn hand in zijn rugzak en haalde zijn Zwitserse zakmes eruit.

'Kijk eens,' zei hij, zomaar omschakelend naar het Nederlands, 'ik zal jullie eens wat laten zien.'

Hij trok met veel misbaar de priem eruit, alsof hij een goocheltruc uithaalde. Daarna de kurkentrekker. De Minister raakte opeens geïnteresseerd. Hij stak zijn hand uit, waar mijn vader het zakmes in legde. Met zijn zwarte nagels trok hij het mes eruit. Hij voelde hoe scherp het was door het snijvlak op en neer te halen over de muis van zijn hand.

'Aha,' zei mijn vader, 'en dat is nog niet alles.'

Hij pakte het zakmes terug en trok nu de schaar eruit. De mannen mompelden wat. Mijn vader glom van trots. Plotseling verscheen er een ernstige trek op zijn gezicht. Hij riep Balder, die meteen aan kwam lopen. Mijn vader pakte zijn pijnlijke poot en liet hem aan de mannen zien. Ze gromden wat onder elkaar. Toen diepte de Minister uit zijn broekzak een pincet op. Met een geroutineerd gebaar draaide hij Balder op zijn rug, hield hem in een speciale greep waardoor hij geen kant op kon en tuurde naar de poot. Daarna trok hij er in één keer iets uit. Balder jankte, terwijl de man het pincet met een forse stekel erin in de lucht hield en aan de anderen liet zien. Ze mompelden instemmend. Al die tijd had ik mijn adem ingehouden. Opeens werd het me duidelijk. Deze mannen waren er natuurlijk aan gewend dit te doen. Het uittrekken van stekels was waarschijnlijk een routineklusje. Er liepen hier duizenden rendieren rond, het kon niet anders of er trapte er regelmatig een in het struikgewas. De sfeer werd direct daarna weer grimmig. De mannen keken onrustig om zich heen. Toen stond mijn vader plotseling op, hij nam de mannen wederom bij de arm en troonde hen mee naar buiten. Hij had zijn fototoestel omgehangen.

'Hier, hier,' zei hij ongeduldig, alsof hij een stel schoolkinderen voor zich had. 'Doorlopen, snel een beetje.'

Hij zette ze voor de hut, met z'n drieën naast elkaar. Even ontstond er onenigheid over wie in het midden mocht: Catweazle of de Minister. Het werd de laatste. Hun vuile handen hielden ze op hun messen. Mijn vader maakte twee foto's. Daarna nam hij afscheid.

'Jetzt sollen Sie gehen,' zei hij. 'Wir müssen schlafen.'

Hij hield zijn beide handen onder zijn wang, zijn hoofd schuin, en wees naar de hut. Gedwee dropen de mannen af. Ze verdwenen door het struikgewas in dezelfde richting als waar ze vandaan waren gekomen.

'Ze poseerden zelfs,' zou mijn vader naderhand zeggen. 'Ze kamden hun haren met hun vingers. Mannen alleen in dit afgelegen gebied, en dan zo ijdel.'

Steven en Axel, die alles van een afstandje hadden gadegeslagen, kwamen naar binnen en gingen bij ons zitten. Axel hield nog steeds zijn hand op het pikhouweel, maar het gaf me geen veilig gevoel. Het viel me op hoe ver Stevens jukbeenderen uitstaken. Mijn moeder en ik zaten nog steeds als versteend tegen de muur. Balder lag in een donker hoekje en likte zijn poot.

'Zo,' zei mijn vader, 'allemaal thee? Er is nog over. Kom er gezellig bij.' Hij spoelde de mokken om met een restje lauw water en goot ze opnieuw vol. 'Zie je wel dat ze geen kwaad in de zin hadden? Ze hebben zelfs Balder behoed voor een vreselijke ontsteking waardoor het verkeerd met hem had kunnen aflopen.'

Die nacht sliep Axel buiten voor de deur. Ik ging ervan uit dat hij zijn pikhouweel niet los zou laten. Mijn moeder lag naast me op de grond, dicht tegen me aan. Ik sliep licht vanwege haar gesnurk, maar durfde niet te gaan verliggen uit angst haar wakker te maken. Ze had haar nachtrust nodig. Ons eten was vrijwel op. Mijn vader sliep languit op zijn rug. Hij smakte, alsof hij een droge mond had. Balder lag nog dichter dan anders tegen hem aan. Steven lag aan de andere kant van de hut.

Tegen middernacht waren we beiden wakker. Misschien hadden we dezelfde vogel gehoord, op dezelfde krakende tak. Onze blikken vonden elkaar. Ik kon er geen genoeg van krijgen naar zijn ogen te kijken. Hij keek ook naar mij, maar toch was het alsof hij me niet zag.

21

De volgende ochtend lieten we zonder nog om te kijken de hut achter ons. We zeiden niet veel. Er was ook niet veel te zeggen. We begonnen aan de dagtocht zoals we aan een gewone dag zouden beginnen, een vakantiedag waarop we misschien wel iets bijzonders zouden zien, waarop we misschien iets leuks zouden meemaken waarover we in onze schriften konden schrijven, maar we wisten alle vijf dat we vrijwel zeker verloren waren. We liepen ver uit elkaar, alsof we ieder voor zich spiedden naar een goede plek voor als het afgelopen zou zijn. Mij leek sterven een privékwestie, iets waar ik geen andere mensen bij wilde hebben. Ik kon vandaag ook niemand velen. Zelfs de aanraking van mijn eigen vingertoppen tegen mijn huid was onverdraaglijk. Ik zag de anderen nu eens wel en dan weer niet, afhankelijk van hoe snel iedereen liep.

Denken aan Madeleine gaf me geen troost meer. Ik was te ver van haar vandaan gegaan. Hier kon ze me niet meer bereiken.

Ik herinnerde me de keer dat ik Madeleine op het grasveld achter haar huis met een madeliefje in haar hand aantrof. Eén voor één had ze de dunne witte blaadjes eruit getrokken.

'Ik ga het wel met hem doen, ik ga het niet met hem doen, ik ga het wel met hem doen,' zong ze.

Plotseling was ze gestopt en had me bevreemd aangekeken, alsof ze vergeten was dat ik al die tijd bij haar was geweest. Ze had de rest van de bloem in haar hand fijn gedrukt, hem tussen haar duim en wijsvinger gerold en daarna als een snotje weggeschoten.

Na een paar uur lopen zag ik mijn vader stilstaan. Dat verbaasde me. De bomen stonden hier stil, maar wij mensen bewogen voortdurend. Wat deed hij daar, waarom ging hij als hij moe was niet zitten of liggen desnoods? Ik zag zijn mond de letters van mijn naam vormen. Mijn vader riep me zonder geluid te maken. Ik liep op hem af. Wat wilde hij me vertellen? Had hij een boodschap voor me die hij tot het allerlaatst bewaard had?

Mijn benen waren zwaar zodat ik traag liep, en hij wenkte dat ik voort moest maken. Toen ik bij hem was, ging hij dicht tegen me aan staan. Het was lang geleden dat zijn gezicht zo kalm en zacht was geweest. Ik verlangde naar zijn handen op mijn huid, mijn hoofd tegen zijn schouder. Ik had mijn vader van vroeger al die tijd gemist, zonder het te beseffen. Balder zat aan zijn voeten, hij hijgde zwaar. Hij zag eruit als een verwilderde hond. Een schonkig beest dat door zijn baasje op weg naar het vakantieadres uit de auto was gegooid.

'We gaan die kant op,' zei mijn vader hees. Hij wees een andere richting aan dan die we op dat moment op liepen.

'Wat is er, papa?' vroeg ik. 'Er is iets, hè?'

'Weet je, kindje,' zei hij, 'er is iets ongelooflijks gebeurd.'

'Wat dan?' vroeg ik. 'Wat is er gebeurd?'

Ik probeerde mijn gedachten te ordenen. Wat zou er hier gebeurd kunnen zijn dat ik niet gezien had?

'Balder werd onrustig,' begon mijn vader, 'en toen ging hij er opeens vandoor. Met een enorme vaart, zoals wanneer hij achter een kat aan gaat, of een haas. Nu vond ik dat eerst aardig om te zien, omdat ik dacht hoe fijn het voor hem moest zijn om weer zonder pijn te kunnen lopen. Maar toen hij maar niet terugkwam, besloot ik hem te gaan zoeken. Omdat ik hem nergens kon vinden, ging ik een eindje verderop kijken, op een plek waar wat struikgewas dicht bij elkaar stond. Daar zag ik Balder. Maar hij was niet alleen.'

'Hoezo?' vroeg ik. 'Hoezo was hij niet alleen? Wie was er dan bij hem.'

Mijn vader haalde diep adem. 'Naast Balder stond een Canadese soldaat, een Canadese soldaat in uniform.'

Ik kon niet geloven wat hij zei. Het was een krankzinnig verhaal. Hoe kwam mijn vader erbij? Je kwam hier niet zomaar iemand tegen. Wie liep hier nu, wie had hier iets te zoeken behalve rendierhoeders en goudzoekers? En zelfs goudzoekers hadden we niet ontmoet. Ik voelde dat zijn hand, die hij op mijn schouder had gelegd, trilde.

'Papa,' zei ik. 'Weet je het zeker?' Mijn vader staarde me met zijn donkere ogen aan. Er zaten diepe wallen onder.

'De man liep hier moederziel alleen. Hij had zelfs geen bagage bij zich, geen kompas, niets.

"Hello sir," zei hij, "good afternoon." Ik groette hem. Ik wist meteen dat hij het beste met me voorhad, net zoals de man die ik destijds op dat bankje aan het water ontmoette. Balder zat rustig naast hem. "If you go that way, you will find a lake by the end of the day," zei hij. Daarna bukte hij om Balder te aaien, richtte zich op, salueerde en liep verder. Ik wilde hem nog achterna gaan om te bedanken, maar hij was al verdwenen voor ik het goed en wel besefte.'

Mijn vader had een blos op zijn ingevallen wangen. Ik dacht aan de Canadese soldaat, moederziel alleen. Wat zou hij hier doen?

'Hoe zag hij er verder uit?' vroeg ik.

Mijn vader concentreerde zich.

'Ik weet het niet precies,' zei hij. 'Ik geloof dat hij lang was, maar zeker weten doe ik het niet.'

Ik staarde naar mijn vaders gezicht, waarvan de verbijstering nog steeds af te lezen was.

'Dit is een wonder,' zei hij. 'Weet je, Eva, er gebeuren in mijn leven soms vreemde dingen. Maar ze leiden altijd tot iets goeds. Het is allemaal niet voor niets. De dingen hebben een bedoeling.'

Ik zag tot mijn ontsteltenis tranen in zijn ooghoeken. Mijn vader huilde. Geen moment zou het in hem opkomen te twijfelen aan wat hij meegemaakt had. En wie weet, misschien was het ook wel waar. Ik vroeg me af wat ik te verliezen had door het verhaal over de Canadese soldaat te geloven.

De rest van de dag liepen we gedrieën, mijn vader, Balder en ik, voorop. De anderen hadden de koerswijziging zonder vragen te stellen geaccepteerd. Mijn vader en ik deelden het geheim van de Canadese soldaat die uit het niets was opgedoken om ons de weg te wijzen. Zijn gezicht bleef ontspannen. Ik herinnerde me wandelingen die ik lang geleden met hem had gemaakt, toen hij me nog droeg wanneer ik moe werd. Toen hij me Eefje noemde en me niet wegduwde wanneer ik op zijn schoot klom. Ik kreeg onverwachts nieuwe energie en verzekerde de anderen voortdurend dat we er bijna waren.

'Echt, mama, het zijn de laatste loodjes en dan is het voorbij. Aan het eind van de middag zullen we het meer vinden.'

Ze vroegen niet hoe ik dat wist, mijn enthousiasme werkte blijkbaar aanstekelijk. Zelfs Steven liep zonder gemor achter me aan. Ook hij wilde maar al te graag geloven dat ik gelijk had.

'Het is voorbij,' zei ik tegen Axel. 'We zijn straks weer op koers. Dan is deze nachtmerrie afgelopen.'

Zijn hals trok strak. Hij bleef voor zich uit kijken.

'Afgelopen,' zei hij. 'Waarom ontken je voortdurend de waarheid, Eva? Als we straks bij Inari komen, begint de ellende pas. Waarom werk je mee aan deze waanzin? We moeten juist zorgen dat we via een andere route teruglopen.'

'Kom op, Axel,' zei ik. 'Dennis is óf dood en dan zal niemand ons verdenken, óf hij leeft en dan zal hij de zaak echt niet aankaarten.'

'Dennis, Dennis,' zei Axel. 'Je spreekt zijn naam uit alsof hij je vriend is.'

Hij versnelde zijn pas. Zijn krullen kwamen terug nu zijn haar langer werd. Dat ik dat nu pas zie, dacht ik. Hoe was het mogelijk dat dit me ontgaan was?

Het was niet een meer dat we aan het eind van de dag tegemoet liepen, maar een wild stromende rivier.

'Het stikt hier van de vis,' zei Axel opgetogen. 'Je ziet de forellen gewoon zwemmen.'

Ik zag ze niet, maar geloofde graag dat hij gelijk had. Niet voor niets hadden mensen hier tienduizenden jaren overleefd. Niet voor niets stond Lapland bekend als een paradijs voor vissers. Onzeker liepen we naar de oever en keken uit over het water. Alsof wat we zagen niet voor ons bestemd was, alsof het te mooi was om waar te zijn. We hurkten neer om met onze handen water op te scheppen. Water dat smaakte naar water. Balder dronk gulzig, zonder ook maar een keer op te kijken.

Aan de overkant lag een dorp. Ons eten was op, op een halve portie muesli na, dat we onderling hadden verdeeld en als eekhoorns korrel voor korrel opknaagden. Balder kauwde op een kaal rendierbot dat hij onderweg had gevonden. We hadden geen keus, we moesten deze rivier oversteken in de hoop dat daar mensen waren die ons verder konden helpen. Hier, dicht bij het water, groeide geen struikgewas meer, maar stonden wilgen. Op de takken woekerden donkergroene mossen. De grond was drassig, mijn schoenen maakten bij elke stap een soppend geluid. Grote zwerfkeien lagen her en der tussen het mos. Ik zag witte schuimpunten op het water rond een stroomversnelling.

'De stroming is verraderlijk,' zei Axel. 'Die gaat harder dan het lijkt. Als je hierin valt, word je onverbiddelijk meegetrokken en verdrink je. De natuur is genadeloos.'

Takken dreven met grote snelheid voorbij. Mijn vader telde hardop tien seconden af en richtte zijn blik op de oever.

'Het water stroomt met een snelheid van vijftien kilometer per uur,' constateerde hij. 'Minstens.'

Zwermen muggen vlogen om me heen. Natuurlijk, dacht ik, dit is Lapland. Zo gauw er water is, zijn er muggen. Hoe had ik zo stom kunnen zijn dat te vergeten? De plek waar we zo naar hadden uitgekeken was geen paradijs. Misschien was het een voorportaal van de hel. De muggen kropen bij mijn mouwen naar binnen, prikten in mijn hals, vlogen mijn broekspijpen in. Automatisch begon ik te slaan. Een mug bleef op mijn hand zitten, terwijl ik wild met mijn armen in het rond maaide.

'Godverdomme,' schreeuwde ik tegen het insect, 'rot op!' Met mijn andere hand sloeg ik hem dood. Het beest, waarvan wat zwarte smurrie en bloed over was, veegde ik zo goed en zo kwaad als ik kon weg.

'Neemt en eet, dit is mijn lichaam,' zei de priester toen ik mijn eerste communie deed. Daarna gaf hij mij de beker met de woorden: 'Drinkt eruit, want dit is mijn bloed, voor jullie vergoten tot vergeving van zonden.'

Waar had ik dit aan verdiend? Ik was veertien. Ik had met Madeleine aan zee willen zijn. 's Avonds gearmd met haar over de boulevard willen lopen om naar vuurspuwers en jongleurs te kijken. Nu was ik medeplichtig aan moord.

Mijn laatste avondmaal bestond uit kruimels muesli. Ik zou doodgaan bij de rivier. Hoe moesten we in godsnaam oversteken om bij het dorp te komen? We waren vast niet de eersten die in dit water verdronken. Misschien was het ook maar het beste als dat zou gebeuren.

Kwaad vergolden met kwaad. Ons bloed voor zijn bloed. Ik had geen bloed gezien bij Dennis, maar waarschijnlijk klonterde het nu in zijn rottende aderen.

'Ik heb een kabel ontdekt,' zei mijn vader, die ondertussen rond had gelopen. 'Een ijzeren kabel over de rivier. We moeten uitzoeken of hij werkt. Dit is de enige manier om aan de overkant te komen.'

De roestige kabel bleek vastgeknoopt aan een boom en hing gebogen tussen de ene en de andere oever. Er waren een katrol en een touw, met daaronder een houten vlot waarvan in het midden een aantal planken ontbrak.

'Ik ga eerst zelf naar de overkant,' zei mijn vader. 'Dan kan ik proberen of het werkt. Daarna komen jullie.'

Hij pakte het touw en stapte op het vlot. Op het laatste moment sprong Balder erbij. De hele constructie zag eruit alsof hij al jaren niet meer gebruikt was. Hij zette zijn voeten op twee verschillende stukken hout, aan weerszijden van het gat van de ontbrekende planken. Axel trok aan de kabel. Langzaam gleed mijn vader rechtop over het water naar de overkant. In uiterste concentratie probeerde hij zijn evenwicht te bewaren.

'Het gaat goed,' riep hij zonder zijn ogen van het vlot af te houden. 'Geen enkel probleem.'

Aan de overkant sprong hij er tegelijkertijd met Balder af. Hij zwaaide met beide armen en riep iets, maar we verstonden het niet. Daarna wenkte hij dat wij ook moesten komen. Axel trok het vlot weer terug.

'Nu jij,' zei hij tegen mijn moeder.

'Ik durf niet,' antwoordde ze. 'Ik ga liever dood dan dat ik daaroverheen ga.'

'Ik ga met je mee,' zei Axel. 'Ik zorg wel dat er niets gebeurt.' Hij deed zijn rugzak af. 'Die haal ik straks op,' zei hij. Mijn moeder ging sneller ademen.

'Niet doen, mama,' zei ik. 'Gewoon rustig doorademen. Straks ga je weer hyperventileren.'

'Ik kan niet stoppen,' zei ze. 'Het gaat vanzelf.'

'Hou me vast,' gebood Axel. 'Nu!' Hij greep haar bij haar middel en trok haar op het vlot.

'Trekken, Steven!' schreeuwde hij. 'Zo hard je kunt!'

Mijn moeder ging jammerend en gillend het water over. Ze kneep haar ogen dicht terwijl ze zich vastklampte aan Axel. Bij het terugtrekken van het vlot kwam Axel mee. Daarna ging Steven over. Onverwacht rustig zweefde mijn broer over het water. Ik keek naar Axel terwijl hij het vlot naar zich toe trok. Ik dacht dat als hij het zou laten schieten, ik gedoemd was hier met hem te blijven. Maar hij hield het stevig vast tot het weer bij ons was. Zweetdruppels stonden op zijn voorhoofd.

'We kunnen ook samen gaan,' zei ik. 'Als het vlot mijn moeder en jou hield, houdt het ons ook.'

'Ik blijf hier,' zei hij. 'Ik loop niet met open ogen in de val.'

Hij hield zijn handen voor zijn gezicht alsof hij bad.

'Blijf bij me, Eva, we hebben elkaar zoveel te geven,' smeekte hij. 'Bij mij zul je altijd veilig zijn.'

Waar had hij het over? Wilde hij soms aan deze kant van de rivier achterblijven?

'Je bent gek,' zei ik. 'Hoe wou je hier overleven?'

'Er is vis genoeg,' antwoordde hij. 'En helder water. Vertel maar tegen je ouders dat het geen zin heeft om me achterna te gaan. Verzin maar een verhaal, daar ben je goed in, dat kost jou geen enkele moeite. Ik red me wel.'

Hij keek me indringend aan terwijl hij zijn hoofd langzaam heen en weer schudde.

'Als je ook maar enig lef had, ging je met me mee, Eva,' zei hij. 'Ik dacht al die tijd dat jij anders was, dat jij en ik elkaar begrepen. Maar je bent net als de rest. Jullie familie bestaat uit een stelletje slappelingen dat zo'n tocht helemaal niet aankan. Ik had nooit met jullie mee moeten gaan.'

Mijn vader wenkte ongeduldig vanaf de overkant. Ik zag dat hij iets riep, maar kon hem niet verstaan.

'Ik ga,' zei ik. 'Je zoekt het maar uit.'

Zonder zijn antwoord af te wachten stapte ik op het vlot. De planken zaten los en ik deinde op en neer over het wilde water. Meteen voelde ik golven misselijkheid door me heen gaan. Zelfs bij zo'n kort tochtje over de rivier werd ik al zeeziek. Axel had gelijk: ik was een slappeling. Met lange halen trok hij het vlot naar de overkant. Ik zag hem kleiner en kleiner worden.

'Nu Axel nog,' zei mijn vader toen ik aan land stapte. 'Dan kunnen we eindelijk verder.'

Het lege vlot zwalkte als een dronkenman over het water. Met één beweging trok Axel het op de kant. Zijn rugzak had hij alweer omgehangen. Hij liep naar de katrol.

'Wat doet hij in 's hemelsnaam?' vroeg mijn vader. Hij kneep zijn ogen samen. 'Hij maakt verdorie het vlot onklaar.'

'Axel!' riep hij zo hard hij kon. 'Maak dat touw los!'

Axel keek ons vanaf de overkant aan. Toen rechtte hij

zijn rug en liep omhoog langs de oever van de rivier. Zonder zich nog om te draaien verdween hij uit ons zicht.

'Wat een godvergeten stuk vreten!' zei mijn vader stampvoetend. 'Dit is het toppunt! Wat is er met hem aan de hand?'

Hij draaide zich abrupt naar me toe. 'Jij weet hier meer van,' zei hij. 'Zeg op, Eva. Wat is hij van plan?'

'Het is beter zo,' zei ik. 'Laat hem zijn eigen plan maar trekken, hij is mans genoeg.'

'Ik ben verdorie verantwoordelijk voor hem,' zei mijn vader. 'Stel dat hem wat overkomt, wat moet ik dan tegen zijn ouders zeggen?'

'De waarheid,' zei Steven. 'Vertel ze domweg de waarheid. We kunnen toch ook niets doen?'

Er viel een stilte. We keken naar Steven, die zo weinig spraakzaam was geweest de afgelopen tijd.

'We kunnen inderdaad niets doen,' zei mijn vader. Hij klonk kalmer. 'Dat is waar.'

'Hij zal zich wel alleen redden,' zei Steven. 'Hij is altijd al een einzelgänger geweest. Bovendien heeft hij die survivaltraining afgemaakt.'

Mijn vader keek Steven ernstig aan, alsof hij hem sinds lange tijd voor het eerst zag.

'Misschien heb je wel gelijk,' zei hij zacht. 'Hij is oud en wijs genoeg. Misschien is het goed voor hem zijn eigen weg te gaan. Ieder leert zijn lessen uiteindelijk op zijn eigen manier.'

Hij keek op zijn horloge.

'We moeten verdergaan, kinderen,' zei hij. 'Zorgen dat we eten vinden.'

22

Nu pas keken we goed om ons heen. Het dorp lag een eindje verderop aan de voet van een licht glooiende heuvel. 'Dorp' was trouwens een groot woord; het waren meer her en der verspreide houten hutten. Het verbaasde me dat ik geen mensen zag. Er was geen enkele beweging te ontwaren, er klonk geen geluid, zelfs niet van een hond die aansloeg. Het is een fata morgana, dacht ik. We zijn gek geworden, doorgeslagen, net als Axel.

'Het is een spookstad,' hoorde ik mijn vader roepen, die een stuk vooruitliep. 'Een verlaten goudzoekersdorp.'

Het dorp was inderdaad uitgestorven. Deuren hingen los in de sponningen, van de meeste daken waren alleen wat houten skeletten over. Oude paden waren begroeid met gras, waartussen Balder rondsnuffelde. Alleen aan de afgebrokkelde rij stenen was te zien dat er ooit een pad tussen de hutten had gelopen.

'Kijk, een sauna,' zei Steven plotseling. Hij stond bij een houten hut waarnaast een teil vol water stond. 'Hij is in gebruik ook. Kijk maar, er ligt een schone handdoek op het krukje.'

We liepen naar Steven toe. Op het krukje lag een keurig opgevouwen witte badhanddoek. Ernaast lag een eveneens wit washandje.

'Dan moeten er ook mensen zijn,' besloot mijn vader. 'Laten we hen zoeken.'

Een eindje verderop zagen we een man. Hij was klein van stuk en droeg een lichtblauwe gebreide muts. Hij zat op zijn hurken, in uiterste concentratie.

'Hallo,' riep mijn vader. 'Hallo, hallo.'

Geschrokken keek de man op. Hij nam mijn vader in zich op en daarna ons. Toen verscheen er een brede lach op zijn gezicht.

'Ha ha, willkommen, willkommen,' riep hij, en liep met uitgestrekte armen op mijn vader af. Ze omhelsden elkaar. Balder sprong ter begroeting een paar keer tegen hem op en likte zijn hand. Schoorvoetend liepen we naar de man toe. Toen mijn moeder voor hem stond, pakte hij haar hand en drukte er een kus op.

'Heikki,' zei hij. 'Mein Name ist Heikki.' Hij schudde daarna met twee handen mijn hand en maakte daarbij een lichte buiging. Het was een belachelijk gezicht, maar ik vond het grappig. Hij bekeek ons letterlijk van top tot teen en schudde zijn hoofd.

'Sie kommen mit mir, Sie sollen essen,' zei hij. 'Die Kinder müssen viel essen.' De blikken van mijn vader en mij troffen elkaar een fractie van een seconde. Ik kon zijn opluchting bijna ruiken.

Heikki nam ons mee naar de andere kant van het dorp. Ondertussen sprak hij druk met mijn vader in vloeiend Duits. Onverwacht hield hij stil bij een houten ladder.

'Een boomhut,' fluisterde Steven, 'hij woont in een boomhut.'

Heikki klom behendig omhoog, verrassend snel en kwiek voor iemand die ik op zestig jaar schatte. Boven aangekomen opende hij de deur en wenkte ons ongeduldig. We deden onze rugzakken af en klommen na elkaar omhoog.

In de kamer was het zo knus als een man van God en alleman verlaten het maar maken kon. Binnen een paar tellen had Heikki een ketel water op een vuurtje gezet. Voor Balder zette hij een bak eten neer en een kom water. Hij gebaarde ons te gaan zitten aan de langwerpige tafel die tegen de muur stond en zette een schaal broodjes neer, met boter en messen erbij. Het lijkt wel een restaurantje, dacht ik toen hij even later een dampende pot thee met vijf schone kopjes neerzette. Daarna deed hij zijn gebreide muts af en hing hem aan een haakje naast een groene regenjas. Hij had keurige korte stekeltjes, waarvan de meeste grijs waren. Hij was kwiek op de manier waarop alleen magere mensen kwiek zijn.

Natuurlijk aten we als uitgehongerde wolven. Heikki vond het niet alleen prima, hij genoot ervan. Hij liet ons een oventje en een grote voorraad tarwemeel zien. Hij had genoeg, vertelde hij, hij was maar alleen. In de winter woonde hij in Helsinki. Met een boot die twee keer per jaar de rivier afzakte, werd hij bevoorraad. En ja, we moesten zeker een poos blijven. Hij wilde deze familie uit Holland nog veel laten zien. En zonder goud konden we al helemaal niet naar huis.

Later die dag bracht hij ons naar een plek voor de nacht. Het was een hut op palen, een paar meter boven de grond. Er was geen stromend water en ook geen wc, maar er was wel een plaats waar we onze slaapzakken konden neerleggen. Bovenal hadden we een dak boven ons hoofd en een deur die op slot kon.

'Wolven, lynxen en beren komen op de Lapse toendra veel voor,' verzekerde Heikki ons. 'Ik woon niet voor niets zo hoog.'

We bleven een kleine week bij Heikki. Hij was uitermate gesteld op ons gezelschap en wij kregen de kans aan te sterken. Hij sneed voor ons takken van een plant af die, als je ze bij je droeg, de muggen op afstand hielden. Zelfs Balder droeg een takje dat mijn vader in zijn nu geheel vervilte vacht had geknoopt. Over Axel spraken we niet, maar ik vermoedde dat we allemaal op onze eigen momenten aan hem dachten.

Af en toe verbeeldde ik me dat ik het struikgewas hoorde knappen onder Axels verende voetzolen. Dan geloofde ik dat hij onderweg was naar het meer om forel te vangen of op zoek was naar een plek om te slapen. Midden in de nacht zag ik hem voor me terwijl hij bij de gloed van het vuur dat hij stookte in zijn schrift schreef. Schaduwen bewogen over zijn gezicht. Eindelijk kon ik hem bekijken zonder geïrriteerd te raken. Wanneer Axel niet krampachtig zijn kiezen op elkaar klemde, waren zijn kaken krachtig.

Steven was dol op het brood van Heikki. Hij zag er met de dag beter uit en kreeg zelfs wat kleur. Nu hij niet meer zoveel hoefde te lopen, was hij ook minder moe.

Na een paar dagen zag ik hem na het ontbijt naar de rivier vertrekken. Uren achtereen zat hij op een steen aan de oever te tekenen op vellen papier die hij van Heikki had gekregen. Zelfs mijn vader stoorde hem niet.

'Het lijkt wel vuurwerk in mijn hoofd,' vertelde hij me later die dag ongevraagd. 'Ik zie wonderlijke kleuren die in werkelijkheid niet eens bestaan.' Toen ik een keer over zijn schouder keek om te zien waar hij mee bezig was, zag ik dat hij een verlaten fabrieksgebouw aan een kade had getekend. De ramen waren gebroken en de muren waren beklad met verf. Maar ergens aan de zijkant zat een deur die op een kier stond.

Mijn moeder was in haar element, zoals ze het zelf uitdrukte. Ze hielp Heikki met brood bakken, waste kleren in de rivier en dekte de tafel voor de maaltijden. Er was tussen hen een kalme vanzelfsprekendheid. Ze creeerde in het hart van Lapland de rust, reinheid en regelmaat die zo vertrouwd voor haar waren.

Heikki leerde ons met netten vissen te vangen in de rivier. Het was niet moeilijk. Axel had gelijk gehad: als je goed keek, kon je de vissen zien zwemmen. Heikki nam ons ook mee op zijn dagelijkse zoektocht naar halfedelstenen. Een secuur werkje, waarbij hij ons liet zien hoe je gekleurde aders op stenen kon volgen. Het ging om kleine brokjes bloedsteen, maar elk stukje was voor hem als een vondst waar hij intens blij mee was.

Op een ochtend nam hij ons mee naar de andere kant van het dorp, waar we goud gingen zoeken. Onderweg kwamen we twee goudzoekers tegen die ons vergezelden.

Later, veel later, bekeek ik de foto's die die dag gemaakt waren. Ik zag een mager meisje van veertien in een modderige kuil. De huid van haar gezicht was gezwollen. Ze zat op haar hurken en toonde de camera een metalen schaal waarin wat stofgoud blonk. Heikki en de andere goudzoekers zaten achter haar, eveneens op hun hurken. Ruige mannen met gebreide mutsen en sigaretten in hun verweerde gezichten. Haar vader stond naast haar. Rechtop, zijn benen iets uit elkaar, zijn armen voor zijn borst gevouwen. Hij keek over iedereen en alles uit.

Zo intens gelukkig als op die foto heb ik mijn vader later nooit meer gezien. Hier in de Lapse wildernis was hij op zijn plaats. Hij genoot van de wind die dag en nacht om zijn enkels waaide, van de kou en de warmte die tot in zijn botten doordrongen. Hij wilde niets liever dan eten van wat de aarde hem te bieden had, hoe weinig dat ook was. Hier vielen de puzzelstukjes op hun plek. Mijn vader had gevonden wat hij zocht. In de wintermaanden waarin hij in de speelkamer de eindeloze voorbereidingen voor de reis had getroffen was het hem hierom te doen geweest. Mijn vader kón niet anders dan deze tocht maken. Hij was een pelgrim geweest op zoek naar zijn bestemming en zijn missie was nu volbracht. Hij stond in rechtstreeks contact met de natuur en met een God die Zijn helpers in de meest onverwachte gedaanten op zijn pad bracht om hem de weg te wijzen.

Vlak voor ons vertrek tekende Heikki op een vel papier een kaart van het gebied. Toen hij klaar was, legde hij hem onder een paar keien op de grond. Alle vier bogen we ons eroverheen terwijl hij langzaam met zijn wijsvinger onze route op de kaart aangaf. Anders dan mijn vader van plan was geweest waren we naar het westen uitgeweken. Heikki legde uit dat dat kwam doordat we hier zo noordelijk waren. Op deze breedtegraad weken kompassen in westelijke richting af. Ze wezen hier niet langer naar het 'ware noorden'. Mijn vader had die natuurkundige wet over het hoofd gezien. Maar hoe had hij kunnen vermoeden dat het kompas dat zijn eigen vader altijd de weg had gewezen, hem hier op een dwaalspoor zou zetten?

Om verder te gaan, vertelde Heikki, moesten we de rivier volgen. We kwamen dan vanzelf in een dorp waar een postbus stopte, die ons mee zou nemen naar Inari. En nee, er bestond inderdaad geen kaart van dit gebied. Het was een staatsgeheim dat het gebruikt werd voor militaire operaties. Het was niet de bedoeling dat er burgermensen kwamen.

Heikki gaf me bij vertrek een kartonnen doosje. Hij haalde het deksel eraf en liet me zien wat erin zat. Op een vloeipapiertje lagen de flinters stofgoud die we eerder hadden gevonden. Daarnaast lagen halfedelstenen die hij speciaal voor mij had uitgezocht. Ze waren paars en rood – kleuren die hij bij me vond passen, vertelde hij me. Onderop lag een in vieren gevouwen briefje. 'Für Eva,' stond erop, 'damit Sie Lapland nie vergessen sollen.'

Mijn moeder en Heikki omhelsden elkaar langdurig ten afscheid. Ze waren uit hetzelfde hout gesneden, ze begrepen elkaar. Heikki keek ons lang na. De komende maanden zou hij weer moederziel alleen zijn in zijn boomhut op de toendra.

We liepen stroomopwaarts zoals hij ons had verteld. Met het schepnet dat we meekregen visten we ons avondeten uit de rivier. De zak met broodjes die hij ons op het laatste moment toestopte was genoeg voor de eerste drie dagen. We waren aangesterkt. Balder dartelde weer rond zoals in het begin van de tocht en ik hoorde onderweg Steven zelfs een keer lachen.

Vijf dagen later arriveerden we in Inari. De camping aan het meer lag er nog precies zo bij als we hem hadden achtergelaten. Steven en ik liepen wat rond in de omgeving. De dingen die we zagen waren in de tussentijd niet veranderd. Het water in het meer was even glad, het bos even dichtbegroeid, de boomtakken even zwart. Zelfs de vogels waren net zo stil als destijds. We keilden platte stenen over het water. Die van Steven ketsten zo vaak terug dat we de tel kwijtraakten. Op het laatst leek het of ze over het water naar de overkant gleden.

Mijn ouders haalden de tenten op, ook die van Axel. Mijn vader vertelde dat ze bij de administratie ongerust waren geweest omdat we niet terug waren gekomen op de dag die we hadden aangegeven. Ook hadden er mensen naar ons geïnformeerd: een ouder echtpaar met een camper. Mijn vader en Steven zetten zonder ruzie de tenten op. Samen met mijn moeder kookte ik water voor thee. Daarna vingen we vissen in de rivier en grilden ze op een barbecue die daar stond voor algemeen gebruik. Blijkbaar hadden we die de eerste keer over het hoofd gezien.

We sliepen die nacht eindelijk weer in een tent, maar het voelde niet veiliger dan slapen op de grond. Veiligheid was een illusie, wist ik nu.

Die nacht droomde ik dat Madeleine en ik samen op de bank hingen. We keken naar een film waarin ze het deed met de jongen met de blauwe zwembroek op de boot.

'Kijk dan,' fluisterde ze enthousiast bij mijn oor. 'Kijk dan, Eva, kijk dan toch...' Maar ik hield mijn ogen gesloten.

23

Het liep tegen het eind van de zomer toen we thuiskwamen.

Al onze spullen werden de dagen daarna door mijn moeder schoongemaakt en opgeborgen. Alleen Axels tent bleef in de speelkamer staan. Mijn vader had hem meteen na aankomst rechtop tegen de muur gezet. De zak die van boven met een koord was dichtgebonden stond daar als een doofstomme getuige van een reis waarvan ik me een paar keer per dag afvroeg of hij wel echt had plaatsgevonden. De speelkamer probeerde ik zoveel mogelijk te vermijden, hoewel dat nog een hele kunst was. Ik kwam erlangs als ik mijn fiets uit de garage haalde, als ik een stapel oude kranten of een doos met lege flessen wegbracht. Ik deed dan mijn uiterste best niet opzij te kijken. Ik vroeg me af of Axel nog steeds rondzwierf op de Lapse toendra, tussen wolven, lynxen en beren. Zou hij kans hebben gezien zich met vis in leven te houden? Was hij misschien onderweg naar huis? Niemand sprak over hem en ik stelde geen vragen.

Op een dag was Axels tent verdwenen. Opgelucht haalde ik adem. Het was voorbij, de laatste tastbare sporen van de reis waren uitgewist. Hij zou een herinnering worden, geperst in een fotoalbum dat na verloop van tijd zou verstoffen.

Diezelfde avond haalde ik het visnet van het plafond en borg de spullen die erin lagen weg. Ik verscheurde de ansichtkaart die Madeleine me ooit stuurde. Ik hield de klassenfoto in de glazen lijst in mijn hand. De meeste kinderen die erop stonden waren uit mijn leven verdwenen. Ze zaten op andere scholen of ze waren verhuisd. Het was niet erg als ik hun namen niet meer zou weten. Er zouden nieuwe mensen in mijn leven komen.

Ik stopte de foto achter in een laatje. Ik besloot mijn kamer binnenkort een andere kleur te geven. Oranje paste niet bij mij. Daarna deed ik mijn kussens in een vuilniszak en zette ze in de garage, bij de spullen die weg konden. Over een paar dagen zou het nieuwe schooljaar beginnen.